COLLECTION FOLIO

Dominique Bona

Malika

Mercure de France

Dominique Bona a publié au Mercure de France deux romans, *Les heures volées* et *Argentina*, une biographie qui a obtenu le Grand Prix de la biographie de l'Académie française, *Romain Gary*, et aux éditions J.-Cl. Lattès *Les yeux noirs, ou les vies extraordinaires des sœurs Heredia.*

Malika a obtenu le prix Interallié en 1992.

à Guillaume

La petite plage était déserte. Le matin, on paressait dans les villas qui la surplombaient. Protégée du grand large et des bateaux à moteur par une anse de rochers rouges, rempart contre tout intrus, elle était la jouissance de privilégiés qui, à cette heure, dormaient encore ou savouraient le plaisir de réveils tardifs et de petits déjeuners alanguis au bord des piscines.

La jeune fille aimait ces matins où le soleil brillait pour elle seule. La mer y avait une transparence que midi rendait opaque. Elle la préférait ainsi claire, avec les reflets des galets et des coquillages, sans vagues et sans embruns. Tous les jours, selon un horaire immuable, lorsque, au détour du sentier qui menait à la crique à travers la garrigue, elle découvrait la plage dans son intimité et, bien au-delà, la Méditerranée, son cœur battait plus vite. Elle ne savait pas s'il fallait en rechercher la cause dans le clapotis des vagues, l'odeur des herbes, le vol des mouettes, ou bien dans l'horizon bleu qui s'en allait à perte de vue, mais elle éprouvait devant cette vision de paradis la sensation toujours pure, toujours renouvelée, de respirer du bonheur.

Elle ne se pressait pas, s'arrêtait en haut des marches de bois qui conduisaient au sable et aspirait une bouffée de cet air singulier. Elle amenait avec elle deux enfants, aussi blonds qu'elle était brune, qui la suivaient avec docilité. Ses gestes étaient gracieux et précis. Elle plantait le parasol en s'arc-boutant sur la pique, près des gros rochers qui l'isolaient du chemin. Puis elle dépliait un drap de bain où elle installait les deux petits débarrassés de leurs sandales et de leurs T-shirts. Elle fixait sur leurs têtes un chapeau de coton blanc, sortait d'un sac à dos des seaux, des pelles, des moules en plastique. Elle enlevait sa robe et s'allongeait sur une natte, le buste à l'ombre et les jambes au soleil. Les instants qui suivaient n'appartenaient qu'à elle. Immobile et secrète, elle faisait durer le bonheur. Personne ne pouvait alors l'arracher à son extase, ni les enfants encore calmes de leur longue nuit, ni les adultes qui, un à un, puis en groupe, viendraient s'installer près d'elle, parler, jouer, plonger. Elle-même demeurait à l'écart.

Elle se mouillait comme les enfants, en s'asseyant au bord de l'eau et en laissant les vagues venir à elle. Quand elle s'aventurait prudemment, à peine un peu plus loin, elle se baissait d'un coup pour s'immerger tout entière et ressortait de là, riant, s'ébrouant, une bouée à chaque bras. Les autres nageaient. Ils se lançaient vers le large en vigoureuses brasses, en mouvements coulés d'indienne, en papillon, rythmes crawlés. Elle admirait leur aisance à fendre l'eau, à s'éloigner du rivage. On leur avait appris à nager comme à lire et à écrire. Mais ces gens ne venaient pas du même monde que le sien.

La jeune fille était belle. Longue et mince, la poitrine haute, la taille fine, elle possédait une ligne. Un dessin du corps, avec des pleins, des déliés, un style. Quand elle se levait pour s'avancer vers la mer, sa silhouette se détachait en clair sur le fond bleu. On ne voyait qu'elle. Son port de tête lui donnait un air fier. Elle marchait pieds nus, avec dédain, sur le sable brûlant.

Une fois passé les minutes sereines du début de la matinée où elle demeurait sans bouger, perdue dans une contemplation secrète, elle accomplissait avec beaucoup d'attention et de gentillesse ses tâches de garde d'enfants. Elle enduisait les menues épaules d'huile solaire, aidait à la construction d'un château de sable, resserrait les brides du chapeau, gonflait avec énergie le canard pneumatique. Elle riait avec les petits, consolait d'un chagrin, calmait un caprice, distribuait des biscuits, rinçait les minuscules maillots alourdis de sable. Elle agissait comme une mère. Très jeune pourtant, elle avait à peine dépassé l'âge de l'adolescence, on lui devinait un véritable ascendant sur ces enfants qui lui obéissaient sans la craindre, au moindre signe.

Vers midi et demi, quand le soleil marquait l'heure, elle couvrait ses cheveux d'un foulard, rassemblait les jouets éparpillés puis, lentement, comme nostalgique, avec son sac à dos de voyageuse, elle remontait vers la maison. Le chemin de chèvres grimpait. Elle devait souvent porter un des enfants dans ses bras. Avant le dernier tournant, celui qui lui déroberait la mer, elle s'arrêtait. Elle posait son chargement et, pivotant sur ses talons, d'un dernier regard, elle embrassait la plage.

Du promontoire, en aplomb de la crique, elle fixait au loin, au-delà des rochers rouges, au-delà des balises, un monde qu'elle était seule à voir. Mystérieux aux autres, il agissait sur elle comme un charme. Elle sentait sa présence. Elle n'aurait su dire si sa force, lointaine et invisible, lui porterait malheur ou chance, mais elle ne pouvait s'en défendre. Ce monde, autrefois perdu, elle le portait en elle, intact, tel un souvenir ou telle une promesse, avec une jalousie de lionne.

I

David et Marie-Hélène Paul-Martin louaient chaque été, au mois d'août, la villa *La Paressanne* qu'un industriel belge avait fait construire dans les *Hauts de Saint-Tropez*, sur une parcelle de quinze hectares qui descendaient en terrasses vers la mer. Bâtie en pierres roses, sur deux étages, par un architecte soucieux de préserver la simplicité et l'harmonie de la Provence, la maison, entourée de pins parasols, bénéficiait d'un calme insolite et du spectacle de la mer, en contrebas. Le parc, planté d'arbres fruitiers et d'herbes aromatiques, tenait de la rocaille ; avec ses massifs de lavande, de thym et de santaline, il ne trahissait pas la garrigue qui autrefois couvrait le domaine. Comme la maison, il se voulait en accord, presque musical, avec le site environnant. Aucune piscine ne venait dénaturer l'ordre rustique de La Paressanne. Quelques coussins sur la margelle de pierres, un hamac entre deux pins, à l'intérieur un sol en vieilles dalles, dans les chambres du sisal, des meubles sans prétention, rapportés des fermes de l'arrière-pays, soulignaient l'évidente volonté du propriétaire de respecter les traditions du Midi.

Cette villa tirait son principal caractère de son superbe point de vue. Parfaitement isolée des autres propriétés, elle procurait à ses occupants le plaisir d'y vivre loin de toute cohue, sur une enclave de paix. À sept ou huit kilomètres à peine du tohu-bohu de Saint-Tropez, elle jouissait en effet d'un silence et presque d'un recueillement dignes d'une abbaye cistercienne. On ne s'y sentait pas cloîtré cependant, car la maison s'ouvrait sur l'infini. Plus émeraude ou plus saphir selon ses caprices, traversée des voiles blanches des yachts ou du sillage des bateaux à moteur, la Méditerranée était le joyau du site. Les visiteurs qui venaient pour la première fois en étaient saisis d'admiration : à La Paressanne, la mer vous appartenait.

David Paul-Martin, quarante-deux ans depuis le mois de mai, diplômé de l'École des Mines, occupait un poste important à la banque Rivaud. Son père, Paul Martin, était mort à Oran, pendant la guerre d'Algérie. Après la disparition de sa mère survenue deux ans plus tard alors qu'ils étaient déjà installés en métropole, il avait passé le concours grâce à une bourse d'État et, à sa majorité, avait obtenu par décret officiel de corriger son état civil : un trait d'union allait désormais lier le prénom de son père à son propre nom. Son nouveau patronyme, Paul-Martin, était le seul souvenir qu'il voulut garder de son enfance algéroise.

Par tempérament, peut-être aussi par son histoire, David Paul-Martin était un homme d'action. Peu sensible aux états d'âme, il ne suivait qu'une règle de conduite : aller de l'avant.

Seul l'avenir l'intéressait ; aussi considérait-il les vacances comme une halte inutile. Il en tenait compte par respect des conventions, pour accompagner sa famille et prouver qu'il avait, dans la vie, d'autres intérêts que la finance. Il eût été mauvais pour lui de se crisper sur des chiffres, plus mauvais encore de laisser croire qu'il ne savait pas « décrocher » — terme qu'il détestait car il ne « décrochait » en aucun cas, mais qu'il feignait d'adopter. Passionné de sport, il tâchait de compenser le repos forcé par les exercices physiques.

Il n'était pas peu fier de louer cette maison 200 000 francs par mois, et n'avait aucune honte à le faire savoir. Il y passait avec un fax et des dossiers trois semaines sur les cinq où sa femme et ses enfants l'occupaient. Sa secrétaire l'appelait tous les matins, vers onze heures. Il prenait ensuite sa voiture pour aller acheter *le Monde*, le *Times*, le *Financial Times* sans oublier *l'Équipe*, sa première lecture. Un peu de bateau — de préférence à moteur — avec des amis, des parties de tennis au domaine des Hauts, une excursion à Valcros pour jouer au golf, occupaient ses journées. Le soir, il y avait les dîners. Le Tout-Paris émigré aux alentours valait aux Paul-Martin de fréquentes invitations dans les villas de la Côte, à Saint-Tropez, à Saint-Raphaël, à Hyères, à Cogolin.

Marie-Hélène Paul-Martin, née Balanda, d'une vieille famille viticultrice du sud-ouest — un grand-père sénateur, un père ancien député —, épaulait son mari dans sa carrière. Elle avait trente-cinq ans, des cheveux châtain clair, beaucoup d'éducation, une culture en poudre aux yeux — Sciences-Po Paris, École du Louvre — et, dans un corps mince et nerveux, une énergie dont David appréciait les effets sur leur vie commune. C'était une fille dynamique, un tantinet agitée quelquefois, mais il aurait détesté cohabiter avec une lymphatique. Originaire du sud, Marie-Hélène n'avait hérité d'aucun des traits rêveurs, paresseux ou même voluptueux de ces femmes nées sous le soleil pour de longues siestes. Le hamac suspendu entre les deux pins parasols était encore vierge de son empreinte et David reconnaissait volontiers que la voir s'y assoupir ou s'y alanguir, fût-ce en ce temps de vacances, lui aurait été désagréable. Il aimait en elle son punch. Sa manière de sauter du lit, de donner les ordres pour la journée, de conduire la voiture — vite et sec, comme sa vie —, de remplir le réfrigérateur en déballant un à un, en cadence, les sacs du supermarché, et surtout, sa qualité maîtresse, d'organiser dîners, cocktails, fêtes, accomplissant avec un entrain qui causait toujours l'admiration de son mari le rite parfois épuisant des invitations. Elle aimait recevoir autant qu'être reçue et entretenait autour d'eux avec beaucoup d'enthousiasme un réseau d'amitiés, ce qui en imposait à l'ancien jeune homme d'Oran, au fond encore sauvage.

Marie-Hélène croyait en David : cette foi consolidait leur amour. Marie-Hélène appuyait son mari dans son élévation sociale et son ambition d'atteindre des sommets que le talent et les diplômes ne suffisent pas toujours à conquérir. Elle lui apportait le crédit de sa famille. Non seulement le gage de son snobisme, mais ses réflexions avisées sur les gens et les choses, et son sens du raffinement. Grâce à elle, à ses conseils, à ses relations, à toute cette science du monde dont elle jouait à ravir, il avait pu pénétrer dans des sphères où les Balanda comptaient des appuis solides depuis des générations et où, sans renier sa personnalité, il avait affiné son esprit. Marie-Hélène et David Paul-Martin formaient un vrai couple. Alliés, en théorie pour le pire mais jusqu'alors pour le meilleur, ils marchaient ensemble sur la même route et du même pas. Leur entente était sincère. Et, à La Paressanne, à Paris, ou l'hiver, aux Arcs, ils s'appliquaient à organiser leur existence à l'unisson, dans la tendresse et l'harmonie.

Marie-Hélène travaillait. Elle s'était lancée dans le design. Non comme créatrice — elle avouait ne posséder aucune imagination visuelle. Non comme chef d'entreprise — elle n'en avait ni la rigueur, ni l'ambition. Mais, ainsi qu'elle se définissait elle-même dans le langage des parfumeurs, comme un « nez », capable de détecter autour d'elle des talents et de les mettre en valeur. Elle recherchait en France, en Italie, des peintres, des architectes et des décorateurs auxquels elle demandait de réaliser les projets dont elle avait eu l'idée ou l'amorce d'une idée : chaises, tapis, guéridons. Elle vendait les dessins de l'artiste aux industriels. Ceux-ci fabriquaient l'objet et les grossistes en mobilier architectural en assuraient ensuite la diffusion. Ce mobilier original n'était ni plus ni moins pour Marie-Hélène qu'une forme d'art.

L'art ! Le grand mot est jeté. Encore devrait-on y ajouter une majuscule. L'Art était, avec son mari et ses enfants, ce à quoi Marie-Hélène tenait le plus. Elle avait même tendance à le reconnaître dans des détails insignifiants, dans des gadgets ; il était indissociable de son univers. Marie-Hélène ne créait pas. Mais, grâce à son nouveau métier, elle recevait un peu de la lumière qui illuminait les créateurs autour d'elle. Elle captait une aura. Et ce qui lui plaisait surtout, dans le milieu où elle évoluait, par contraste avec les banquiers, les hommes d'affaires, les avocats qui entouraient son ménage, c'était de passer elle-même pour une artiste.

La Paressanne lui seyait à merveille. La maison et le parc, l'exceptionnelle beauté du site correspondaient à son goût de la perfection et à ce qu'elle nommait avec passion du bout de ses lèvres minces « du grand art ». Du grand art, les pierres roses et le sisal beige, les herbes aromatiques au lieu des fleurs de serre, du grand art le silence, le jardin en espaliers, les figuiers centenaires, du grand art ce tableau digne d'un génie de l'épure, d'un maître « ès chef-d'œuvre absolu ». Du très grand art, la mer...

Si différente du mystère que cherchait avidement la jeune fille sur la plage, la Méditerranée apparaissait à Marie-Hélène comme une toile gigantesque, digne de figurer dans les musées les plus prestigieux ; sans craindre les écarts de culture, elle la comparait volontiers à une estampe japonaise.

L'arrière de la maison offrait un autre monde. Une pinède clairsemée, au sol sableux couvert d'aiguilles rousses, s'étendait sur une trentaine de mètres jusqu'à une haie de cyprès qui marquait la frontière avec la propriété voisine et, au-delà, avec la route privée qui desservait les Hauts. La vision grandiose de l'avant se rétrécissait à ce terrain banal, que les rayons du soleil entre les branches des arbres striaient de lumière au petit matin, puis abandonnaient à l'ombre. Un banc de bois était adossé au mur et, dans un carré qu'on avait dû déplanter, sur une corde tendue entre deux piquets, des serviettes en éponge et des maillots de bain séchaient.

Là, ignorées de la plupart des hôtes, s'ouvraient la cuisine, la chambre de la jeune fille et la salle de bains en céramique bleue — couleur d'océan selon Marie-Hélène — qu'elle partageait avec les enfants. Leurs chambres donnaient sur un patio qui communiquait avec le reste de la maison. La cuisine, pourvue d'une haute porte-fenêtre, était elle aussi reliée à la terrasse par l'office, dans l'autre aile ; une tonnelle en dissimulait l'entrée.

Ainsi isolée, la cuisine constituait une pièce agréable, avec un buffet et une table à gibier de style provençal. La jeune fille et les enfants y prenaient leurs repas et elle y demeurait les après-midi, à feuilleter des magazines, à écouter la radio, la porte ouverte sur la pinède où les enfants jouaient. Une multitude d'objets — voitures, camions, poupées — jonchaient le sol près du banc de bois. On n'y touchait jamais. Les enfants préféraient chercher des pignons dans le sable. Ils les cassaient comme elle le leur avait montré, à l'aide d'une pierre, en extrayaient les graines et les rangeaient dans un bocal. Ils les mangeaient à l'heure du goûter pour accompagner le pain frotté d'huile d'olive et d'ail qu'elle leur préparait. Spontanément, ils avaient adopté ses jeux, ses goûts.

Engagée pour l'été, en remplacement de la Hollandaise rentrée aux Pays-Bas pour les vacances, la jeune fille suivait à la lettre le programme minutieux que Marie-Hélène avait établi. Le matin, dès le réveil des petits, elle se rendait utile : toilette, repas, jeux ou siestes, soins du linge... La nuit, elle veillait sur leur sommeil ; bien bordés dans leurs lits jumeaux, ils ne la réveilleraient pas. Mais elle devait être fidèle au poste et, tandis que les parents dormaient sur l'autre façade, garder l'oreille tendue vers l'univers enfantin. Dans cet emploi du temps réglé comme du papier à musique, Marie-Hélène lui accordait une après-midi de liberté par semaine, de deux à six.

Le choix du jour variait selon les impératifs de la famille, les promenades en bateau, ou les courses au village. Pour la nuit, on lui donnait carte blanche le dimanche. À vingt heures, elle devait brancher un système de communication interne permettant aux Paul-Martin de percevoir dans leur chambre le souffle de leurs bambins endormis. La jeune fille le débranchait au retour, à l'aube, et reprenait aussitôt ses fonctions.

Enjouée, elle assumait sa nouvelle vie avec une aisance d'autant plus surprenante qu'elle était, la veille encore, étrangère aux mœurs des Paul-Martin. Marie-Hélène se félicitait de son choix : jamais jeune fille n'avait eu de présence si discrète et si efficace. On ne l'entendait pas, on la voyait à peine et, quand elle apparaissait, un sourire éclairait son visage. Elle mettait de la grâce aux tâches les plus ingrates et s'acquittait de tout avec un air de dominer les choses. Marie-Hélène qui, les premiers jours, surveillait ses allées et venues, ses gestes et ses propos, n'avait jamais à la reprendre. Elle était tout simplement parfaite. Dès son arrivée, elle s'était fait aimer des enfants : un signe qui ne trompait pas.

La jeune fille prenait soin de son corps. Pour protéger ses mains, elle portait des gants. En plastique pour les travaux de la cuisine, en coton pour faire les lits et repasser. Une maniaquerie que Marie-Hélène portait au compte d'un raffinement supplémentaire et qui l'amusait. En revanche, même gantée, elle allait pieds nus, de la cuisine au jardin ou à la plage, et ne se chaussait que le dimanche. Encore ne se chaussait-elle pas vraiment. Elle quittait la maison, les escarpins à la main ou dépassant du sac.

Ses après-midi de liberté, elle enfilait un caleçon et des tennis, puis elle partait en petites foulées à travers les Hauts, ses allées de vieille terre plantées de bougainvillées et de rhododendrons. Elle remontait la presqu'île jusqu'au château construit sous Napoléon III, dans le style gothique, et qui tombait en ruine dans un enclos ceint de magnifiques villas. La jeune fille sautait la barrière et pénétrait comme une gazelle chez la Belle au Bois Dormant. Le plafond s'écaillait sur sa tête ; elle soufflait sur les toiles d'araignée, réajustait ses lacets sur une tuile tombée du toit et se lançait dans une série de mouvements de gymnastique dans ce qui restait d'un grand salon : une pièce poussiéreuse, vide, où elle n'avait pas encore rencontré de fantôme. Ensuite, elle reprenait son marathon. À six heures, elle sortait de la douche embaumant et pimpante.

Le soir, elle conduisait les enfants, après leur bain, en tenue de nuit à leurs parents. C'était le seul moment où elle s'avançait sur la terrasse. Elle ne s'y asseyait jamais. Marie-Hélène la voyait apparaître sur le seuil, avec le même sourire qui en appelait un autre, et s'esquiver aussitôt.

Le soir tombait sur Saint-Tropez quand David Paul-Martin ouvrit une seconde bouteille de champagne. Des photophores diffusaient une lumière douce ; sur la margelle brûlaient des bâtonnets d'encens destinés à éloigner les moustiques. Marie-Hélène, dans un sari de soie orange, s'inquiétait des derniers détails. Elle allait et venait, en ballerines dorées, de la tonnelle à l'autre bout de la véranda, à la terrasse où les voix de chacun, enjouées, rieuses, la rassuraient. La soirée serait un succès. Elle avait elle-même dressé le couvert et préparé le dîner, ici les petites corvées devenaient agréables. Mais il avait été prévu en accord avec la jeune fille que cette dernière, exceptionnellement, servirait à table. Sans étiquette.

Marie-Hélène avait invité des gens, qui se connaissaient déjà pour avoir dîné chez elle à plusieurs reprises. Elle n'avait mis aucune intention intéressée dans le choix de cette assemblée qui réunissait des Tropéziens d'adoption, amateurs d'un climat. Elle vint s'asseoir avec eux ; David lui tendit une coupe de champagne. Il y avait là Pierre et Rose Weil, des amis de plus de dix ans. Pierre — tête bronzée de marin des tropiques, veste en lin — était propriétaire d'une affaire d'exportation, spécialisée dans les produits de luxe, à destination du Moyen et de l'Extrême-Orient. Rose — timide et sage dans une robe à pois —, journaliste, travaillait pour des magazines de voyages. Elle rentrait d'un reportage en Floride. Les Weil formaient un couple migrateur. Leur fille de quinze ans séjournait dans un pensionnat en Suisse ; le grand appartement parisien du boulevard Haussmann restait souvent vide. Ils se retrouvaient l'été dans leur maison de La Garde-Freinet. Ils n'en sortaient que les jours de mistral, pour fuir la côte sur un catamaran. Pierre venait souvent jouer au tennis, au club des Hauts où David était son adversaire en simple et son partenaire en double. Les deux hommes devaient leur complicité à un contrat d'affaires. Pierre, songeant à investir dans un pays exotique, s'était adressé jadis à la banque Rivaud. Et David qui aimait bien le personnage, son courage et ses coups de bluff, l'avait sorti d'un mauvais pas.

Près d'eux, Benoît Darmon, un architecte, beau garçon à la barbe sombre et aux yeux clairs. Il avait dessiné pour Marie-Hélène une de ses meilleures réalisations — une table en verre à structure d'acier inspirée du châssis des peintres —, qui avait remporté le premier prix à un salon du mobilier. Benoît ne comptait pas s'attarder trop longtemps dans la région ; il logeait à l'hôtel de la Pinède. Il travaillait en août, étudiait en ce moment les plans d'un mas dans le Lubéron et concevait la vie comme une suite ininterrompue de fêtes, d'amitiés, de liaisons et de mas à construire. Ce célibataire, ce « sybarite » disait David, faisait des ravages auprès des amies de Marie-Hélène en mal d'aventures. Avec ses chemises sans col et ses pantalons larges, avec ses gestes lents et sa voix calme, sa virilité et son air bohème, il plaisait beaucoup.

L'une de ces amies en mal d'aventures, précisément, c'était Sophie Bessis-Drouin. Séparée depuis peu de son mari, elle devait avoir quelque revanche à prendre. À quarante ans, quoique marquée par l'excès de tabac, elle ne manquait ni de chair ni d'allant. Comme Marie-Hélène, elle était passée par l'école des Sciences Politiques où sa voix déjà rauque dominait les débats. Volontiers provocante, elle se forgeait un genre en portant toujours la contradiction, ce qui amusait les uns et éloignait les autres. Elle s'occupait aujourd'hui d'une agence de relations publiques qu'elle avait fondée après un bref et décevant passage dans une chaîne privée de télévision. David la surnommait sa « Déesse de la Communication ». Peut-être à cause de sa stature ou de sa voix, elle donnait l'image d'une femme forte. Marie-Hélène la savait malheureuse, profondément blessée par le départ de son mari, ce vide où, malgré ses nombreuses relations, il l'abandonnait. Pudique, elle n'affichait cependant aucun désarroi. Elle sortait beaucoup, et soignait son apparence en s'habillant de couleurs vives pour cacher son deuil sentimental. Ce soir, elle était en rose fuchsia.

Il y avait encore, avec ces deux esseulés, Henri-

Pierre de la Roux, doté de titres impressionnants et de nombreux diplômes, ESSEC, ENA, Crédit Commercial de France... Marie-Hélène lui trouvait le profil un peu ingrat d'un premier de la classe, mais elle reconnaissait que sa non moins impressionnante culture lui donnait l'avantage dans le domaine qu'elle prisait le plus. Elle avait fini par admettre que ce « cher Henri-Pierre » comme l'appelait David non sans ironie, avec ses tics vieille France et son savoir encyclopédique, gardait de surcroît des naïvetés de petit garçon. Il rêvait d'écrire un roman ! On en parlait depuis plusieurs années.

L'accompagnait une femme plus âgée, Élizabeth — il avait escamoté son nom de famille. Marie-Hélène avait cru comprendre qu'elle était « dans l'édition ». Discrète, élégante, les jambes croisées, elle fumait des cigares sans dire un mot.

Pour compléter le cercle et étonner ses intimes, Marie-Hélène avait invité un couple qu'elle connaissait à peine mais à qui elle trouvait de l'éclat. Le docteur Hervé Chantérac et sa femme Michèle. Chirurgien esthétique, reconnu mondialement, il avait l'ambition d'être un autre Pitangui. Habile à modeler des nez et des seins, il s'était vite acquis réputation et fortune. Les collègues estimaient son travail, mais condamnaient son arrivisme. Les salons recherchaient sa présence. Il était agréable et bien élevé. Comme il aimait séduire et se laisser séduire, Chantérac les fréquentait assidûment malgré un métier harassant. Rien dans son physique n'attirait l'attention si ce n'étaient ses mains. Oui, des mains fascinantes. Petites et fines, très blanches, il les tenait sur ses genoux, comme des objets rares. Il les ménageait. C'étaient ses mains qui, en clinique, accomplissaient des miracles, lui valaient son prestige. Il était en outre un amateur de courses à vélo et un père de famille attentif. Le docteur et Michèle Chantérac — cette dernière, une petite femme à la voix pointue, à la poitrine orgueilleuse qui était l'une de ses meilleures publicités — habitaient eux aussi les Hauts de Saint-Tropez, à l'autre bout de la presqu'île.

La nuit tombait quand on passa à table. Le beau panorama s'était effacé dans l'obscurité. Le sentiment de perdre le sens du relief resserrait le cercle et renforçait l'intimité. On se dirigea vers la table, à quelques pas de la tonnelle. Sur la nappe blanche, des assiettes en vieille faïence peintes apportaient leurs notes de fantaisie. Deux aiguières de cristal remplies de vin rosé, des verres anciens dépareillés, des serviettes en lin complétaient le couvert. Quelques instants très brefs, les grillons firent entendre leurs bruits d'ailes mais les voix, sans égard pour les musiciens, couvrirent vite cet orchestre nocturne.

Marie-Hélène distribuait elle-même les melons en forme de lune qu'une main invisible avait disposés dans un plat de grès et emplis d'un porto encore frais. On parlait de tennis et de bateau, on s'en tenait aux futilités du mois d'août et à ses festivités. Le soleil et le sport suffisaient à faire oublier les tracas de Paris. Tandis que Pierre Weil vantait les mérites d'une nouvelle raquette et que les Chantérac évoquaient un club fameux de Sainte-Maxime, Rose Weil engagea avec Benoît Darmon un dialogue sur l'Amérique pour l'une parangon de toutes les valeurs, pour l'autre territoire d'une modernité confuse, artificielle, dont il ne ressentait pas l'appel. Benoît allait peu à New York, détestait ses credos, ses modes avant-gardistes. Sa terre d'élection demeurait l'Italie : il en aimait tous les contrastes et les raffinements. Pour lui, et Marie-Hélène en rougit de plaisir, La Paressanne projetait dans la réalité son idéal de vie. Alors que Rose n'en finissait pas de décrire la Floride, les vastes avenues bordées de mangroves de Coral Gables, les échoppes de Coconut Grove ou les immeubles Arts déco de Miami Beach,

Benoît effleurant la main bronzée de Marie-Hélène l'invita à rejoindre son camp.

— La Floride ressemble à une maquette. Tu es d'accord ? Trop kitsch et trop parfaite, badigeonnée aux dollars, reconnais-le. Tout ce que tu ressens en Italie, tout ce qui te touche ici, dans cette maison, est infiniment moins somptueux, moins tiré au cordeau. Mais rien ne t'agresse. Tout est douceur et caresse. Ce qui manque à Miami, c'est quelque chose dans l'air, un parfum, une histoire ancienne, l'esprit de La Paressanne.

— C'est vrai, déclara Henri-Pierre de la Roux que l'Amérique fascinait.

Il venait d'écrire un article sur les vertus comparées des dirigeants d'entreprise américains et européens, sur leurs capacités et leurs mentalités.

— C'est vrai...

Et, malgré les vacances et la mer sur laquelle tombait un lent crépuscule, il se lança, en s'efforçant d'être simple, dans un exposé qui mêlait la banque, l'industrie, le produit national brut, le golf et les taux d'intérêt. Il y mêlait remarques personnelles et citations d'économistes distingués.

— Pour le golf, coupa Sophie Bessis-Drouin, pour qui la conversation prenait un ton trop théorique et ennuyeux, je ne vous contredirai pas : la Floride, il n'y a pas mieux !

Elle allait dépeindre les parcours d'Orlando — son mari l'y avait emmenée pour leur dernier voyage ensemble — lorsque David l'interrompit. Il avait laissé parler Henri-Pierre à propos de la banque et se réservait pour après dîner un aparté avec ce cerveau du Crédit Commercial de France. Il comptait lui arracher de précieuses informations, notamment son appréciation des taux d'intérêt américains qui le préoccupaient. Peu enclin à mondaniser sur un sujet aussi grave, il préférait pour le moment imposer silence à Sophie avec laquelle spontanément il n'était jamais d'accord.

— Le golf, dit-il, ne présente qu'un intérêt mineur en Amérique. Le plaisir y est à peu près nul. Les terrains sont trop beaux, trop *clean* — il employait volontiers l'anglais —, leurs cinq étoiles ennuient... N'est-ce pas, Sophie ? ajouta-t-il en se moquant gentiment de son interlocutrice.

Il savait qu'elle ne pratiquait aucun sport et ne s'étonnait pas qu'elle fût une adepte fervente de l'American way of life : la modernité et le sens du confort l'attiraient.

David s'était initié au golf il y a une dizaine d'années. Il en maniait le vocabulaire avec une maîtrise qu'il savourait et il ne tenait aucun compte de l'ignorance où pataugeaient parfois ses interlocuteurs. Car pour eux que pouvaient bien signifier un *bunker*, un *rough*, un *green*, un *drive* ou un *putt* ? Il avait commencé à jouer pour le panache. L'initiation avait été rude. La passion pour le jeu lui était venue peu à peu.

— Je comprends votre point de vue, dit simplement Benoît, et pourtant je ne joue pas moi-même...

Il n'eut pas le temps de poursuivre. Sophie Bessis-Drouin, changeant le cours du débat, organisait déjà pour tous un voyage en Écosse. Depuis son divorce, elle avait la manie de planifier des sorties en groupe, au théâtre, au concert, à Vienne ou aux sports d'hiver — une manière de conjurer sa solitude. Marie-Hélène plissa le nez d'agacement. Elle devinait que le rêve d'un voyage dans les brumes sauvages de l'Écosse devait se tisser à deux. Seul, Henri-Pierre manifesta son enthousiasme. Benoît, l'autre célibataire du groupe, à l'évidence — et Marie-Hélène le regrettait pour Sophie — préférait d'autres plaisirs, plus baroques ou plus italiens qu'une balade réglée à la baguette par une fille certes aux proportions robustes, aux cuisses solidement sculptées, mais qui selon lui avait trop de présence. Il recherchait chez les femmes le sentiment du flou. Sophie ne lui suggérait aucune émotion. Il s'intéressait davantage à l'épaule osseuse de Marie-Hélène que le sari dénudait et qui dégageait un parfum sophistiqué. Son regard s'attardait aussi sur Élizabeth, cette mystérieuse personne qui n'ouvrait la bouche que pour boire, et dont il admirait la sensualité. Son verre portait l'empreinte de son rouge à lèvres.

Dès lors, grâce à un intermède subtil de la maîtresse de maison, la conversation glissa sur ces bateaux effilés, monstres de vitesse qui ne cessaient de faire des victimes parmi les conducteurs et les véliplanchistes. Weil, Chantérac, Darmon préféraient la voile tandis que Paul-Martin, appuyé cette fois par Sophie, défendait le moteur et les amateurs de vitesse. Les voix montaient. Un rire fusait parfois dans la controverse, le sujet en soi ne valait rien. Le champagne et le vin excitaient les esprits, déliaient les langues.

Henri-Pierre se permit un « Sacrebleu ! » exceptionnel, et écarta même de trois bons centimètres l'amaryllis blanc qui, depuis le début, au centre de la table, lui dérobait l'œil éméché d'Élizabeth. Tout en s'opposant aux défenseurs de la voile, David mécaniquement remplissait les verres. Quand une silhouette sortit de l'ombre de la tonnelle.

Elle portait un grand plat et, souple et dansante, s'avançait vers leur table. Personne ne l'avait entendue venir : elle marchait pieds nus. Mais, dès qu'on la vit, les bavardages cessèrent comme par enchantement. Un silence de stupeur frappa les convives. On entendit à nouveau les grillons. Durant le temps où la jeune fille évolua autour d'eux — au grand étonnement de Marie-Hélène, elle savait servir à l'ancienne, selon une impeccable étiquette —, personne ne put parler. Même la maîtresse de maison qui trouvait la situation saugrenue.

La jeune fille rayonnait. Avec ses cheveux noirs très courts, ses dents de nacre, elle exprimait une merveilleuse jeunesse. Elle ne s'estompait pas comme Marie-Hélène l'eût souhaité, telle une figurante dans le décor. Au contraire. Elle avait l'éclat d'une star. De la soubrette, elle n'avait que le costume : une robe noire et un tablier blanc. La robe, à décolleté bateau, arrivait à mi-cuisses. Benoît Darmon savourait du regard les jambes et les bras satinés, doux comme une peau d'abricot. Le tablier blanc avec le volant épinglé sur la poitrine à moitié visible ressemblait à un accessoire d'opérette. La jeune fille semblait jouer, être quelqu'un d'autre. Quelqu'un que personne ne connaissait, bien différent du rôle incertain et secondaire de servante qu'on lui attribuait. Quand elle se penchait, un curieux bijou en or, qui représentait une main, se détachait de ses seins ronds et se balançait au-dessus de l'hôte auquel elle présentait le plat.

La jeune fille fit en balançant des hanches le tour de la table, vivement, sans s'attarder, mais en se laissant contempler, sous tous les angles. Elle disparut. On fut bien incapable de reprendre la conversation là où on l'avait laissée.

On retourna s'asseoir sur les coussins pour prendre le café. L'atmosphère avait perdu en éclat, gagné en volupté. Sophie et Rose évoquaient leurs vingt ans, Michèle Chantérac s'enveloppa dans un grand châle à fleurs. On alluma des cigares dont les volutes se mêlaient aux effluves des bâtonnets d'encens. Henri-Pierre de la Roux effleura le genou d'Élizabeth. Le café que Marie-Hélène versait dans les tasses avait la densité et la noirceur de ces breuvages qu'on consomme dans les pays de soleil. Il laissait au palais une amertume et les restes d'un marc, plus épais, plus fort, qu'à l'ordinaire. Chacun pensait que ce café turc, ou à la turque, la jeune fille l'avait préparé dans la cuisine de La Paressanne, selon la recette de son pays d'origine. On rêvait à son propos. D'où pouvait-elle venir ? Quel était son passé ? De quel exotisme tirait-elle son étrange et fascinante beauté ? Depuis le passage de l'inconnue, chacun demeurait sous l'emprise de son érotisme.

Marie-Hélène se demandait si le service pieds nus et à demi dévêtu qui l'avait étonnée, serait interprété comme une faute de vigilance et de goût de sa part, ou au contraire comme un agrément. Si elle ne doutait pas de l'opinion masculine, elle craignait de blesser ses amies : la grâce et la fraîcheur de la jeune fille risquaient de les éclipser. Elle-même se défendait mal d'un réflexe de jalousie devant de tels atouts. Il lui semblait que son sari avait terni, perdu de sa lumière et de ses qualités de soie.

Benoît exprima de vive voix les fantasmes que la jeune fille lui inspirait. Il parla d'une étudiante égyptienne qu'il avait connue lors d'une série de conférences à l'université du Caire. Elle avait selon lui les yeux de café, la peau à peine plus foncée et sans doute le même âge. On écoutait Darmon car il savait éveiller la curiosité de son auditoire. L'étudiante appartenait à la haute bourgeoisie de son pays. Elle était libre. Libre d'étudier, de voyager, de porter des jeans, libre d'être amoureuse. Elle l'avait été un peu de Benoît ; il lui trouvait un profil de reine Hatchepsout. Elle préparait un mémoire sur la cité de Saqqarah où elle l'avait guidé, renversant leurs rôles, et le transformant lui-même en étudiant. Il se souvenait d'une nuit dans la nécropole, ils avaient fait l'amour... Dans le silence qui l'entourait, Benoît ne cachait même pas son trouble. Le souvenir, sensuel et douloureux, prenait corps. Chacun confondait l'Égyptienne avec la jeune fille inconnue. Un autre soir, cette évocation eût paru impudique et gênante. Comme sous l'effet d'un sortilège, les invités abandonnaient peu à peu leur réserve et renonçaient au décorum pour échanger des songes, des aveux qu'en d'autres temps ils auraient gardés pour eux-mêmes. L'apparition de la jeune fille les incitait à plus de sincérité.

— Les yeux noirs et la peau mate, dit Hervé Chantérac avec l'assurance de l'expert, donnent à rêver plus qu'on ne le pense. Le mythe des blondes ne fait pas l'unanimité...

Il lança vers le ciel une bouffée de havane et chacun comprit à son intonation qu'il ne parlait pas seulement en médecin. Son épouse ouvrit grands ses yeux d'azur, ce qui lui donna l'air stupide. Elle croyait depuis toujours à la supériorité du regard bleu sur le regard noir ; les mots d'Hervé la déconcertaient.

— Le bleu est rare, poursuivait Chantérac implacable. Au moins génétiquement. Mais le noir chez une Occidentale — non le brun ou le noisette — est rarissime. Le bleu c'est une transparence. Le noir, un mystère plus profond, plus grave...

La pauvre Michèle en baissa les paupières et tout en resserrant son châle à fleurs se rapprocha de son mari. Aurait-il eu déjà à son insu la tentation de se perdre dans un regard noir ?

D'un doigt, Henri-Pierre de la Roux suivait les contours du genou d'Élizabeth. Il songeait qu'il est des poètes, érotomanes fameux, qui n'ont aimé que des brunes. Sa hiératique compagne portait en chignon une chevelure épaisse, striée de fils blancs, distinction qui soulignait son âge mais ne lui ôtait rien de son attirance. Ces fils d'argent inspiraient à Henri-Pierre un sentiment pervers, vaguement incestueux. À Alger, Pierre Louÿs, songeait-il, avait aimé une Ouled-Naïl, une nubile pour laquelle il écrivait des chansons et qu'il photographiait sous tous les angles. Elle était plus noiraude et plus velue que cette fille qui tout à l'heure promenait sa jeunesse autour d'eux. Lui-même préférait des fruits plus mûrs, mais sa dignité l'avait conquis. Chez une femme, Henri-Pierre admirait d'abord le port de tête. Sensible à toutes les formes de noblesse, il trouvait à cette servante une parenté avec les princesses maures. À cause de sa beauté typée, il se demandait de quelle région elle pouvait provenir. Peut-être d'Alger comme l'amie de Pierre Louÿs ? À voix haute, il proposa de la baptiser Zohra... et s'amusa à la dépeindre, tout en reconnaissant qu'il se laissait porter par ses souvenirs de lecture : Zohra n'était une princesse que dans l'univers merveilleux de Louÿs. Il ne fit grâce à son auditoire d'aucun détail anatomique de l'Ouled-Naïl. Il décrivit ses orteils nacrés, ses hanches de garçon et sa toison d'ébène...

— Voilà en somme Bilitis dans sa vérité nue.

Marie-Hélène éclata de rire. D'un rire moins joyeux que crispé, elle se sentait gênée par l'évocation de la féminité arrogante, presque obscène, de l'égérie algérienne. Et par ces fantasmes virils qui, à cause d'une jeune fille au pair trop sexy, venaient d'éclore sous son toit.

Sophie quant à elle se murait dans des pensées qui donnaient de la dureté à son expression, d'habitude avenante. Elle maudissait en ce moment ses mèches platine et sa peau de lait, se rappelait que son mari l'avait quittée pour une femme brune, et se demandait, angoissée, si les voluptés qu'il éprouvait auprès de sa maîtresse gommeraient à jamais leur passé commun, s'il en viendrait à regretter les années passées près d'elle. Elle tremblait de s'avouer qu'elle n'avait jamais su exercer sur lui la séduction sexuelle dont Benoît Darmon et Henri-Pierre de la Roux peignaient les envoûtements. Les voir tous ce soir-là, obnubilés par cette ravissante silhouette, par son air mutin et même provocant, renvoyait à Sophie une piètre image d'elle-même. Quel instinct ancestral jetait donc certains hommes — elle ne voulait pas penser « tous » — vers ce rêve d'une femme, promesse de mille et une nuits ?

— Des loukoums, lança-t-elle désemparée. Il faudrait se nourrir de loukoums...

Mais comment apprendre, sans en avoir les dons, toutes les subtilités de la danse du ventre ?

Marie-Hélène éclata de rire. Elle aurait eu horreur d'engraisser son corps de sylphide, horreur de teindre en noir ses mèches blondes, davantage horreur encore de prendre devant David des poses d'odalisque.

— Cette jeune fille est étrange, reprit Benoît comme s'il poursuivait le cours interrompu de son voyage. Elle est à la fois très occidentale et très orientale...

Occidentale en effet par les traits de son visage dont la finesse l'apparentait selon lui aux madones ou aux Grâces de la Renaissance, par sa taille et sa minceur, enfin par cette tenue émancipée qui moulait son corps comme si elle allait danser dans une boîte de nuit. Elle évoquait aussi l'Orient, ses odeurs de vanille et sa lascivité. Elle reflétait le sud. Un sud aussi flou qu'extensible, qu'ils avaient du mal à préciser, mais dont ils ne pouvaient s'éloigner. La jeune fille éclipsait toutes choses. Même absente, disparue de l'autre côté de la maison, Cendrillon était la reine de la soirée.

David Paul-Martin tirait sur son cigare et contemplait dans la fumée un être différent. Moins porté aux rêveries que Benoît et Henri-Pierre, il jugeait littéraires et décadentes leurs interprétations. Mais il comprenait qu'ils étaient victimes du même phénomène : la jeune fille les avait irradiés. David n'avait jamais porté aucun intérêt aux gardes d'enfants ; lesquelles n'avaient à répondre de leur travail que devant Marie-Hélène. La jeune nurse n'était que la dernière en date sur une liste déjà longue. Il l'avait trouvée jolie, plus jolie que les autres, le premier jour, puis il ne l'avait plus regardée. Il savait qu'elle était là pour l'été ; il ne se souvenait même plus d'où elle venait. Son apparition à table l'avait pourtant tiré de son indifférence.

Pourquoi ? Il lui semblait que la jeune fille ranimait en lui des esprits malins, sournois, qui venaient troubler sa paix. Des odeurs, des images, des accents lui rappelaient un monde qu'il croyait disparu à jamais. Il n'avait rien oublié des choses anciennes et douloureuses. Il en était stupéfait. C'était l'Algérie, « son » Algérie, qui remontait à la surface des souvenirs et qui, dans le havre de sa famille, à une distance qui se chiffrait pour lui en années-lumière d'Oran, revenait le torturer. Une nostalgie dont il était le premier à s'étonner le prenait à la gorge. Il revoyait Oran, il revoyait tout le pays... La jeune fille, il l'aurait juré, venait d'Algérie. Ce corps de pain d'épice lui parlait du Maghreb, la terre de ses propres origines.

Il essayait de se défaire de la vague de sensations, tour à tour amères et douceâtres, qui le submergeait, de s'affranchir des effets contradictoires de l'attendrissement et de la rancune, de retrouver enfin l'équilibre qui faisait sa force, quand Élizabeth émit un avis irréfutable qui confirmait son intuition. Il le reçut comme un coup de poignard.

— Ce qu'elle porte autour du cou ne trompe pas, dit-elle. Puis, tirant sur son cigare : cinq doigts. C'est la main de Fatima.

— Elle est marocaine..., répondit Marie-Hélène, incapable d'en dire davantage.

L'agence parisienne d'employées de maison où elle l'avait recrutée lui avait remis une copie de son passeport et de son permis de travail ainsi que les certificats d'honnêteté et de bonne conduite délivrés par ses précédents employeurs, véritables contrats de garantie datés et signés. Elle s'en était tenue aux conseils de l'agence, à l'élan de sympathie qu'elle avait éprouvé à leur première rencontre puis au jugement des enfants qui s'étaient mis à l'adorer. Les origines de la jeune fille ne l'intéressaient pas. Il lui suffisait de voir les enfants courir vers elle les bras tendus, pour comprendre que l'ordre et la paix régneraient tout l'été à La Paressanne. Elle ne les entendait plus crier ni pleurer comme à Paris. La jeune fille avait le talent de les apprivoiser. Et ce talent rassurait Marie-Hélène.

Cette dernière assumait beaucoup mieux en effet son métier, ses amitiés et sa situation d'épouse que la maternité, état qu'elle considérait comme une occupation professionnelle. Elle manifestait pour ses enfants de la sollicitude et se souciait constamment de surveiller leur santé et leur éducation. Elle ne lésinait ni sur le choix des écoles, ni sur les consultations médicales ou paramédicales, ni sur les cours particuliers de dessin, de chant, de judo... Elle s'en serait voulu de ne pas leur donner toutes leurs chances de réussite. Si elle ne négligeait rien qui touchât à leur bien-être ou à leur avenir, elle câlinait rarement. C'était une mère distante que le pouponnage ennuyait et qui perdait vite patience. Quand elle jouait avec eux, elle avait beau s'appliquer, un rien la distrayait, elle s'agitait, pensait à autre chose ; l'univers enfantin la déconcertait. Les caprices ou les larmes paralysaient ses efforts. Elle ne grondait jamais. Mais elle ne savait pas non plus consoler. Et les enfants dans la détresse, au lieu d'aller la trouver, se précipitaient vers la jeune fille. Marie-Hélène avait observé que sa seule présence les apaisait comme si elle leur communiquait une part de son étonnante placidité. Parfois même comme si elle les hypnotisait. Marie-Hélène enviait sans âcreté ce pouvoir dont elle se reconnaissait dépourvue, tout heureuse de constater autour d'elle un équilibre harmonieux.

L'univers de Marie-Hélène ressemblait à une de ces architectures de verre et d'acier qu'elle prisait tant. Il était à la fois solide et transparent, il reflétait ses besoins d'organisation et de volumétrie. Ancré sur les principes d'une morale simple, il s'élevait fièrement à ses yeux et ne comportait ni recoin ni cachette honteuse. Son attention et ses inquiétudes étaient permanentes.

Cette femme choyée par le sort, née dans une famille de province opulente et heureuse, destinée à jouir de tous les plaisirs faciles, était une perfectionniste. Dans son mariage comme dans son métier, elle cherchait à atteindre un idéal qu'elle avait fixé quand elle était encore une Balanda. Exigeante avec elle-même, dure parfois, elle se fixait des objectifs ambitieux.

Peu charnelle, plutôt éthérée, c'était une épouse dévouée et même fanatique, mais certaines pulsions la rebutaient. Dans sa vie de couple, le sexe n'était pas essentiel. Elle se pliait avec docilité et gentillesse aux désirs de David, mais elle préférait dormir tranquille contre lui. L'absence de rondeurs et le refus strict quoique inavoué du plaisir lui donnaient de la sécheresse. Dynamique et consciencieuse, elle vivait repliée sur son cocon tout en nourrissant des projets d'expansion.

Le design lui procurait ses plus vives satisfactions. Les matières avec lesquelles elle travaillait — le vinyle, le plastique, l'inox, le polypropylène — l'attiraient. Elle aimait leur texture froide, impersonnelle, et les formes idéales, « sublimes » disait-elle, qu'on pouvait en tirer. Elle voulait transformer la nature, l'interpréter, la modeler, dans le sens d'une sophistication supérieure. Elle avait baptisé *Édifice* son entreprise et, dans le cadre qu'elle avait créé de toutes pièces, se révélait femme d'affaires. Sa compétence étonnait David et satisfaisait son propre sens de la réussite : il s'avouait fier de son épouse. Il lui apportait des conseils financiers, surveillait sa gestion, mais ne se mêlait pas de donner son avis sur l'Art. C'était le domaine exclusif de Marie-Hélène.

Édifice et ses enfants accaparaient son énergie, mais elle s'épanouissait surtout dans le cadre d'*Édifice*, où elle prenait enfin son autonomie. En vérité, son existence fort occupée par le design, les enfants et les mondanités, dépendait d'un pilier essentiel, véritable pierre de soutènement : la nurse... Sans cette aide, Marie-Hélène n'aurait jamais travaillé. Sans les compétences et le sourire de la dernière en date qui inspirait plus que les autres confiance et tranquillité, elle n'aurait jamais pu se consacrer entièrement à ses chaises, à ses guéridons, au tech, à la tôle ondulée, au polypropylène. Jamais elle n'aurait savouré l'été ni reçu les amis de David en sari orange... La jeune fille l'affranchissait. Et l'ordre régnait comme d'habitude, mieux même, grâce à elle.

Or voilà qu'un soir comme un autre apparut dans l'univers lisse de Marie-Hélène une mince, une très mince fissure. Cette robe noire un peu trop courte précisément, cette chaînette d'or sur des seins bruns, cette manière chaloupée de tourner autour de la table. Un érotisme qu'elle ne soupçonnait pas, qu'elle n'attendait pas, soudain heurtait son sens de l'ordre et la gênait profondément. C'était un facteur imprévu qui échappait à son contrôle.

Le corps de la jeune fille, elle n'en avait perçu qu'un agrément superficiel, pour ainsi dire esthétique. Or, sans crier gare, sous les yeux de la maîtresse de maison incrédule, ce corps s'affichait avec insolence. Il révélait des cuisses, balançait des hanches, dénudait sa peau. Il découvrait des qualités tout autres que celles qu'elle appréciait et qui correspondaient à une fiche professionnelle : propre et jolie, elle aurait aimé s'en tenir à cette première impression. Mais ce soir, la jeune fille avait exprimé sa personnalité. Elle ne se laissait plus réduire à une fonction. Elle était elle-même. Un corps étranger qu'on n'avait jamais vu. Un corps sensuel, provocant et malicieux. Un corps joueur, qui s'amusait à plaire. Un corps excitant, capable d'allumer certains feux dans certains regards, et reléguait dans l'ombre les autres corps de femmes. Qui existait sauvagement, et près duquel Marie-Hélène se sentait ternir, fondre tout entière.

— Elle est marocaine...

Elle s'aperçut qu'elle ne savait rien de la jeune fille. Rien de son passé, rien de son présent, rien de sa nature profonde. Rien du Maroc non plus. Elle eut peur, un instant. Peur de quoi ? Peur de rien. De ce rien qui, dans l'édifice en transparence, constituait un noyau de mystère, et menaçait peut-être l'équilibre intérieur. Il habite sous son toit ce rien qui éveillait son inquiétude et il dormait avec ses enfants... Pourtant l'ombre reflua, puis s'en alla, Marie-Hélène préféra s'en tenir à la douceur de l'été et au sourire des anges. Qui sait si le sari qu'elle portait ne lui avait pas donné malgré elle une forme de patience, une sagesse qui n'était pas la sienne mais qu'elle adoptait ce soir ?

Autour d'elle, dans l'odeur du café et le chant de la nuit, les voix s'étaient brouillées ou alanguies. Silencieuse, Sophie Bessis-Drouin, concentrée sur des pensées amères, fumait et sirotait un cognac. Benoît s'éclipsa à l'intérieur de la maison. Hervé et Michèle Chantérac oublièrent leur voiture, ils repartirent à pied à l'autre bout des Hauts. Élizabeth s'était allongée dans le hamac, Henri-Pierre la berçait dans le noir en lui récitant des poèmes de Pierre Louÿs. David Paul-Martin avait dans le regard des lueurs rouges que son épouse attribuait à l'alcool, aux cigares ou à un excès de soleil. Et Marie-Hélène, jouant à marcher pieds nus sur la terrasse, ôta ses ballerines dorées.

Sans doute l'été eût-il poursuivi à La Paressanne son cours imperturbable si quelques incidents, en apparence anodins, n'avaient troublé l'ambiance familiale des Paul-Martin. À peine la jeune fille avait-elle secoué l'ordre ordinaire de son apparition qu'une fraction de paix s'en était allée. Une atmosphère lourde que des hôtes de passage n'auraient pu percevoir mais dont les protagonistes ressentaient les effets, enveloppait la pièce. Seuls les enfants poursuivaient leurs jeux en toute innocence. Pour les adultes, il y avait dans l'air un vent léger, effleurant à peine, qui soufflait dans la douceur ambiante, pour eux seuls, ces éléments nouveaux que les météorologistes nomment des perturbations. Tels de brefs nuages dont on ne sait s'ils annoncent la pluie ou n'ont aucune incidence sur le beau temps, ils obscurcissaient le ciel d'un bleu sans tache.

Il y eut d'abord ce coup de téléphone, le surlendemain du dîner. Une voix d'homme anonyme demandait la jeune fille.

— De la part de qui ? s'était enquise Marie-Hélène.

— Ali, lui avait-on répondu en deux syllabes qui heurtèrent son oreille.

S'éloignant discrètement du téléphone et refermant sur la jeune fille qui remontait de la plage la porte du salon, Marie-Hélène n'avait pu réprimer un mouvement d'irritation. Ali... Le nom lui déplaisait. Il produisait une discordance et jurait avec son paysage, avec la France et la Provence, avec ses cigales et ses mimosas. Le nom d'Ali évoquait pour elle en vrac Mahomet et Allah, des burnous, des turbans, des voiles noirs sur le visage des femmes, la voix des muezzins du haut des minarets, une religion exigeante et austère, des guerres saintes, le ramadan. Ali lui apportait d'autres images plus proches d'elle en principe, mais tout aussi exotiques. On n'était plus à Istanbul ou Bagdad, à Alger ou Marrakech, mais quelque part autour des grandes villes, à Paris ou Marseille, dans une banlieue à cent lieues de son milieu doré. Ali... Le nom venait d'Orient, comme la jeune fille. Il avait comme elle un mystère. Si simple à prononcer ou à écrire il ne lui parut pas seulement énigmatique. Son étrangeté le lui rendit hostile.

Ali rappela aux heures où il savait trouver la jeune fille, tôt le matin quand Marie-Hélène dormait encore ; il la réveillait de son accent brutal, que n'arrondissaient jamais les formules de politesse. Il avait une manière vraiment curieuse, laconique, de s'exprimer. Un ton impérieux et vulgaire à la fois, un ton d'homme qui a l'habitude d'être obéi et qui n'a pas de temps à perdre en bavardages. Il demandait à parler à la jeune fille comme s'il était chez lui et qu'elle était chez elle. Anachronisme ?

— Qui est-ce ? demandait David lorsqu'il était dans la même pièce.

— Un ami de la petite..., répondait invariablement Marie-Hélène.

Elle cachait d'instinct ce nom d'Ali en plaçant sous son aile, sans savoir pourquoi, agacée mais complice, la vie privée de la jeune fille, laquelle s'enfermait aussitôt, quoique brièvement, avec Ali à l'autre bout du fil. Les coups de téléphone se répétant, Marie-Hélène finissait par répondre : « *l*'ami de la petite » comme si elle ne connaissait que lui. « C'est Ali... » disait-elle à la jeune Marocaine qui gardait le secret.

Il y eut aussi parmi les incidents de l'été cette phrase de Jérémie, six ans, l'aîné des enfants Paul-Martin. Un soir après le bain, il avait rejoint ses parents sur la terrasse et jouait avec son père aux soldats de plomb. David qui n'accordait durant l'année que peu de lui-même à ses fils voyait aussi dans les vacances une opportunité de resserrer les liens familiaux. Avaient été placés sur le champ de bataille des hussards, des grenadiers, des dragons, des maréchaux d'Empire, des uniformes bleu horizon, des vareuses garance, des capotes kaki, des méharistes sur leurs chameaux, des zouaves, des goumiers... : ces personnages de plomb auxquels il manquait parfois une tête ou un bras avaient appartenu au père de Marie-Hélène. Les jouets d'une autre époque laissaient l'enfant indifférent.

David au contraire, retrouvant d'un coup une passion ancienne, s'en était entiché. Il organisait pour son fils des batailles imaginaires où il mettait en scène des événements qui mêlaient l'histoire et sa propre vie, la guerre et les affaires, on y trouvait des généraux, des banquiers et des hommes comme lui. Il s'amusait beaucoup plus que Jérémie, mais comme son enthousiasme était contagieux, l'enfant y prenait goût.

David créait des armées, il désignait les chefs, il les baptisait. Il avait choisi pour lui-même un spahi en cape rouge : l'officier français commandait un corps d'élite composé de musulmans enturbannés, dévoués à la France, à ses idéaux et à ses ambitions. Le spahi Paul-Martin cavalcadait. Dans les opérations difficiles, il chargeait le premier sur son cheval barbe. Jérémie était un superbe uhlan qui, dans son uniforme autrichien, ralliait souvent le Rif ou les déserts pour suivre les campagnes du spahi, lui apporter le renfort de ses sabres, de ses tambours, de ses trompettes. Dans ces batailles singulières, le père et le fils trouvaient une rare occasion de se comprendre.

Ensemble, à plat ventre sur la brique, ils déployaient les armées, lançaient des ordres, imitaient le clairon, les éclats de mitraille ou les cris des blessés. Il y avait les passages de rivières à gué, les collines à escalader à cheval, les steppes glacées de Russie, les dunes du Sahara ou les bourbiers du Chemin des Dames ; il y avait des conquêtes puis des retraites, des percées admirables, des tranchées où résister. L'enfant n'était jamais perdu. Il aimait cette géographie où le guidait son père, les lignes des briques de la terrasse leur servaient de repère, des cailloux rapportés de la plage dessinaient des frontières, des pommes de pin facilitaient les embuscades. Jérémie calquait ses gestes sur ceux de son père, il faisait défiler sa petite armée au rythme de la grande, il criait les mêmes ordres, il jouait surtout à donner du canon. David poussait ses soldats sur son avant-garde, menaçait ses côtés mais magnanime, il le laissait gagner. Ces moments de connivence, ces rares moments de fraternité de père à fils, l'enfant aurait voulu les prolonger, mais à huit heures, du seuil de la terrasse, la jeune fille l'appelait. Il devait rentrer se coucher, ses parents allaient dîner. Jérémie rangeait les soldats dans leur boîte et, à contrecœur pour la seule fois de la journée, rejoignait la jolie silhouette qui l'attendait. David lui adressait un salut militaire. L'enfant, la main à un képi imaginaire, lui répondait fièrement. Or, ce soir-là il ajouta la petite phrase qui allait déconcerter David :

— Bonsoir, *sidi* papa.

David crut avoir mal compris. Certes il jouait au spahi, montait un cheval arabe, commandait un corps d'élite colonial, mais jamais, pris dans la fièvre du jeu, et dans ses improvisations les plus fantaisistes, il n'avait prononcé ce mot. Jérémie le répétait en toute innocence :

— Bonsoir, *sidi* papa.

Sidi, c'est le seigneur en arabe. Ce terme qui exprime le respect rappelait à David une hiérarchie caduque et les mauvais souvenirs d'une époque révolue. Il l'entendait comme une insulte, quand il était dit avec amour. Malgré lui, David sentit monter sa colère et, sans la jeune fille qui prit l'enfant dans ses bras et l'emmena avec elle, il aurait sûrement éclaté en reproches et interdit à Jérémie de l'appeler encore une fois ainsi. Qu'y avait-il de mal pourtant dans ce mot perdu ? Sidi... Sidi papa.

Un autre jour, Marie-Hélène, désœuvrée, descendit à la plage. La matinée, elle voulut la consacrer tout entière aux enfants. Elle nagea avec eux, les conduisit à la pointe du ponton de bois et leur montra comment plonger dans la mer, les pieds joints, les mains le long du corps, en retenant le souffle, puis comment remonter à la surface en crachant l'eau. Elle les entraîna vers le large où elle se mit à jouer la sirène, disparaissant puis reparaissant quelques vagues plus loin. À la grande joie des enfants. Abandonnée sur le sable, la jeune fille n'osait pas fermer les yeux au soleil ni laisser s'envoler ses rêves. La présence de Marie-Hélène rompait la solitude et le charme de la plage, et lui donnait la désagréable sensation d'être placée sous surveillance. Elle demeura assise, sans bouger, inutile, tout juste bonne à porter le parasol et les affaires de bain sur le chemin des Hauts.

Vers midi, Marie-Hélène la laissa remonter sans elle avec les deux garçons. Essoufflée par ses exercices aquatiques, elle s'étendit sur sa serviette de plage. Elle souhaitait prolonger la matinée, se reposer et, idée fixe de tous ses étés, parfaire son bronzage de blonde. Mais elle eut chaud, la solitude de la crique l'ennuya ; elle s'agita, pensa aux coups de téléphone qu'elle pourrait passer, aux conversations qu'elle pourrait tenir, au courrier qui devait être arrivé, et d'un bond elle fut debout. La serviette sur le bras, elle s'apprêtait à rejoindre le trio, quand elle assista de loin à une scène inhabituelle.

En courant, les enfants quittaient le chemin escarpé et, sur les talons de la jeune fille, s'éloignaient à l'intérieur de la garrigue. Marie-Hélène intriguée les suivit discrètement. Entre des chardons et une touffe d'épineux à fleurs jaunes, elle distingua, entouré d'un cercle creusé dans la terre sèche, un monticule de pierres. D'une forme maladroite, à demi chaotique, il devait avoir une quinzaine de centimètres de hauteur. D'un genre primitif, il lui fit penser à un menhir, un dolmen ou un totem, ou à tout autre monument d'aspect brut, élancé vers le ciel.

Marie-Hélène n'avait aucun goût pour les civilisations des premiers âges dont les vestiges ne s'apparentaient pas à sa propre conception de l'art. Jérémie, Jonathan et la jeune fille avaient chacun emporté un caillou qu'ils avaient dû ramasser sur la plage. Marie-Hélène à distance les vit marcher vers le cercle, s'incliner puis déposer l'offrande sur la pile. Elle entendit la jeune fille prononcer, ou plutôt psalmodier, des paroles qu'elle ne comprenait pas et qui ressemblaient à une prière. Une prière très courte et chantante, dans un rythme envoûtant. Elle songea que tous les trois allaient tourner autour du totem, danser ou peut-être même entrer en transe comme c'est l'usage dans les civilisations primitives. Il n'en fut rien. Le trio tourna les talons à son insu et reprit l'escalade dans la bonne humeur. Cette cérémonie empreinte de superstition n'avait beau être qu'un jeu, sous le soleil des Hauts de Saint-Tropez, il surprenait : c'était la survivance d'une antique croyance. Le rite issu du fond des âges d'un peuple sorcier.

[illegible]

[illegible]

II

Son histoire, Malika me l'a confiée par bribes quelques années après son arrivée en France. Elle me fut présentée par l'une de mes plus fidèles clientes avec laquelle je m'étais liée d'amitié du fait de certaines circonstances et de la position des astres. Cette femme agréable, célibataire et sans profession, dont l'âge mûr était habilement masqué par des artifices, avait engagé Malika comme bonne ou, pour être conforme au vocabulaire des organismes sociaux dont elle dépendait officiellement, comme employée de maison. Donc Malika était, lorsque je la connus, l'employée de maison de Jacqueline Taillevent.

Ce nom de guerre dissimulait des origines juives qui auraient gêné les activités de Jacqueline en nuisant à sa réputation ; elle fréquentait trop d'Orientaux, Libanais, Saoudiens ou Koweiti, pour se priver de leur clientèle... On aurait dit autrefois, quand mes pareilles étaient à la fois respectées comme des pythies et menacées comme des sorcières, que Jacqueline Taillevent était une courtisane. On ne disait plus aujourd'hui que des choses grossières d'une occupation qui, après tout, a eu aussi son histoire, son long passé, sa culture et même, si l'on songe à Ninon de Lenclos, ses lettres de noblesse et ses heures de gloire. Jacqueline couchait plusieurs fois par semaine pour de l'argent, des bijoux, avec des hommes qu'elle rencontrait dans les dancings du VIIIe arrondissement où elle passait ses nuits, près des grands hôtels du triangle d'or qui s'étend entre les Champs-Élysées, l'avenue Montaigne et l'Arc de Triomphe. Un mari anglais envoyait encore une rente à son fils Charlie qui avait une huitaine d'années et des airs de fille, lorsqu'elle décida de remplacer encore une fois la nounou. Peut-être de trop irrégulières rentrées d'argent expliquaient-elles le départ successif, souvent précipité, des employées de Jacqueline Taillevent — par ailleurs si fidèle à nos rendez-vous et qui ne contracta jamais près de moi, quel que fût le tarif de mes consultations, aucune dette. Elle payait toujours en liquide, tirait les billets de son sac comme d'autres des mouchoirs ou des paquets de cigarettes ; ils étaient froissés, en vrac. On ne peut vivre de poussières d'étoiles, et moi aussi, comme Jacqueline, je tire profit d'un métier qui s'apparente à n'importe quelle profession libérale : voyante.

Ce mot-là me plaît. Si on ne dit plus bonne ou courtisane, je n'aime pas qu'on dise sorcière ou astrologue. L'essentiel dans la vie est une question de vue. Il y a sur cette planète les aveugles, les mal-voyants comme on préfère les désigner, il y a les myopes, ceux qui ne voient que d'un œil, ceux qui louchent sur l'événement ou qui, par un curieux effet de presbytie, le contemplent de trop près, incapables de prendre du recul. Il y a ceux qui préfèrent fermer les yeux ou mettre la tête dans le sable, ceux que le soleil éblouit et qui recherchent une lumière filtrée, ceux qui au contraire se laissent hypnotiser, ceux qui ne détournent pas les yeux. Il y a enfin les « bien-voyants », et puis, comme moi, ceux qui ont le don ou la manie de l'extralucidité.

À travers les cartes du Tendre qu'inlassablement Jacqueline me demandait d'établir, nous cherchions un sens à ses aventures, une unité à ses liaisons éphémères. Elle ne cachait rien. Ni ses voluptés faciles, ni son cynisme, ni son intérêt froid pour l'argent qui filait entre ses doigts et qu'elle vénérait bien plus que les hommes, instruments de son plaisir et source unique de sa fortune. Elle était parfois riche, parfois pauvre ; avec gourmandise, rapacité, elle savourait intensément les biens matériels de ce monde. En même temps, généreuse, prodigue même, dès qu'elle avait quelques francs devant elle, elle les dépensait. Pas seulement pour elle, ses robes, ses parfums, son coiffeur, mais aussi pour les autres : pour Charlie, qu'elle élevait comme un lord, ses amies et moi-même à qui elle offrit, alors que les astres n'étaient pas au plus haut de leur course, un châle en cashmere et soie d'un couturier japonais, une paire de gants qu'elle avait rapportée de Florence, et une boîte en lapis-lazuli, cadeau d'un amant, en me disant : « Olga... (Olga aussi est un nom de guerre. Les voyantes russes jouissent d'un plus grand prestige que les natives d'Ile-de-France)... Olga, la vie passe, on meurt, les objets restent, vous vous souviendrez de moi. »

À Malika, Jacqueline offrit bien plus que tout cela : une éducation parisienne. Elle lui inculqua ce qu'elle possédait sur le bout des doigts : les manières, l'esprit et l'accent d'une femme du monde. Elle fit disparaître à jamais la petite Marocaine émigrée dont le sort injuste lui avait aussitôt paru insupportable et dont, avec sa générosité naturelle, elle n'eut de cesse d'effacer les gaucheries et les ignorances. Ce fut pour elle une tâche facile et même agréable : la jeune fille possédait toutes les qualités que Jacqueline prônait dans une femme et qu'elle affina. Elle lui apprit à se coiffer, à se maquiller, à marcher sur des talons hauts, à porter des bas et des jarretelles, à se parfumer d'essences chères, à s'habiller enfin en suivant ce goût si difficile à définir, que Malika sut saisir avec une incomparable intuition : le goût parisien. Jacqueline lui enseigna surtout sa morale : le corps, lui fit-elle comprendre, est le capital d'une femme ; il faut protéger son visage, ses jambes, ses mains car ils sont l'unique richesse. Et l'unique chance.

Un jour elle me l'amena. Elle s'était attachée à la jeune fille, comme à une jeune sœur. Elle voulait la guider et l'aider à trouver la place qui lui revenait dans ce monde. Selon elle Malika méritait mieux que le sort qui jusqu'à présent lui avait été réservé. Comme Jacqueline ne décidait rien sans consulter le ciel, elle s'adressa à moi. Ce fut à mon tour d'être sous le charme — non plus d'une personne physique assurément adorable mais d'un signe zodiacal.

Cette lionne — ascendant Capricorne — me conquit et chaque fois qu'elle manifesta par la suite le désir de me consulter, ce fut pour moi une joie de voir survenir cette fille de feu aux apparences cristallines. Il y avait passion et pureté dans ce destin. Des zones d'ombre dont l'ampleur m'inquiétait, et c'est ce qui me déroutait souvent — une part de magie. Dans mon métier, j'ai banni ce mot qui ne devrait séduire que les charlatans ; ils l'utilisent pour donner le change et mieux cacher leur ignorance. Force me fut de le reconnaître. Les astres dans le ciel de Malika étaient disposés avec intelligence et harmonie. Rien au départ n'avait favorisé la fille, sauf ce zénith exceptionnel. Les astres indiquaient en effet un destin qui transcendait les calculs trop simples.

J'ai toujours banni de mon travail la superstition. Mon masque de Madame Soleil cache une mathématicienne éprouvée. Je crois aux données, aux chiffres et à la claire position de Vénus ou de Neptune au jour J. Or chez Malika, quelque chose gênait mon entreprise. Le tracé me parut trembler. L'astre Malika, d'abord solaire et flamboyant, échappait en partie à mon contrôle, il se dérobait à mes efforts d'analyse.

Jacqueline veilla trois ans sur Malika. À la suite de mauvaises affaires, elle dut partir et, bien à regret, quitta son cher Paris. Elle suivit un amant au Bahrein où elle vit toujours, je crois. Elle me confia Malika. La jeune fille vint travailler chez moi et devint mon permanent sujet d'études. Sa personnalité d'emblée me fascina. De voyante, je devins un peu voyeuse : une curiosité maligne, digne du romancier ou du chacal, s'empara de moi. Je me mis à l'observer et à l'interroger. Elle se prêta au jeu. D'une nature sauvage et solitaire, elle était beaucoup moins préoccupée que moi par son histoire. Tout en répondant à mes questions, elle gardait son mystère : libre à moi d'interpréter ses laconiques informations. Elle montra rarement une émotion quelconque à tous ses récits. Elle répugnait à s'attendrir sur son passé. Elle vivait dans le présent. Mais si elle accepta de se confier à moi c'est parce que mes connaissances astrologiques animaient sa curiosité.

Si je raconte Malika, c'est qu'elle me paraît exemplaire : elle eut un destin de femme, royal et malchanceux. Je raconte ici ce que je sais, ce qu'elle m'a confié, ce que j'ai lu dans les astres et ce que des gens m'ont rapporté. Je raconte aussi ce que j'ignore : le mystère qui, à mesure que je l'étudiais, grandissait autour de ce signe. J'écris enfin pour comprendre mes propres faiblesses de voyante et connaître les origines de la fascination que la jeune fille exerça sur moi.

Lorsque Malika disparut de ma vie, j'eus envie de songer encore à elle, de laisser des images, des mots, des gestes de la jeune fille guider ma mémoire. Je m'interrogeai sur les rapports particuliers qu'elle entretenait avec le monde terrestre, sensuel et matériel, et avec les courants célestes. Ce livre lui est dédié : moitié roman, moitié biographie, tentative de recherche d'un être, il veut lui dire que je me souviens.

Malika était née il y a vingt-deux ans au village d'Aït Saïd, à dix kilomètres de l'oasis de Beni-Mellal. Aussi loin que remontait sa mémoire, alors qu'elle habitait la France depuis trois années, le Maroc dessinait dans sa tête une toile de fond aux couleurs ocre et mauve, paysage déjà lointain, sur lequel se détachaient des images tendres ou cruelles — seul héritage de son passé marocain.

C'était d'abord, dans le silence de la campagne sèche, le bruit des sabots de son âne qui allait à pas lents en butant sur les cailloux d'une mauvaise piste. Elle, assise de côté sur la selle rembourrée de paille, lui tapait dans le ventre de ses pieds nus, pour scander leur marche et sentir sous ses talons le poil chaud et doux de son compagnon de route. Leur balade n'en finissait pas sous le soleil qui leur brûlait l'échine et faisait couler de ses mains le jus brunâtre du henné.

Ils avançaient péniblement à travers la colline sans ombre, où tombait dès les premières heures de la matinée cette canicule guère concevable de l'autre côté de la Méditerranée. L'été là-bas était infiniment plus dense. Elle se souvenait de l'odeur de la terre comme de l'odeur de l'âne et parfois, dans la nostalgie de sa petite enfance, elle croyait les retrouver. Mais la terre ne serait jamais plus la même, malgré les chardons et les oliviers, et les enfants ne connaissaient plus les ânes, ses vieux amis.

À six ans déjà, dernière-née d'une longue famille, elle savait monter le mulet pour aller chercher l'eau, ou porter la nourriture aux aînés qui travaillaient aux orangeraies, sur les bords du ravin menant aux six sources. La terre n'appartenait pas aux siens ; ceux qui habitaient encore le village — les autres s'étaient dispersés dans des villes ; leurs nouvelles étaient colportées par des voisins, commerçants itinérants — la cultivaient pour le compte d'un propriétaire qui vivait à Beni-Mellal. Dans cette région de vergers, où les fruits grâce aux pluies avaient des saveurs exquises, les oranges comme les pamplemousses qu'elle admirait sans oser les toucher et les vrais citrons, jaunes et lourds, de forme ovale, étaient une denrée commune — on cultivait les arbres sur des centaines d'hectares — et des fruits de paradis — trop précieux pour en abuser. Elle fermait les yeux pour mieux les goûter. Les orangeraies s'étendaient près du fleuve, là où l'eau permet d'arroser la terre, et d'abreuver les arbres aux feuilles tendres, si fragiles qu'elles retombent en pluie sur le dos si vous les secouez. Hors le périmètre verdoyant de ces cultures auxquelles les gens de Beni-Mellal portaient une véritable dévotion, tout n'était que maquis et garrigues. Le village d'Aït Saïd s'adossait aux collines qui dominent les belles plantations. Entre les blocs de cailloux et les buissons d'épines, où erraient des poules somnolentes, il comptait au plus une douzaine d'habitations. C'était le domaine de Malika, le pays de son enfance.

Elle aimait battre la campagne, pieds nus ou sur le dos de son âne, parcourir des kilomètres à travers les broussailles, suivre le chemin des abeilles ou des papillons. Elle avait une prédilection pour ces insectes légers aux couleurs chatoyantes. Jamais elle ne porta la main sur l'un d'eux, elle les respectait et s'associait à leurs balades, de roches en petites fleurs de bruyère. À Aït Saïd, tous les gosses travaillaient sauf elle. Malika connut longtemps une liberté sans entraves qui pouvait paraître rare et scandaleuse. Isolée tout au bout de la chaîne de ses neuf frères et sœurs, elle n'avait d'autre compagnon de jeux que l'âne. Quand elle était à la maison, elle aidait sa mère à la cuisine, épluchait les légumes, roulait la semoule, apprenait à coudre, nourrissait les poules, mais comme on s'amuse ; elle ne faisait presque rien en comparaison de ce qu'on exigeait de ses autres sœurs. La benjamine, Malika, était de loin la préférée ; on lui épargnait les corvées : laver le linge, balayer le sable de la cour ou travailler la terre. C'est pourquoi ses mains étaient aussi douces et lisses que celles d'une enfant de riche.

Tout près d'Aït Saïd, des falaises se dressaient au nord comme un rempart. Elles étaient de la couleur du sable, grises à l'aube, elles bleuissaient le soir. Creusées de grottes que personne n'avait osé explorer, elles abritaient, croyait-on, des esprits lunatiques, facilement méchants, des *djounns*, qui avaient déjà attiré sur le village avec la sécheresse la misère et la famine. On se méfiait d'eux. Une fois par an, en cortège, on s'approchait des grottes, on égorgeait des poules blanches, dont on répandait le sang à l'entrée d'une des cavernes, puis on construisait de minuscules bûchers où les volatiles expiaient les péchés de tous. Mais on ne s'aventurait jamais au-delà, dans le trou béant, d'où s'échappait une odeur écœurante. On disait qu'il dissimulait des trésors gardés par les démons pétrifiés dans la terre mais prompts au réveil pour tuer d'éventuels intrus et faire payer aux habitants du village leur geste sacrilège. On avait peur des *djounns*. Personne n'avait jamais tenté d'accéder aux grottes.

Malika rêvait souvent de ces richesses interdites, enterrées à portée de main et qui auraient peut-être changé sa vie. Elle y rêvait enfant, alors qu'elle ne connaissait rien d'autre qu'Aït Saïd, ses chemins de pierre, ses vergers clôturés, ses ravins, ses falaises, et le sol de terre battue de la maison.

Malika ne se préoccupait guère de nourriture. Elle pouvait se contenter de pain, de thé et de sucre. Mais les trésors inutiles l'attiraient depuis toujours. Comme ces babouches qu'un marchand avait tirées de gros paniers d'osier, avec des épingles, des clous, de la ficelle, du savon, du thé, des allumettes et des pièces de tissu. Des babouches de Marrakech, avait-il précisé, dignes de ses palais. Taillées dans une peau de chevreau, elles étaient brodées de fils d'argent et de couleur. Tenaillée par un désir subit, irrépressible, de prendre ces babouches et de les essayer, elle avait supplié sa mère de les acheter. En vain. Elle les avait contemplées aussi longtemps qu'elle avait pu, désolée de les perdre ou de s'en voir frustrée. Puis elle avait suivi le colporteur sur la route de Beni-Mellal, prié les saints, les *djounns* et à la fin, l'homme lui-même qui s'était contenté de lui rire au nez, avant de la chasser en la menaçant d'une trique. Il lui semblait qu'on lui volait ses babouches. Elle s'était juré d'en posséder, brodées d'or, et s'imaginait que les grottes du village dans leur pénombre en contenaient de somptueuses qui seraient sa revanche.

Qu'imaginait-elle d'autre dans ces cavernes inaccessibles d'Aït Saïd ? Rien de précis. Mais la promesse d'un monde plus doux, plus chatoyant — quelque chose comme le ventre de son âne, avec les couleurs d'un papillon ou d'une paire de babouches de Marrakech. Il était étrange, inné, ce don de Malika pour la beauté, pour le luxe. Petite fille, traversant sur un âne son village perdu du Moyen Atlas, elle y pensait déjà.

L'habitation était en pisé rougeâtre comme les autres maisons du village. Elle était composée de trois pièces minuscules voilées par des tentures qui s'ouvraient sur une cour intérieure poussiéreuse où le soleil tapait tout le jour comme sur une forge. Quand il pleuvait, la cour se réduisait à l'état de boue qu'il fallait repousser au balai, dégager au seau et à la pelle — corvée des autres sœurs —, et qui remplissait pour longtemps la maison d'une humidité poisseuse et de l'odeur d'herbes décomposées, comme celles qui macéraient en permanence à la tête du lit de sa grand-mère.

Quand elle n'allait pas porter les provisions à l'orangeraie ou chercher de l'eau à la source sur la même route qui menait aux falaises, Malika errait sans but. Elle partait au hasard, assise de côté sur son âne, couverte d'un voile blanc pour se protéger du soleil. Elle traversait la garrigue, escaladait les collines, suivait les pistes que personne d'autre n'avait empruntées, les rigoles creusées par les sabots de l'âne. Elle s'arrêtait sous un figuier ; l'animal mangeait les chardons tandis qu'elle somnolait à l'ombre, pensait à ses grottes ou adressait de vagues prières au marabout. La visite au tombeau du saint homme était sa balade préférée. Il se trouvait à l'ouest d'Aït Saïd, à un croisement de pistes. C'étaient quelques pierres en ruine surmontées d'un toit rond, aux couleurs de la terre, qu'elle apercevait de loin et sous lesquelles, depuis une date qu'elle ignorait, un prophète reposait. Elle imaginait son squelette, la poudre d'os sous le monticule, tout en nettoyant le tombeau et en arrachant les mauvaises herbes. Elle venait là avec plaisir parce qu'elle sentait une présence mystérieuse et apaisante avec laquelle elle communiquait. Elle croyait en cette force. Petite fille désœuvrée, solitaire, elle adressait des suppliques au marabout qui promettait de l'aider. Pendant des années, presque chaque jour, elle déposa sur le site oublié des offrandes : des fleurs, des cailloux, des oranges ou des citrons volés.

À Aït Saïd, le soir, les hommes priaient, inclinés vers l'orient, le front sur le sol. Les femmes se taisaient, interrompaient leur besogne mais ne se joignaient pas à eux. Silencieuses, à l'écart, elles attendaient simplement de reprendre le travail. La prière marquait un court moment de répit. Malika ne participait pas non plus aux prières des hommes. Musulmane par l'état civil, elle avait une foi païenne, plus profonde, plus authentique que la religion de son pays et de sa famille. Plutôt qu'à Dieu, elle préférait s'adresser au marabout ou bien aux étoiles dont sa grand-mère lui avait enseigné le langage. Elle savait en reconnaître quelques-unes parmi celles qui dessinaient, la nuit, un véritable tapis au-dessus de son village. Malika possédait son étoile fétiche, à l'ouest, séparée du berger par une nuée de constellations indistinctes. Elle lui avait donné son nom. C'est Malika qui rayonnait là-haut, loin de la poussière sale du village et qui les soirs sans brume lui lançait des signaux.

Malika dormait avec sa grand-mère. Elle partageait depuis toujours le même matelas et se souvenait encore du contact rêche de sa longue robe et de l'odeur des herbes fumées. Grand-mère n'avait pas d'âge. Sa figure était celle d'un vieux lion desséché. Ses mains, grisâtres, plissées, avec l'envers rouge sombre, évoquaient la carapace des lézards. Mais les gestes, lents et gracieux, et la voix, douce et caressante, lui conservaient une féminité qui attirait Malika. Elle copiait les gestes, la voix. Grand-mère avait les yeux bleus et autrefois, prétendait-elle, la peau très blanche. Elle descendait des Berbères Zaian qui vivent dans les montagnes. Par esprit de fidélité, et par fierté d'appartenir à cette caste, elle continuait de porter à Aït Saïd le haïk des femmes de sa tribu. À la maison, elle ne se voilait pas comme Mannina, sa belle-fille, la mère de Malika, native d'Ouaoumana, village de la plaine sur la route qui descend vers Meknès. Elle la considérait en raison de ses propres racines comme une créature inférieure. Elle la méprisait un peu. Quand elle se fâchait, elle la traitait de femme arabe... Grand-mère ne nouait le haïk qu'au moment de sortir. Chez elle elle ne cachait jamais son visage devant son fils ni devant ses petits-fils. À Aït Saïd, à moitié chemin de la montagne et de la plaine, elle n'oubliait jamais qu'elle était en exil. Elle n'était ni arabe ni marocaine, mais berbère, avec orgueil.

C'est cette grand-mère qui avait enseigné à Malika les rites magiques qui accompagnèrent son enfance. Elle lui contait aussi l'arrivée des marabouts en pays berbère, les longs voyages de ces hommes, souvent misérables qui franchissaient les cols enneigés de l'Ayachi, les pistes les plus escarpées, les moins ombragées au sud de Khenifra, pour parler à des tribus isolées, guérir un malade ou adoucir le sort d'une famille poursuivie par le mauvais œil. Elle expliquait que les saints hommes étaient aussi puissants morts que vivants et qu'il valait mieux s'attirer leur protection. Grand-mère aimait raconter des histoires ancestrales. Elle décrivait les batailles des tribus Zaian, toutes composées d'excellents cavaliers, qui se lançaient à bride abattue, montés sur de petits chevaux, courts mais robustes, sur les villages des plaines. Pendant les batailles, de vieilles femmes les assistaient : elles aspergeaient de henné les fuyards. Il y avait peu de lâches chez les Zaian, et leurs coffres de cuir contenaient, disait-elle, les plus admirables et les plus anciennes collections de pièces d'or, de bijoux, rapines de plusieurs générations. Ces paysans guerriers, lointains ancêtres de Malika, faisaient partie de la famille. Malika n'était jamais allée jusqu'à leurs montagnes mais sa grand-mère lui parlait si souvent de leurs coutumes qu'elle croyait avoir grandi au milieu de leurs tentes en poil de chèvre. Grand-mère chantait aussi et, le soir, elle endormait de berceuses l'enfant qui couchait près d'elle.

Grand-mère avait communiqué à Malika son goût de l'étrange et du rêve. Elle lui avait offert un peu de son âme berbère. Et Malika avec ses yeux noirs et sa peau très blanche, avec sa démarche de reine et ses longues mains aux paumes rouges, avec sa féminité rebelle, lui ressemblait sans aucun doute. Enveloppée dans le haïk blanc, les après-midi sur son âne, elle s'envolait toujours vers d'autres continents.

Mannina n'était pas de la même race. Ses grosses mains, ses larges hanches, son visage empâté et mou indiquaient l'usure et la fatigue. De ses grossesses répétées, elle avait gardé l'habitude de marcher le ventre en avant et les jambes écartées. Elle travaillait du matin au soir et n'avait pas le temps de regarder les étoiles. Elle avait nourri treize enfants — dont quatre étaient morts avant la naissance de Malika — et se démenait encore pour assurer à ceux qui habitaient auprès d'elle une nourriture et un abri décents. Elle avait les yeux aussi noirs que le voile de laine qu'elle nouait autour de son visage et, alors que la grand-mère, férue de mystère et de magie, planait entre ses montagnes berbères et le ciel, Mannina avait les pieds plantés dans la terre rouge du village. Elle était lourde et lente de cette vie qui pesait sur elle. Elle ne se plaignait pas, mais elle laissait deviner ses souffrances. Malika en voulait à sa mère de se résigner à sa condition de paysanne, de ne pas être princesse à Marrakech ou épouse d'un riche marchand de draps ou de babouches. Elle-même se voulait d'une autre trempe, prête à tout pour s'élancer loin du village vers des régions inconnues, dignes de ses prétentions.

Mannina portait pourtant à sa dernière fille une passion exclusive et son morne regard ne s'éclairait jamais qu'en sa présence. Malika était son trésor. Un trésor palpable et bien réel, non pas surnaturel comme celui des grottes. Elle avait décidé de lui éviter tout ce qu'elle avait enduré au même âge. Elle la choyait au détriment des autres enfants, sans autre raison qu'un instinct maternel profond, inexplicable, aussi violent qu'injuste. Pour sa petite dernière, ses yeux parlaient d'amour. Elle lui gardait les meilleurs morceaux de la viande qui cuisait pour les hommes ; elle aimait la voir près d'elle, intacte et oisive et, tandis que la grand-mère racontait ses sempiternelles histoires, en tournant et retournant la semoule, elle contemplait sa fille aux longues mains de citadine.

Le père n'était jamais là. Autrefois, paraît-il, il faisait la navette entre Beni-Mellal, où on l'employait à garder un grand verger, et le village. Il partit plus loin vers le nord, il avait trouvé un travail au port de Casablanca. On disait qu'il n'avait pas mal réussi ; il envoyait de l'argent. Jusqu'au jour où il s'était embarqué pour la France. On ne savait plus rien de lui. À l'inverse de son propre père, sédentaire comme tous ses ancêtres, indéracinable d'Aït Saïd, ce fils d'oasis avait des goûts de nomade. Malika se souvenait d'un grand homme en robe blanche, un jeune homme aux yeux clairs, aux lèvres minces, qui avait agi contre les lois sacrées : il avait enlevé le voile dont sa mère couvrait ses cheveux et laissé courir ses mains dans ses longues mèches emmêlées. Un acte sacrilège qu'il avait commis en souriant, soit pour provoquer Mannina, soit pour prouver comme grand-mère qu'il n'attachait aucune importance au fétichisme de la chevelure.

C'était un jeune homme plutôt qu'un père qui avait disparu de la vie de Malika, trop tôt pour qu'elle en mesure le drame. Il manquait à son paysage. On disait au village — elle en avait surpris les rumeurs — que Hakim avait des ambitions au-dessus de sa condition, qu'il était coq de village, rêvait d'être lion, et qu'il n'aimait pas la terre. Malika ne posait pas de questions. Les récits de sa grand-mère où des guerriers Zaian parcouraient leurs montagnes évoquaient ce père de famille séduit par d'autres horizons. L'enfant le comprenait-elle ? Malika parlait de lui avec respect comme si elle ne doutait pas qu'il reviendrait le lendemain. Il était évident que Hakim avait voulu chercher ailleurs ce qu'il ne trouvait pas sous son toit. La fortune ? Ou bien quelque chose de plus incertain, l'aventure ? Mais laquelle ? se demandait Malika, en enviant ce départ brutal, semblable à une fugue.

Il avait entraîné avec lui son deuxième fils. L'aîné, prénommé Hassan, servait désormais de père. Établi à Beni-Mellal, il veillait de loin sur les femmes avec d'autant plus de sévérité qu'il n'habitait plus le village et se sentait investi d'une responsabilité de chef de tribu. Il en abusait, arrivant à l'improviste à la maison où il assignait de nouvelles tâches à chacune. Car dans la maison d'Aït Saïd il n'y avait plus que des femmes : la mère, la grand-mère, Malika et cinq autres sœurs. Deux d'entre elles, mariées, vivaient à proximité avec leur famille. Les cinq aînées de Malika travaillaient aux orangeraies où elles procédaient non seulement à la cueillette mais à tout ce qui le plus souvent incombe aux hommes : le labour, la taille et le transport des fruits. Aucune d'elles ne reprochait à Malika sa condition particulière : elles craignaient la benjamine selon elles dangereuse complice des *djounns.* Zohra — l'une des sœurs — avait ainsi, un jour, craché par jalousie au visage de Malika parce qu'elle était exaspérée de voir ses mains lisses et blanches. Elle avait hurlé sa fureur, menacé de lui couper les cheveux, de lui brûler la peau, si elle ne venait pas puiser l'eau, si elle continuait à se tenir à l'écart, enfant gâtée, inutile et, qui plus est, provocante. Le lendemain, en sautant une ornière en forme de sabot d'âne, elle se cassait une cheville... Toutes les sœurs voulurent voir entre la scène de la veille et ce malencontreux accident un lien de cause à effet et tinrent Malika pour une jeteuse de sorts. D'abord surprise, elle-même se mit à croire à ses nouveaux pouvoirs. Elle s'exerça aux maléfices. Certains se révélèrent efficaces. C'est ainsi qu'elle attira le mauvais œil sur un voisin. Cet homme, marié et père de famille, convoitait Malika. Il portait sur elle un regard lourd de concupiscence. Un jour il essaya de la toucher. Il la suivit jusqu'au milieu de la colline où son âne consentit enfin à galoper. Elle put semer l'importun.

Après une prière de Malika au marabout, l'homme s'ébouillanta le soir en renversant le chaudron d'eau qui sert à la préparation du thé.

Quand Malika essayait de parler du Maroc, les mots d'abord se dérobaient. Elle se lançait, trouvait l'élan, amorçait une histoire puis s'arrêtait devant la difficulté de raconter ou de décrire. Elle ne livrait que des bribes comme les morceaux éparpillés d'un puzzle. Mais ces bribes avaient un éclat incomparable. Plus de force qu'un discours. La logique, l'esprit méthodique des gens d'ici rendaient Malika méfiante et scrupuleuse. Voilà pourquoi elle hésitait à se confier. Elle redoutait les jugements. L'ironie la blessait. Elle tenait à son passé, elle n'en avait pas honte ; elle le protégeait, le gardant pour elle, sûre de ne pouvoir communiquer à des Français, facilement moqueurs, la qualité unique, irremplaçable, du climat où s'était écoulée son enfance.

À commencer par le ciel qui, à Saint-Tropez ou à la capitale, lui rappelait constamment qu'elle était en exil. Sur la côte pas plus qu'à Paris, elle ne retrouvait ce bleu, pour elle absolument singulier, ni ces nuages blancs qui s'amoncelaient et que le chergui balayait à grande vitesse, ni ces brumes du matin qui semblaient monter de la terre et s'élevaient lentement jusqu'à se condenser en une buée légère. Ni ces pluies qui s'abattaient sur le village, au printemps, transformant en torrent l'oued qui coulait au bas des orangeraies et des falaises aux grottes. Les maisons s'emplissaient de boue, les murs suintaient de sable rouge, on disposait des bassines là où l'eau s'infiltrait et transperçait le toit. Dans sa mémoire éparse, qui répugnait à se confier et se livrait avec parcimonie, c'était le royaume de l'été. Malika abandonnait le matelas pour dormir à même le sol comme un petit animal. Il n'y avait pas de carrelages où il est si bon de s'étendre, disait-elle, quand il fait chaud. Le vent roulait la poussière derrière les tentures ; il se déposait sur ses cheveux et sur ses vêtements, lui entrait par le nez, la bouche, et craquait ses lèvres comme la terre tout autour. On n'avait pas assez d'eau pour arroser la cour. L'eau qu'on buvait était tiède ; seul le thé brûlant désaltérait. Malika traversait les étés, sans force, dans un horizon blanc et brouillé, enveloppée dans de la laine de la tête aux pieds pour résister au soleil.

Comment dire aux gens d'ici, prompts aux jugements expéditifs, au mépris de ce qui leur est étranger, comment évoquer cette vie fruste, sans confort, sans hygiène ? Comment leur raconter, sans les faire sourire, qu'elle allait s'accroupir derrière la maison dans un coin qu'on nettoyait à la paille tous les deux ou trois jours, où les poules pondaient leurs œufs ? C'étaient les vasques blanches des toilettes, tapissées, carrelées, qui l'avaient le plus étonnée. Elle ne s'y enfermait jamais sans dégoût. À Saint-Tropez, elle avait son coin à elle — sans poules — sous les pins parasols...

Les gens d'ici connaissent le Maroc : ses plages, ses palais, ses *moussems*, ses souks célèbres, Fès, Marrakech, et les hôtels cinq étoiles de Smir à Agadir. Certains, plus curieux, se sont glissés en moins grand nombre hors des itinéraires classiques, en jeep ou à moto. Malika se souvenait d'avoir croisé épisodiquement sur les pistes d'Aït Saïd des Occidentaux intrépides, à l'affût de curiosités locales, armés de caméras. Elle s'avançait timidement vers eux, curieuse elle aussi d'en savoir plus sur le monde d'où ils provenaient, en jeans ou en bermudas kaki. Bronzés, rouges, brûlés parfois, ils avaient la peau plus foncée que la sienne et des airs de liberté qu'elle aimait parce qu'elle les associait aux tribus berbères. On les entendait venir de loin, dans le vrombissement de leurs moteurs, et ils laissaient derrière eux un sillage de poussière et les échos d'un vacarme qu'elle aurait voulu entendre plus longtemps. Ils ne s'arrêtaient que rarement, pour demander le nom du village ou la photographier. Ils semblaient pressés de filer vers le sud. Malika se désolait de leur indifférence, se laissait photographier, conquise, abandonnée. Les touristes et Malika ne pouvaient que se croiser sur les pistes, autour des ruines croulantes du marabout. Elle ne savait rien d'eux : fulgurants, ils traversaient son univers. Arrivés près d'elle, ils freinaient à peine, se retournaient pour prendre un ou deux clichés, puis repartaient ; elle les suivait des yeux.

Au village, Malika s'était liée d'amitié avec un garçon. Le fils d'un voisin, de deux ans plus jeune qu'elle, prénommé Tahar, la suivait sur les pistes en prenant soin de ne pas se faire repérer des commères. Il attendait qu'elle disparaisse au tournant des collines grises avant de se lancer sur les traces que l'âne laissait dans la poussière puis, au trot, pieds nus comme elle, il courait la rejoindre dans la garrigue, se hissait derrière elle sur sa monture et partageait sa promenade, les mains sur ses épaules.

Les vieilles femmes d'Aït Saïd auraient probablement craché au passage de l'âne et rapporté aux familles des deux hurluberlus l'indécence de ces balades, si elles avaient pu voir les deux enfants enlacés dans la solitude de la campagne. Tahar, d'un coup de pied bien placé, serait allé rejoindre son père aux vergers ; trop jeune pour cueillir, il pourrait se rendre utile aux corvées que méprisent les hommes : porter les paniers ou abaisser les branches vers les cueilleurs. Mais plus surement, on l'aurait d'un autre coup de pied envoyé se recueillir auprès d'un vieux bonhomme qui, à l'ombre des oliviers apprenait aux jeunes garçons d'Aït Saïd à lire et à réciter le Coran. Cette épreuve, Tahar la surmontait aisément et il l'aurait affrontée tous les jours sans se plaindre, captivé par le vieux bonhomme, par les belles lettres qu'il dessinait sur le sable ou sur des tablettes et par les paroles du livre saint, s'il n'avait aperçu Malika s'éloigner sur son âne, pris de l'envie furieuse de la rejoindre et de ne plus la quitter.

Tahar était un garçon petit et si maigre qu'on pouvait dénombrer les os de sa poitrine. Malika avait appris ainsi à compter : l'index pointé sur la peau brune, la cage thoracique de Tahar lui servait de table à calcul. À ses yeux, le petit garçon au sternum osseux était un savant. Il l'avait conquise par sa science.

L'amitié des deux enfants fut secrète et chaste. Ils partageaient ensemble sans parler, sans rire, dans une complicité qui leur était aussi sacrée que le vent, la lumière, ou la vie de tous ces insectes volants qui accompagnaient leur route. Ils ne cherchaient rien qu'un peu de liberté, un peu de rêve. Lorsque Malika si solitaire pourtant sentait dans son dos le petit corps sec et chaud, elle se sentait plus légère et croyait, de toutes ses forces, dans son étoile. L'amitié de Tahar lui était aussi précieuse et favorable que le tombeau du saint homme qu'ils honoraient ensemble. Malika déposait devant le monticule des fleurs, des fruits volés, tandis que Tahar récitait des versets appris par cœur et débités à toute vitesse. Elle écoutait, les yeux dilatés par l'émotion et fascinée par le mystère de la parole religieuse. Le marabout invisible et protecteur les enveloppait dans un climat qu'ils étaient seuls à connaître et à partager. L'air brûlant d'Aït Saïd, où les insectes bourdonnaient, où le vent levait une poussière rouge et pliait doucement les chardons sur les touffes d'herbe sèche, où la cadence de l'âne rythmait leur rêverie, était leur seul témoin.

Petit et maigre, Tahar suivait Malika drapée de voiles blancs comme une mariée occidentale. Il lui parlait du Coran ou des choses qu'il apprenait, soucieux de les lui communiquer. À son tour, avec une facilité déconcertante pour qui la connut par la suite murée derrière ses sourires, elle lui livrait des secrets : la promesse du marabout et le message de l'étoile ; le désir violent de ressembler aux créatures de sa grand-mère, à tous ces nomades rebelles, pilleurs d'or et de trésors, à toutes ces femmes sans voile dont elle avait la peau blanche mais non pas à son grand regret les yeux bleus. Elle lui confia enfin son rêve le plus fou. Chevaucher un jour une de ces motos croisées sur la piste, poser sa joue sur le blouson de toile d'un voyageur en route pour une autre vie.

Tahar écoutait. Lui aussi aurait aimé partir. Vers où ? Il ne le savait pas. Il voulait s'en aller à la conquête du monde, dépasser les frontières mesquines d'Aït Saïd, escalader les collines, découvrir des villes avec des vraies écoles, des médersas, des universités. Pour l'instant il se contentait d'engranger des connaissances. Il harcelait son maître de questions sur Dieu, sur le roi, les hommes, les animaux... Tahar, fils de paysan, n'était pas né pour le devenir. Comme en Malika, une différence profonde, inscrite en lui dès sa naissance, le poussait vers un ailleurs. Ses yeux bleu-gris, hérités d'un ancêtre inconnu, brillaient à la moindre découverte, à la moindre lecture de mots neufs, de signes qu'avec un immense respect le vieux bonhomme traçait dans la terre. Les autres enfants somnolaient ou boudaient le maître dont ils craignaient pourtant les coups de bâton ; ils attendaient la fin de la leçon avec impatience pour retourner jouer dans les champs. Tahar, au contraire, ne perdait pas un mot, pas une lettre. Il se sentait chaque fois plus riche de tout ce qu'il apprenait et rapportait en trophée à son amie Malika.

Sur la toile rouge des falaises aux grottes, Tahar et Malika formaient, accrochés l'un à l'autre, un couple étrange : un de ces tableaux pittoresques que les touristes aiment à rapporter en clichés et qu'ils enferment au retour dans un album de photos ou publient dans une collection de voyage. Un de ces touristes-reporters qui traversent le Maroc à moto dans une pétarade inouïe aura pu les photographier ensemble dans la lumière nette de l'été. Un petit garçon brun, sec, à califourchon sur un âne, avec les mains posées sur les épaules d'une silhouette blanche et élancée, une couronne de chardons bleus sur la tête. Ils tournent chacun leur regard, l'un clair, l'autre noir, vers l'objectif. Personne ne saura jamais, au-delà des couleurs, au-delà des artifices de cette belle photo glacée, ce qu'ils pensent ni ce qu'ils rêvent face au motard qui les a surpris.

Pour moi qui l'observais, Malika m'inspirait une admiration que je n'ai jamais cherché à dissimuler et qui avait fini par la mettre en confiance. Devinant mes sentiments pour elle, elle me racontait son existence vagabonde et paysanne, et son regard aux prunelles sombres qui demeurait opaque malgré mes tentatives d'en percer le mystère s'éclairait de gaieté, de malice.

Elle se plaisait selon toute évidence à rappeler des souvenirs récents qui paraissaient surgir d'un autre temps ou d'un vieux roman tant ils fourmillaient de péripéties à peine vraisemblables pour un Européen.

Elle aimait son pays. Mais elle révélait ses origines seulement si on l'interrogeait à ce propos. Elle avait appris d'elle-même à ne pas les afficher. Ici, par mesure de prudence, elle voulait être une jeune fille comme une autre, plus belle et plus ardente, mais épurée d'un passé qui en France l'encombrait et que, pour cette raison, elle ne rappelait jamais devant témoins.

J'aurais dû prendre des notes. Écrire le nom des parents, des voisins, des ânes et des poules.

Mais la voix de Malika m'absorbait, cette voix lente qui chantait son Maroc plus qu'elle ne le parlait, et qui, laconique, sobre, parvenait à ressusciter son histoire sur un décor de montagnes, de garrigues et d'orangeraies. J'admirais sa mélodie, l'amour qu'elle exprimait et aussi sa simplicité. Dépourvue d'instruction, Malika ne tenait pas des discours raffinés. Elle ne cherchait pas à se servir de mots compliqués. Elle trouvait spontanément le plus joli, le plus exact et le plus pur, pour désigner la couleur du ciel, de la terre ou des djellabas et le parfum de son pays. Sa voix ne tremblait pas ; tantôt joyeuse, tantôt émue, elle avait à ces moments-là un accent original, cet accent marocain qu'elle avait appris à adoucir sinon à camoufler, et qui donnait à ses courts récits une authentique poésie.

Je surpris plus d'une fois dans ce beau regard, à l'évocation du Maroc, des larmes. Mais elles ne coulaient jamais. Malika se détournait, elle portait le cours de son histoire vers des rivages plus sereins ou plus gais. La tristesse chez elle ne se lisait jamais en filigrane. Elle passait en toute légèreté sur les événements de sa vie, incapable de s'appesantir sur les détails. Et si elle laissait devant moi remonter à sa mémoire les douceurs et les violences d'autrefois, elle ne s'abandonnait aux confidences qu'un bref instant, en couvrant d'un voile opaque ce qui était laid, ce qui la faisait souffrir. Jamais elle ne s'abandonnait, comme c'est mon penchant quelquefois, à la neurasthénie. Nous revenions alors au cosmos et aux cartes. Je cherchais à percer l'avenir, peut-être à le conjurer. Malika suivait avec curiosité mes démarches scientifiques capables d'assurer son bonheur.

Le bonheur ! On l'invoque toujours, on l'appelle de ses vœux ! Sans cesse, ce mot en Occident nous hante, nous obsède. Oui les Européens ont une idée fixe : le bonheur. Sur ce point-là, Malika était une fille de son pays. Tranquille et fataliste, elle n'avait pas cette vision tranchée et bicolore, noire et blanche, pique et cœur, de la vie. Elle voyait tout en nuances, un amalgame de sensations et de couleurs diverses, voilées, ingénues. Elle ne dirigeait pas plus qu'elle ne jugeait les forces qui la commandaient. Le bonheur et son contraire n'avaient pas de place dans le vocabulaire de Malika, pour elle ils étaient vides de sens.

À Aït Saïd, les gens vivaient sans daigner s'attarder sur eux-mêmes, sans comparer leur sort à celui d'autres villages, plus au nord ou plus au sud, et pour la plupart d'entre eux, sans espérer de transformations ou d'améliorations matérielles. Ils acceptaient. Soumis à une décision qu'ils jugeaient indiscutable et souveraine, d'essence divine, ils pensaient simplement que si Dieu l'avait voulu, s'il l'ordonnait encore, il était vain de désirer autre chose. Le désir était déjà un blasphème, une contestation de l'ordre supérieur. La loi consistait à obéir, à se soumettre corps et âme, à ne pas déranger par l'exercice d'une volonté si péniblement et si modestement humaine, la volonté d'Allah. La sagesse était dans l'acceptation des données universelles : la naissance, l'histoire de chacun, la mort, tout était écrit et défini par avance, il était aussi inutile que dangereux de se dérober.

Telle était la seule philosophie qui eût cours à Aït Saïd, et elle valait plus encore pour les femmes, doublement victimes de cette organisation générale, de ces décrets qui pesaient sur la tête de tous. Allah et les hommes légiféraient pour elles. Malika ne faisait pas exception : elle se soumettait avec une souple indifférence. Elle n'était pas rebelle par goût de la révolte ou de l'insoumission, elle l'était naturellement, sans haine. Elle ne décidait rien, elle suivait son étoile. La fatalité dirigeait ses pas. Et ses pas l'éloignaient du village natal comme ils en avaient éloigné son père, appelé malgré lui, à cause d'un signe inscrit dans le ciel, vers un avenir différent du sien.

III

La chaleur incommodait David. En ce début d'après-midi, à l'approche du 15 août, les briques de la terrasse dégageaient une odeur âcre, Marie-Hélène les avait arrosées avant le déjeuner mais l'eau aussitôt évaporée avait ravivé l'incendie. Le sol devait brûler. Des fumées invisibles et des odeurs de four lui parvenaient à l'intérieur, à travers la porte grande ouverte. David avait l'impression de cuire dans son fauteuil de toile. La sieste, il la subissait. Il somnolait puis se réveillait en sursaut, moite et l'esprit engourdi, traversé de mauvais rêves. En ce début d'après-midi dans la maison silencieuse, il se sentait la proie d'une immense fatigue.

Il rêva d'abord de fraîcheur. Descendre à la plage dans la douceur du soir, une serviette sur l'épaule, les pieds foulant un sable humide et presque froid. C'était pour lui un plaisir quotidien, juste avant le dîner, de plonger dans la mer, de se débarrasser du poids si lourd de l'été. Il nageait en brasses vigoureuses jusqu'à la dernière bouée, se retournait d'un coup comme dans une piscine et revenait sur le dos. Ses bras aux muscles durs se tendaient en mouvements rapides et contrôlés. À y songer, rétrospectivement, lorsqu'il se laissa tomber dans le fauteuil, l'effort lui parut démesuré ; il attendrait la tombée du jour, le moment qu'il préférait, pour enfin contempler le crépuscule sur la mer.

Il avait toujours eu un besoin physique de dépenser son énergie, d'épuiser ses forces. Une vitalité en lui comme celle d'un taureau cherchait à s'employer. Mais en ce moment, tourné vers la terrasse, paisible et somnolent, il ressemblait à un taureau vaincu. Victime de la chaleur et des miasmes solaires, il rêvait à de lointaines corridas. Il ne gardait du superbe animal, de son courage et de son entêtement, qu'une seule vertu : la sensualité.

Pour David, le principal ennui des vacances tenait à leur vacuité. Le sport était une manière de la combattre, de canaliser son énergie. Quand il ne s'adonnait pas au tennis, au golf ou aux plongeons dans la mer, il passait le plus clair de son temps à travailler. On pouvait le voir à toute heure, torse nu et en vieux jeans, lire ou écrire à l'ombre, dans la maison, fenêtres grandes ouvertes sur l'horizon. Concentré sur ses chiffres, ses tableaux, ses bilans, il donnait l'impression de la même puissance qu'aux exercices sportifs. Le taureau capable de se heurter à une cible particulière ne se décourage pas aisément. Sauf lorsque la fatigue le prend, rarement il est vrai, et le terrasse. La fatigue, David ne pouvait la ressentir que dans l'inactivité absolue. En dehors du sport, du travail, des tâches diverses auxquelles il se consacrait avec entrain, il s'écroulait comme épuisé. Justement, en ce début d'après-midi qui pesait sur lui comme une chape de plomb, l'exténuait de chaleur et d'inutilité, du fond de son écrasement massif, son esprit parvenait encore à le tourmenter.

Ses rêves l'emportaient. Ils lui apportaient du désert de la terrasse des parfums entêtants, des images encore floues, tièdes et amollies qui prenaient corps de femmes. Le demi-sommeil l'entraînait dans un gouffre de sensations voluptueuses ; il glissait doucement en compagnie de filles imaginaires, très expérimentées, sorcières aux seins énormes. Il dérivait sur les mirages causés par la fournaise. En sueur et l'haleine brûlante, il en émergeait parfois en sursaut, réveillé par des idées bizarres, moins sensuelles mais tout aussi nostalgiques, qui le déprimaient davantage. Les jolies filles s'éloignaient...

Rivé à son fauteuil, inerte, David sentait la barbe lui piquer le menton et envahir ses joues. Il n'aimait pas s'imaginer vieux, mais la vision d'un Paul-Martin, vieillard desséché, condamné à une chaise d'infirme, projection qu'il faisait de lui-même dans l'avenir, hantait souvent ses cauchemars. Il songeait alors à son père, assassiné à quarante-huit ans, dans la force d'un âge qu'il atteindrait bientôt. La peur le réveillait. C'était la peur de vieillir, la peur de ne pas avoir assez de temps. Car le temps maintenait sur David une menace permanente ; il aurait voulu stopper le compte à rebours. Depuis la mort de son père, son angoisse à mesurer les années s'accompagnait d'un sentiment d'urgente nécessité : le désir fou d'étreindre la vie. Il ne pouvait résister aux exigences de ses sens ou bien souffrait d'une oppression telle qu'elle rendait son demi-sommeil comateux. L'idée fixe pourtant s'estompa, le chronomètre cessa son rythme infernal et les figures lascives de la sieste lui revinrent agréablement. David Paul-Martin se trouva donc seul en ce début d'après-midi, torse nu et en jeans, avec une force intacte et des rêves de taureau.

Près de lui on avait laissé une tasse de café qui refroidissait et des pêches dans une assiette. Il caressait distraitement un des fruits, la surface veloutée et molle d'une pêche mûre, il pensait aux siestes d'Alger. Enfant on le forçait à se coucher après le déjeuner. Il haïssait ces repos obligatoires, du temps selon lui gaspillé bêtement. Prisonnier sous la moustiquaire, il bougonnait, échafaudait des plans d'évasion, luttait contre le sommeil qui malgré ses efforts le gagnait lentement avant de l'anéantir. Dans son enfance David perdait toujours. Comme le sommeil des siestes, les événements étaient plus forts que lui. L'adolescence avait modifié le tableau. Une rage de vaincre, une rage de vivre s'étaient emparées de lui à la mort de son père et ne l'avaient plus quitté. Sa réussite était une vengeance personnelle sur les événements.

Marie-Hélène était partie sitôt la fin du déjeuner pour se rendre à Saint-Tropez dans un institut de beauté. David aurait préféré partager la sieste avec elle, exorciser dans les brutalités de l'amour les figures obscènes qui l'obsédaient. Faire l'amour le débarrassait toujours de ses angoisses. Mais Marie-Hélène n'était pas souvent au diapason de ses désirs. Comme aujourd'hui où elle s'esquivait au meilleur moment, sous un prétexte futile qui avait compromis toute chance d'intimité.

Incapable de se satisfaire des rêves informes et nauséeux qui l'accablaient, il se hissa du fauteuil et se dirigea à pas lents vers la cuisine pour y réchauffer du café. Les enfants devaient dormir tout près. David se déplaçait sans bruit, de crainte d'interrompre leur repos. Dans la cuisine tout était propre et tranquille. On avait dû passer la toile sur les dalles, encore humides. La pièce lui parut d'emblée plus fraîche que le salon. La porte ouverte sur l'arrière-jardin laissait passer un peu d'air ; les stores déroulés tamisaient la lumière. Il faisait bon dans la pénombre. Surpris par la différence d'atmosphère, David s'arrêta un instant sur le seuil.

Habitué à être servi sur la terrasse, il ne venait jamais dans la cuisine et ignorait à peu près tout du décor obscur de l'arrière-maison. La journée étant propice à des retours sur le passé, il eut un instant la vision de la cuisine d'autrefois avec l'évier en pierre et la table de ferme au-dessus de laquelle se balançaient, au rythme du souffle chaud du vent, une suspension à pétrole et un long ruban jaune où demeuraient, pris à la colle, les cadavres de mouches. Il huma l'air pour y chercher l'odeur, intacte, dans son souvenir, de la Javel et du feu de bois. Il lui sembla que sa mère, debout devant le buffet, venait d'astiquer la pièce, de frotter le sol et les meubles. Il se rappelait si bien cette image de propreté et l'expression de fierté de sa mère quand il rentrait de l'école, qu'il eut envie de la revoir vivante. Alors qu'il pensait à elle, il s'attarda sur la silhouette disparue, dans l'espoir qu'un mirage le délivrât. Seule la caféine, pensait-il, aurait enfin raison de ses absurdes, incontrôlables émotions. Il s'avança.

Dehors des crissements comme les pas d'un petit animal marchant sur des aiguilles de pin l'intriguèrent. Il traversa la pièce et sortit. Dans une flaque de soleil, au milieu des arbres, Malika suspendait du linge. Enveloppée dans une serviette blanche, elle avait les bras levés, les hanches bien rondes, les seins pointés vers lui.

Sous le masque, Marie-Hélène ressemblait à un gisant de pierre. Immobile, statufiée, le visage et le corps recouverts d'une épaisse pâte blanchâtre, elle n'avait de vivant que les yeux qui fixaient le mur de la cabine. L'esthéticienne l'avait abandonnée pour le quart d'heure de pose, moulée dans ce produit miracle destiné à prolonger la jeunesse.

L'enduit pesait sur elle comme un linceul. Il lui fermait la bouche, cette part fragile de l'anatomie qui a l'une des pires tendances au dessèchement. Elle aurait pu s'endormir. Mais comme elle ne pouvait se passer d'activité, dans cette oisiveté forcée, les idées se bousculaient dans sa tête. Ses yeux bleus papillonnaient sur les fleurs du papier peint. L'immobilité n'étant pas dans sa nature, il lui fallait vraiment avoir la conviction que les soins de beauté lui seraient bénéfiques pour avoir la patience de la supporter.

En vérité elle souffrait depuis quelque temps d'un complexe nouveau : elle perdait confiance en elle.

Elle avait fêté au printemps ses trente-cinq ans :

le cap l'avait surprise et déroutée. D'instinct elle avait dressé un bilan. Elle songeait qu'elle avait atteint un sommet et ne pouvait désormais que décliner. En considérant son âge, elle se découvrait vulnérable, regardait avec horreur ses premières rides. Ses vêtements impeccables, ses tailleurs d'Alaïa, ses jupes courtes et ses talons plats toutefois donnaient encore le change. Ils fixaient une silhouette de femme jeune, sans cicatrices apparentes, qui gardait disait-on la ligne de ses dix-huit ans. Mais dans la lumière crue de la salle de bains, le miroir lui révélait sans tricherie un corps moins ferme, moins bien dessiné qu'autrefois. Le ventre commençait à mollir, le cou à se flétrir. La perception de sa jeunesse en péril n'était que toute récente mais elle l'inquiétait. Elle était liée à cet anniversaire, et aussi à l'été : à Malika, à laquelle involontairement elle se comparait et dont la présence la confirmait dans son pessimisme.

Avant le mois d'août, elle n'avait jamais pensé qu'elle vieillirait, elle vivait dans l'insouciance. Puis cette illusion d'éternité l'avait abandonnée. Ses trente-cinq ans et Malika lui faisaient face ; ils la menaçaient, la décourageaient ; ils obscurcissaient son été.

Ridicule ! pensait-elle sous le masque. Je suis ridicule. Vieille à trente-cinq ans ! Mais elle avait beau tenir le raisonnement que la maturité donne une autre beauté aux femmes, en les enrobant de douceur, en soulignant leurs différences et leur personnalité, elle regrettait son corps de jeune fille. Comme la comtesse du Barry suppliait son bourreau de la laisser vivre encore un peu, Marie-Hélène s'efforçait de sauver ce corps dont peu à peu elle serait dépossédée irrémédiablement.

Autour d'elle, les amies envieuses disaient que Marie-Hélène avait été trop gâtée, qu'elle avait tout. On jalousait sa blondeur, sa finesse, ses proportions presque enfantines. « Tout » désignait encore ses origines sociales, les gens qu'elle fréquentait, pour la plupart dans le Who's Who ou sur la liste rouge des abonnés du téléphone. On enviait son aisance à satisfaire ses caprices. « Tout » accusait sa fortune comme sa bonne fortune ; en province on aurait dit qu'elle était née coiffée, au Maroc avec la baraka... Comme elle avait de beaux enfants, un mari fidèle, beaucoup d'amis, un appartement près des Invalides, une maison à Saint-Tropez, la santé, la beauté, l'argent, l'amour sans aucun doute, on lui reprochait ses insolents privilèges. En résumé, Marie-Hélène, disait-on, avait « tout » pour être heureuse.

Mais, comme il arrive souvent, il manquait quelque chose à l'enfant gâtée, qu'elle-même aurait été incapable de nommer. Dans le trop-plein de sa vie, elle ressentait un vide. C'était un désir vague, un élan indéterminé. Sans doute, ce désir sans objet, l'avait-elle toujours eu en elle. Il la projetait en avant, l'incitait à agir, à poursuivre sa quête insatiable. Mais il la torturait davantage depuis le début de l'été. Depuis qu'entre le soleil et Marie-Hélène une silhouette ravissante s'était interposée. À force de les fixer, les fleurs du papier peint de la cabine pâlissaient, se plissaient comme une vieille peau, s'effritaient comme dans un film d'épouvante. Tandis que le plâtre séchait sur son corps, transformait le masque en prison, elle se débattait contre le pessimisme. Elle tâchait de se convaincre que l'existence n'est pas définitivement figée, qu'on peut lutter ou composer avec elle et progressivement son moral reprenait le dessus. L'espoir revenait avec le sentiment de sentir battre intact son cœur de jeune fille.

C'est vrai, elle reconnaissait qu'elle avait « tout ». Mais ce tout ne comportait aucun risque, il était lisse et transparent, sans aucun mystère. L'idée vague d'une aventure l'effleura. L'aventure était pour elle un mot sans conséquences, lié à des romans de plage, à des séries policières, à des émissions de télévision. L'aventure soudain la tentait. Comme une étoile qui, très loin, dans un ciel lisse et pur se met à briller. Elle songeait à l'audace qu'exigent certains départs en voyage, aux frissons que procurent les jeux exaltants de la spéculation boursière. David devait éprouver parfois les émotions qui, en ce moment, la rendaient mélancolique. Elle s'accusait de prendre trop peu de risques. Sa vie était si bien balisée ! Même les artistes qu'elle fréquentait l'excluaient de leur aventure. La création la prenait au dépourvu : elle lui semblait aussi périlleuse que de sauter dans le vide tenue à la ceinture par un élastique ou de jongler avec l'argent. Pourquoi ne pas se lancer à son tour dans ce qui pourrait peut-être la libérer d'elle-même : la peinture comme Berthe Morisot, ou la sculpture comme Camille Claudel ? Toutes deux étaient issues de cette bourgeoisie qui ne condamnait pas d'avance une femme au domaine du foyer et des mondanités.

Le monde qu'elle connaissait le mieux, avec lequel elle avait le plus d'affinités, le monde de l'art l'intimidait encore. Elle aurait voulu sauter le pas. Peindre, sculpter, pourquoi pas ? En aurait-elle le cran ? Sous le masque elle s'interrogeait.

La Lancia immatriculée à Paris filait sur l'autoroute du Soleil, doublait les caravanes et les véhicules moins rapides qu'elle avec ce vrombissement que les amateurs d'« italiennes » appellent leur musique et reconnaissent aussitôt. La Lancia était d'un modèle déjà ancien, de type Fulvia, bleu pâle ; elle ne roulait pas à une vitesse maximale mais conservait un rythme en accord avec sa réputation sportive. Ses accélérations faisaient plaisir à voir. C'était une voiture romantique que son conducteur pilotait avec désinvolture et en souplesse... Fervent adepte des italiennes — avant la Lancia, il n'avait jamais conduit que des Alfa Romeo —, Benoît Darmon roulait toutes vitres ouvertes, évitant de poser son coude sur le bord brûlant du châssis. Les pieds nus dans des chaussures de bateau et des Ray Ban sur le nez, il avait pris l'autoroute à la hauteur d'Avignon. À cette heure terrible de l'après-midi que les Méridionaux passent à l'ombre, les mains de Benoît trempaient le bois du volant, son dos collait au siège de cuir, mais il sifflotait, indifférent à la fournaise.

Darmon vouait au soleil une sorte d'adoration. Peut-être parce que parisien de naissance, il avait découvert assez tard les civilisations du Midi pour ne plus les oublier. Il recherchait jusqu'à l'excès les effets du soleil et ne craignait même plus les brûlures. À force de l'exposer, sa peau de blond s'était épaissie et tannée ; bronzé toute l'année, Darmon malgré ses yeux clairs et son accent fermé, un peu pointu, aurait pu passer pour un homme du Sud. Il avait quitté le chantier vers une heure de l'après-midi et déjeuné à la hâte dans une auberge du côté de Gordes. Ce repas frugal autour d'une salade de tomates et d'un jambon avait surtout servi de prétexte à trouver un coin tranquille et une table où dessiner. Après l'examen du terrain, des échafaudages et des matériaux, il avait besoin de noter les idées qui lui venaient et de les résumer d'un coup de crayon. Il n'écrivait jamais rien que des lignes, des plans ou des structures.

Tout en travaillant activement à la réalisation du mas du Lubéron, projet qui lui tenait à cœur, d'autres images hétéroclites lui venaient parfois, qu'il mettait aussi sur le papier. Il lui arrivait de fixer, par jeu, des silhouettes qu'il croisait, une vieille femme par exemple assise sous un platane, un enfant qui joue au foot, ou de croquer un meuble qu'il avait aperçu chez un brocanteur et dont la ligne générale, le détail d'un pied, d'une corniche ou d'un appui avaient retenu son attention. Il laissait volontiers son imagination vagabonder. C'est ainsi qu'il notait sur des feuilles blanches des choses ou des lieux qui n'existaient pas, qu'il inventait en ayant l'air de les dessiner de mémoire. Le plus souvent insignifiants et ludiques, ces dessins accompagnaient les rapports géométriques qu'il destinait aux entrepreneurs. Le design était né de son goût de la balade. Il répondait à son besoin incessant de créer. Il était la transposition concrète de ses visions éphémères. Il lui permettait de satisfaire à son instinct d'invention. C'était dans ces moments-là qu'il ne mentait jamais : car il se montrait tel qu'en lui-même dans toutes ces improvisations.

D'ordinaire il traçait des esquisses d'une main sûre, avec un sens des proportions mathématiques. Son trait de crayon suggérait plus qu'il ne cherchait à s'imposer ; il semblait effleurer la feuille. On sentait qu'il visait avant tout l'envol et qu'il évitait de s'alourdir par trop de précision. Avec le mas qu'il construisait, Darmon devait parvenir à l'aboutissement de ses recherches, tendre vers le suprême dépouillement. Le site, isolé dans la garrigue, mettrait en valeur des pierres brutes et des bois sombres, en même temps que des proportions sévères qui ressusciteraient le style des bâtisses romanes.

Une ligne plus élancée qu'il n'aurait fallu, une hauteur neuve de la voûte, un dégradé dans l'enchaînement des tuiles trahissaient cependant l'artiste parisien, amoureux du Midi mais fidèle à sa propre conception du « beau ». Darmon créait un espace moins compact que la norme provençale, plus aéré, ouvert sur les vignes. Il signait ainsi son mas, d'un trait de crayon élégant et raffiné. Or, tout récemment, ce coup de crayon déjà célèbre que des experts savaient authentifier évoluait. Il n'avait pas encore touché aux plans du mas mais, dans ses projets de design, dans ses dessins jaillis sur une table d'auberge, il s'exprimait autrement. Plus appuyé, complexe, il semblait s'affranchir du classicisme précédent. À cette étape, Darmon était le spectateur d'une inspiration qui, mystérieusement, guidait sa main.

La Lancia bleu pâle traversait le paysage de Dunoyer de Segonzac si calme, si peu en accord avec ses débordements intérieurs. Des vallons aux reliefs arrondis se succédaient, sans aucun jeu de couleurs sous un soleil de plomb, sans ces teintes roses ou violettes qui plaisent tant aux peintres et qui surviennent aux saisons douces ou à la tombée du jour. C'était un paysage incendié et, partout où la lande avait brûlé, réduit à la poussière. Des moucherons s'écrasaient sur le pare-brise. La chaleur se propageait en larges bouffées à l'intérieur de la voiture ; dehors, elle créait des flaques de mirages.

Amateur de femmes, adorateur de femmes brunes, comme il l'était du Sud en général, Darmon était venu à Malika spontanément, sans réfléchir aux raisons ni aux conséquences de son attirance pour elle, qu'il attribuait, séducteur expert en coups de foudre et en coups de sang, à une affaire de peau.

Marie-Hélène était une amie, presque une sœur, qui lui inspirait depuis toujours une affection vaguement incestueuse. Il était heureux de travailler avec elle, dans une association qui n'altérait en rien leurs sentiments réciproques, leur amoureuse et respectueuse amitié. Pourtant ce dîner chez elle, ce soir-là, à La Paressanne, lui aurait paru conventionnel, ennuyeux même, s'il n'avait été tout à coup ranimé par la présence de l'étrangère. Présence qu'il faisait surgir d'un trait de crayon noir, sans aucun égard pour l'hôtesse, représentant deux lèvres exquises, ouvertes sur la feuille de papier, comme une bouche ou un sexe. Dans le climat délétère de cette soirée où le murmure des voix semblait incapable de l'arracher à ses obsessions du moment, la fille lui avait fait l'effet d'une charge électrique. Alors que Marie-Hélène servait le café, il s'était levé, guidé par le charme puis, sans avancer d'excuses, s'était dirigé vers l'intérieur de la maison. Quelques lampes allumées d'une pièce à l'autre le conduisirent à la cuisine où il trouva la Marocaine. Elle lavait des assiettes.

De l'autre côté du décor grandiose des Hauts de Saint-Tropez, elle lui parut encore plus jolie. Elle ne fut pas surprise de l'entendre s'approcher. Elle lui sourit quand elle se tourna vers lui. Darmon se dit qu'il aurait pu lui faire l'amour sans préambules et qu'elle ne l'aurait peut-être pas repoussé. Elle enleva ses gants de caoutchouc avec la sensualité d'une femme d'autrefois. Tout en le regardant, en le provoquant, elle enleva le tablier qu'elle fit voler au-dessus de sa tête exposant alors son corps moulé dans sa robe noire.

Il se contenta, trop prudent malgré elle, de lui prendre les hanches et de palper la chair pleine, moelleuse, que cachait si bien sa silhouette fine. Il lui proposa de dîner avec lui, le lendemain. Dans tous ses flirts, Darmon était rapide et efficace. Il serait à neuf heures, lui avait-il dit, à l'entrée du domaine où, afin de ménager la susceptibilité de Marie-Hélène, il préférait l'attendre, près du vieux château. Il n'eut pas besoin d'insister. Malika consentit sans prononcer la moindre parole. En guise de réponse, elle lui offrit un autre sourire, prometteur.

L'élan qui le poussa vers elle ce soir-là, Darmon l'évoquait encore avec étonnement. Quel hasard avait mis sur son chemin cette jeune fille inconnue ? D'où lui venait son désir pour elle ?

Quelle force impérieuse l'attirait ? Il lui avait été difficile, presque surhumain, de s'arracher à ses hanches. Dans son existence de séducteur, plutôt chaotique et surpeuplée, il avait toujours obéi à ses sens et privilégié d'éphémères rencontres au détriment de liaisons plus durables. La belle Marocaine l'électrisait. Elle donnait à l'été une autre atmosphère. Comme toutes ses dernières conquêtes, elle resplendissait. Il lui avait suffi de paraître et de faire le tour d'une table, pieds nus, jambes d'or, pour éclipser ses compagnes. Darmon ne s'intéressait plus qu'à Malika. Quittant l'autoroute à l'embranchement qui au Luc grimpe vers La Garde-Freinet, il roulait vers le souvenir brûlant qu'il gardait de leur étreinte.

Ce soir-là, près du château du vieux fou des Hauts de Saint-Tropez — l'ancien propriétaire s'était ruiné et suicidé pour une danseuse de cabaret —, dans l'ombre rose des créneaux et des tours, Darmon s'était juré de ne pas perdre la tête et de se contenter comme à l'ordinaire d'une amourette facile. Lorsque Malika avait ouvert la porte de la voiture et qu'elle s'était penchée vers lui dans sa robe noire, du rouge à lèvres corail sur ses lèvres charnues, il s'avoua n'être plus aussi sûr de lui-même. Le fantôme du vieux fou ricanait à sa barbe.

Conduisant la Lancia à toute allure, il l'avait emmenée dans un restaurant de pêcheurs, le plus discret, le moins en vue de Saint-Tropez. Installé sur la plage, du côté de Pampelonne, décoré avec des affiches de starlettes des années cinquante, l'endroit dégageait une odeur désagréable de friture mais il ne manquait pas d'agrément car il s'appuyait sur des dunes plongées dans l'obscurité et désertes. Darmon détestait les hôtels. Il s'y sentait épié. La Marocaine lui suggérait d'autres décors, moins conventionnels, moins étouffants qu'une chambre d'hôtel. Il préférait un site à la belle étoile, fût-il hideux, une plage de clandestins plutôt qu'un clandé en bordure de la nationale. Il songeait à cette amie égyptienne, presque une petite fille, qu'il avait connue au Caire ; de la séparation, à son départ d'Égypte, il en avait gardé, malgré les années, comme un regret. Malika lui ressemblait. Elle était plus femme. Elle parlait à peine. Près d'une fenêtre ouverte qui laissait entrer l'air de la mer, assise gracieusement sur sa chaise, elle dévorait.

Ses manières de princesse avaient disparu. De ses petites dents de cannibale, elle dépeçait avec gourmandise la chair d'un poisson grillé. Elle n'écartait rien dans l'assiette, ni la peau ni les fines arêtes. Elle mangeait tout. Darmon fixait sa bouche, incroyablement active, et ses yeux noirs qui l'entraînaient déjà vers la plage. La plage la plus polluée du coin, la moins huppée, un terrain vague. L'appétit coupé, le sexe dur, il avait contemplé le spectacle de cette jolie fille transformée en ogresse. Puis il lui avait fait l'amour sur le sable.

Loin de mettre fin à son désir, cet acte qu'il croyait banal, au lieu de le libérer, lui avait donné encore plus envie de Malika. Envie d'écraser son sourire qui tenait si bien ses promesses et de pétrir ses hanches. Elle lui inspirait la violence Nouveau pour lui, ce sentiment troublait la sérénité où il se plaisait à vivre. D'ordinaire pacifique, privilégiant jusque dans les affaires d'amour le calme et l'harmonie, il était surpris de sa propre euphorie. Quoi qu'il fît, il ne pouvait se détacher du souvenir tenace de sa jouissance.

Marie-Hélène avait installé dans la cave un atelier de peinture. Un œil-de-bœuf éclairait la pièce humide et poussiéreuse où le soleil pénétrait par la porte ouverte sur le fond du jardin. Elle avait appris que les peintres préfèrent la lumière du nord, plus subtile, mieux adaptée au travail des couleurs. Assise devant un chevalet qu'elle venait d'acheter à la brocante, vermoulu et branlant, elle tournait le dos au soleil tandis qu'un pinceau numéro 8 à la main, une palette chargée de tons de bleu, elle tentait de capter les nuances d'un vase de Chine censé lui apporter l'inspiration. Comme elle n'avait aucune disposition particulière pour le dessin, et les plus grandes difficultés à représenter sur la toile une figure concrète, et qu'elle n'avait jamais suivi de cours de dessin, elle avait opté pour l'abstrait. Elle se disait que l'on pouvait se passionner pour les grandes lignes, les taches, les points, les effets de grattage ou d'essuyage autant que pour un paysage ou qu'un vase, et qu'il était captivant de rêver dans l'indéfinissable de la peinture abstraite. Une personnalité peut se reconnaître dans l'esquisse, Marie-Hélène croyait à la puissance du trait, elle mettait de la passion dans le tracé mais par inhabileté profonde, devait se contenter de droites ou de courbes simplissimes. En revanche, la couleur se situait au centre de sa recherche. Ses tentatives pour mélanger les bleus ne la satisfaisaient pas. Outremer, ciel, cobalt, aigue-marine... : elle pressait les tubes de gouache, accumulait les échantillons, comparait les collines de pâte pure qui s'élevaient sur sa palette, sans parvenir à trouver le ton juste.

Le temps passait si vite dans l'atelier que Marie-Hélène en oubliait David et les enfants ; le téléphone sonnait sans qu'elle daignât décrocher pour aller répondre. Elle négligeait son bronzage et ne vernissait plus ses ongles. Elle se sentait une âme d'artiste, et croyait connaître les affres qu'endurent les artistes. Elle jouait avec les couleurs, dévissait les tubes, barbouillait sa palette. À l'école elle avait été une bonne élève ; elle le demeurait, s'efforçant toujours de travailler consciencieusement, de remporter le premier prix. Marie-Hélène n'avait, du moins le croyait-elle, aucun talent. Était-ce si important d'en avoir, dans cette cave luxueuse ? Marie-Hélène rêvait. Ses dessins, elle ne les avait montrés à personne. Non, elle n'avait pas l'intention de les vendre. Ni même peut-être de les exposer. Ils étaient à elle, pour elle, elle y avait consacré de rares moments de paix dans une vie agitée de femme du monde. La peinture la rassurait. Lorsqu'elle s'exprimait ainsi, même maladroitement sur la toile blanche, le temps l'oppressait moins. Elle ne voyait plus grandir ses enfants ni se creuser le fossé qui, d'après elle, la séparait chaque jour de David, de son univers froid d'homme d'affaires. « Il est vraiment trop sérieux », songeait Marie-Hélène. Elle se noyait de bleu, en rêvant d'amitiés amoureuses, d'escapades en Italie, de promenades dans des gondoles. Dans l'atelier, elle s'évadait. Et dans les grandes lignes bleues qu'elle traçait, le dos au soleil, elle songeait à des chimères.

Alors qu'il ne lui avait prêté aucune attention au début de l'été, David, depuis cette maudite sieste, ne cessait plus de croiser la Marocaine, de la frôler. Désormais ses pas l'amenaient à elle dans la villa, sur le chemin de la plage, entre les bacs de géraniums et les allées de pins. Il aurait juré qu'un diable provoquait ces rencontres qu'il aurait voulu éviter. Ou que la fille, maligne, les suscitait. Il trouvait des maléfices dans le hasard ; il se sentait condamné à faire face à Malika, son image le traquait. Il la rencontrait partout et s'il ne bougeait plus, s'il se cantonnait volontairement à l'intérieur, pour étudier ses revues d'économie ou lire *l'Équipe*, toujours il la voyait passer dehors. Sa silhouette se détachait sur le fond bleu de la terrasse. David fixait la ligne des seins, incapable ensuite de penser à autre chose qu'à leur souplesse, à leur rondeur. Obsédé, il ne retrouvait son calme que sur les courts de tennis où il frappait avec rage, gagnant moins souvent qu'autrefois, perdant des points stupidement, par manque de concentration. Il balançait trop souvent ses balles au-delà des lignes, au grand étonnement de Pierre Weil qu'il avait habitué à plus de précision. Au golf, sport qui passe pour tout faire oublier, il ratait des *putts* — petits coups minutieux — et, alors qu'il se montrait en général capable de s'abstraire de l'univers entier, et même de la bourse, il lui arrivait maintenant de s'arrêter net sur le parcours, de regarder les *links* avec indifférence et de s'interroger sur le but et le sens même de sa partie de golf. Son tempérament de battant s'émoussait. Dans la torpeur de l'été, Paul-Martin se laissait gagner par la morosité. Sa méforme lui pesait.

D'humeur morose et irritable, il attribuait à son épouse non sans une sorte de rancune la cause d'un malaise inavouable. Marie-Hélène l'exaspérait. Alors qu'il rêvait de voluptés généreuses, il tirait d'elle des plaisirs mesquins. La jeune femme élégante qu'il aimait ne lui accordait plus les douceurs qui l'avaient comblé au début de leur mariage ; la naissance des enfants l'avait éloignée de lui. David pensait que Marie-Hélène surestimait sa propre énergie, et qu'elle la dépensait inutilement. Alors que les vacances auraient dû l'apaiser, elle enchaînait courses et festivités sans en être satisfaite.

Le dynamisme de Marie-Hélène avait conquis David. Il le tenait en haute estime. Il regrettait cependant qu'il s'appliquât à toutes les choses de la vie, sauf au sexe. Dans ce domaine, Marie-Hélène était une autre femme. À peu près docile, elle perdait au lit les qualités qui la distinguaient ; résolue, généreuse, entreprenante, elle se métamorphosait le soir en poupée. L'été avait encore accentué son inertie nocturne et Paul-Martin ne la voyait jamais bondir du lit au petit matin, vivace, prête à tous les efforts, sans regretter sa passive indifférence pendant l'amour. Jusqu'alors, la réussite matérielle et sociale soudait leur couple. Ils ne mesuraient l'un pour l'autre ni leur tendresse ni leur indulgence. Entre eux la sexualité n'avait jamais provoqué de dispute ni d'incident particulier. David s'étonnait d'autant plus de voir se réveiller dans ce fichu été une libido qu'il était parvenu à dominer, du moins l'avait-il cru. Il en voulait à Marie-Hélène de le décevoir à tous ses réveils et de ne pas répondre à ses nouveaux fantasmes.

Marie-Hélène ne se doutait de rien. Et si David lui reprochait à part soi de préférer les bains de soleil à ses caresses, il ne lui disait rien, incapable d'aborder le sujet, d'avouer son insatisfaction, encore moins ses pulsions ou ses désirs inassouvis. Pire que la frustration, un sentiment de culpabilité assombrissait son horizon : avait-il perdu le pouvoir de procurer à sa femme du plaisir dans l'amour, s'ennuyait-elle dans ses bras ? Ces questions le tourmentaient. Pourtant il esquivait le débat. Il se répétait que Marie-Hélène était une fille exceptionnelle et que la vie de couple peut aussi avoir ses mauvais jours. Il n'en tapait que plus fort dans la balle, au tennis et au golf, pour maintenir l'illusion de sa forme, mais cet été si chaud manquait pour lui de vraie chaleur.

Une fois n'est pas coutume : Sophie Bessis-Drouin que l'été amollissait, rendait amorphe et vulnérable, était venue passer l'après-midi à La Paressanne ; elle s'était effondrée dans l'atelier de Marie-Hélène où cette dernière, curieuse de montrer ses toiles à une amie, l'avait invitée à descendre. Sophie s'était mise à pleurer. Se demandant d'abord si ses toiles l'avaient émue, s'interrogeant sur les vertus mystérieuses de la couleur bleue, Marie-Hélène avait dû étouffer sa fierté en entendant Sophie avouer :

— Excuse-moi, chérie, ces temps-ci je ne m'intéresse qu'à moi.

Elle n'avait même pas regardé les tableaux où s'enchaînaient des traits d'azur, de cobalt, d'aigue-marine, dont Marie-Hélène avait longuement étudié les nuances mais qui, peut-être, par une sorte d'alchimie, avaient agi sur sa sensibilité. Elle songea qu'elle aurait dû montrer son travail à Benoît Darmon. Benoît était un professionnel, plus apte que Sophie à juger les qualités artistiques d'une œuvre. Marie-Hélène admirait le talent de l'architecte, dont les réalisations témoignaient d'un refus de toute compromission avec les modes américaines. Elle avait confiance en son regard. Il savait distinguer le beau de l'ordinaire et n'hésitait pas à choisir entre ce qui lui plaisait et ce qui ne lui plaisait pas. Bien que Darmon fût la personne dont elle estimait le plus le jugement, elle n'osait pas lui découvrir ses toiles. Elle avait peur qu'il ne se moque d'elle et redoutait d'autant plus son avis qu'il lui était précieux. Sophie serait plus indulgente, mais son amie pleurait, les larmes l'empêchaient de voir.

Sophie lui parlait de sa solitude, de soirées mornes dans un appartement vide, de vacances non partagées, de dîners où elle se sentait de trop, sans alter ego, sans homme. Cette vie-là était devenue insupportable à Sophie. Sa personnalité tout en éclat, en blondeur platine, en tailleurs fuchsia, se décomposait. C'était une petite fille qui parlait, une petite fille abandonnée. Marie-Hélène en oublia ses petits soucis, elle lui prit la main, essaya de la consoler. Mais que dire ? Que faire ? Quand on ne connaît pas soi-même la solitude dont Sophie lui peignait le tableau sous des couleurs sinistres. Marie-Hélène écoutait la litanie des griefs, des peines, elle cherchait des mots d'apaisement. Elle n'en trouvait aucun et le désespoir de Sophie lui semblait peu à peu contagieux.

Quel couple formait-elle avec David ? Un couple sûr, un couple fort, elle y croyait, avec l'avenir devant lui, du moins l'espérait-elle. Mais une inquiétude lui venait : David serait-il capable de l'abandonner, comme le mari de Sophie avait un beau jour décidé de quitter sa femme ? Elle ne pouvait s'empêcher de se poser la question et sentait que l'atmosphère à la maison s'alourdissait. La solitude, elle l'aimait bien dans les balises de l'atelier, mais elle y captait la présence des siens, elle aimait son nid, elle voulait protéger le cocon. Elle aurait eu peur et horreur d'être seule : l'image de Sophie en larmes la bouleversait.

L'amie séchait ses larmes avec le chiffon maculé où l'artiste essuyait ses pinceaux. Elle avait maintenant des traînées de bleu sur les pommettes, sous les paupières, comme un clown. Ainsi barbouillée elle avait un air drôle et pathétique tandis qu'elle lui parlait de revanches à prendre. Elle voulait refaire sa vie. C'est-à-dire trouver un homme, le conquérir, l'apprivoiser, le mettre dans l'appartement, l'emmener en vacances, dans les dîners à deux, poser sa tête sur son épaule, et sentir à chaque instant sa présence auprès d'elle, stable et rassurante. Elle en parlait comme s'il existait déjà, cet homme abstrait, plus abstrait encore que les lignes de Marie-Hélène auxquelles elle tournait le dos. Elle ne l'avait pas rencontré. Il lui manquait cruellement, plus encore que l'époux qui l'avait abandonnée. Mais que faire pour ne plus être seule ? Partir en chasse, comme on part en voyage, courir au Club Med dans l'espoir d'une rencontre, traquer l'homme seul, célibataire, divorcé, veuf, qu'importe, pourvu qu'il ne fût pas déjà marié ?... Sophie était prête à envisager toutes les possibilités de rencontre. N'importe quel homme lui eût convenu sur l'heure, pourvu qu'il fût seul lui aussi et qu'il lui dît : « Je veux vivre avec toi, je t'aime »... Un besoin urgent d'amour et des bouffées de romantisme l'étouffaient. Elle recommença à pleurer. L'homme idéal, ou non, qu'elle cherchait partout, parmi ses amis ou bien les hommes d'affaires, les journalistes, les comptables, les publicitaires qu'elle fréquentait, se dérobait toujours. Elle continuait à vivre seule, dépitée, désespérée. Il lui arrivait de feuilleter la presse du cœur en se demandant si elle n'en serait pas réduite à répondre aux petites annonces.

Elle se reprochait de n'avoir pas eu d'enfant avec son ex-mari. À l'époque, elle n'avait pas songé à la maternité, elle aimait sa liberté. Maintenant la liberté lui faisait peur. Si elle avait un enfant, elle ne serait pas aussi désemparée. Elle pourrait lui offrir toutes ses forces d'amour. Elle le dorloterait, elle l'éduquerait, l'existence aurait un but. À quoi sert d'avoir une belle situation, se plaignait-elle, de travailler sans relâche, de se tenir au fait des dernières inventions ou des changements du siècle, pour profiter seule de ce confort, ne rien partager de tous ces avantages ? Elle avait envie de faire un enfant, malgré ses quarante ans passés. Elle ne savait pas avec qui. Le temps filait. Elle voyait sa vie derrière elle, gâchée, déserte.

— Tu vois, dit-elle de sa voix cassée, les hommes ont peur des filles comme moi. Je travaille, je réussis, j'en impose. Ils pensent que je suis forte, trop forte. Plus forte qu'eux. Au fond, ils préfèrent les fillettes, les minettes... Comme ta Malika, ajouta-t-elle. Elles seules savent les envoûter, les rendre fous.

En remontant sur la terrasse, elles tombèrent sur Benoît qui venait d'arriver, un dossier sous le bras. Il regarda avec étonnement le visage de Sophie, barbouillé de larmes bleues, et lui tendit un vrai mouchoir. Il la trouvait plus émouvante ainsi défaite, désordonnée, que caparaçonnée dans ses tailleurs sans plis. De l'autre main, il tendit à Marie-Hélène le dossier qui traînait sur le siège arrière de la Lancia : il s'agissait de ses projets pour *Édifice*, auxquels il faudrait s'attaquer dès le retour à Paris. Enchantée de prévoir déjà la rentrée, de songer aux objets susceptibles de leur valoir l'estime et le succès aux prochains salons, Marie-Hélène posa le dossier sur un guéridon et courut joyeusement chercher un plateau, des verres et des jus de fruits. Elle n'était pas fâchée de laisser à Benoît le soin de rasséréner Sophie.

Elle savait que Sophie ne restait pas de marbre devant le dessinateur ; à cause de sa douceur, de sa barbe ou de son style, elle le trouvait « craquant ». Mais elle ne s'inquiétait nullement de voir leur sympathie se transformer en flirt. Benoît — il le lui avait laissé entendre — n'avait aucun penchant pour Sophie — aucun penchant sensuel, avait-il ajouté — tandis que, dans un effort sincère, pour aider son amie, elle lui vantait un jour ses qualités de loyauté, son tonus et son intelligence. Elle n'avait pas été fâchée de la réponse : elle avait laissé s'instaurer entre eux un jeu subtil et ambigu, codé, une esquisse de flirt. Cet amour qui ne voulait pas dire son nom, destiné à demeurer à peine plus concret que ses toiles dans l'atelier, la rendait pourtant jalouse des femmes que Darmon fréquentait. Aussi prenait-elle un air détaché quand ce dernier, impliqué dans des liaisons dont il évoquait, sans craindre de la blesser, les fièvres ou les complications, lui parlait de sa vie amoureuse. Elle voulait se montrer digne de sa confiance, mais elle souffrait au fond d'elle-même. Elle n'aurait pu supporter sans agacement de voir Benoît faire la cour à l'une de ses amies.

Au même moment, installé sur une chaise longue, il contemplait Sophie. Avec son visage carré, son maquillage rose, ses pommettes bleuies, il lui trouvait une ressemblance avec ces femmes du Picasso de la période cubiste, à la géométrie rude, aux formes désaxées, pastel et lie-de-vin, à la fois laides et attirantes. Sophie lissait sa jupe sur de longues jambes blanches aux genoux osseux. Elle ne bronzait jamais ; sa peau restait de lait. Elle lui sourit, un peu crispée :

— J'ai craqué, dit-elle, le soleil a sur moi des effets inverses. Au lieu de me réjouir, il me déprime...

Benoît pensa qu'elle savait à la perfection donner le change et que sa tenue était en accord avec la coiffure et les beaux ongles laqués : droite et le front haut, Sophie ne devait pas souvent s'abandonner. Il le regrettait, il aurait voulu qu'elle se remît à pleurer, là, devant lui. Non par sadisme, mais pour percevoir à nouveau sous la solide écorce la fragilité de Sophie. Il se pencha, lui prit le briquet des mains et alluma une cigarette.

— Grave ? lança-t-il.

— Ridicule...

— Un type ?

— Aucun. Justement.

Les talons dorés de Marie-Hélène claquèrent sur les dalles avant qu'il pût parler. Elle posa son plateau, proposa des jus de fruits. Benoît tapota la jupe de Sophie pour y effacer la poussière de la cave, puis s'enfonça dans la chaise longue.

— Malika n'est pas là ? s'enquit Sophie.

Marie-Hélène subodorait que son entrée dans la pièce avait été ressentie comme une intrusion. Elle fut tentée de les laisser seuls à nouveau pour qu'ils parlent à leur aise, mais il était trop tard. Elle avait sans le vouloir rompu le fil invisible d'une mystérieuse affinité. Que se passait-il donc ici ? Au moindre incident, au moindre hiatus, quand les choses n'allaient pas de soi, quand la vie glissait insidieusement vers ailleurs, qu'on la sentait s'échapper, trop peu conforme à ses idées, à ses désirs, c'était le nom de Malika qu'on prononçait. Le nom de Malika revenait sans cesse cet été dans les conversations, dans les pensées, comme s'il pouvait à lui seul modérer toutes les contradictions, calmer toutes les insatisfactions, toutes les frustrations, tous les désirs. Malika était le mot d'une antienne, qui renvoyait l'écho d'un malaise commun. Pure coïncidence ? Marie-Hélène dut s'avouer que l'été de Malika ne ressemblait pas aux autres. Elle le trouvait fiévreux, bizarre. Il lui semblait qu'un orage menaçait au-dessus d'eux, mais elle ne distinguait aucun nuage. Sensible à des grondements lointains, à toute une électricité dans l'air, elle en percevait seulement l'approche. Aujourd'hui encore des présages lui sautaient aux yeux : David était nerveux, brutal, il lui avait fait l'amour comme s'il se vengeait de quelqu'un ou lui en voulait d'une faute grave. Mais de laquelle ? Elle-même se sentait agacée, plus attirée qu'elle ne l'aurait cru par l'inconnu, le flou, la fuite et pourtant amoureuse de son cocon, de sa famille. Que de contradictions et de complications ! Et puis, Sophie pleurait, Benoît lui caressait la cuisse, Marie-Hélène n'y comprenait rien.

Elle tenta d'expliquer que Malika repassait une pleine corbeille de linge, que les enfants goûtaient, qu'elle devait leur préparer des tartines, elle avait besoin de repères familiers pour dissiper son inquiétude. Sophie avait retrouvé sa dignité. Toutes deux firent un effort pour nourrir la conversation. Marie-Hélène refusa de descendre dîner à Saint-Tropez ; les Chantérac les attendaient ce soir, David et elle, dans leur villa. Elle espérait s'y amuser en compagnie de David quand il serait délivré de sa mauvaise humeur.

Benoît se taisait. En venant là, il avait espéré voir Malika. Il cherchait sa présence qu'il sentait proche et pourtant impalpable sous l'ombre de la tonnelle, au-delà des premiers pins dont la cime dépassait la maison sur l'autre aile. Il trouverait un moyen pour la rejoindre, il avait envie d'elle. Sophie, Marie-Hélène n'existaient pas. Même lointaine, inaccessible, Malika était plus vivante, plus en chair, que les deux autres femmes. Le parfum capiteux de Sophie — du Guerlain sans aucun doute — et l'eau fraîche de Marie-Hélène — Miss Dior peut-être, une senteur de jeune fille — ne pourraient jamais rivaliser avec l'odeur nue de Malika. Cette odeur de peau ambrée, huilée, fruitée, qu'il retrouvait d'instinct dans les effluves les plus différents du sien. Ce qui l'attirait là, qu'il avait tant besoin de retrouver sous ses doigts, d'enduire sur son propre corps, c'était le musc de Malika. Son arôme de brune.

Benoît raccompagnait Sophie à sa voiture au moment où David, l'air fatigué, rentrait chez lui, une raquette à la main. Il échangea quelques mots, puis remonta sur la terrasse :

— On ne s'ennuie pas ici l'après-midi, bougonna-t-il, tout en se servant un verre d'orangeade.

— Tu n'as pas bien joué ? demanda Marie-Hélène.

— J'ai perdu 6-3, 6-2, 6-3.

— Et Pierre ?

— Rose l'attendait. C'est fou ce qu'ils sont heureux ensemble ces deux-là ! Pendant l'année, ils se voient peu, ils vivent séparés chacun à l'autre bout du monde, alors pendant les vacances, ils filent le parfait amour comme deux jeunes mariés.

Marie-Hélène crut saisir l'allusion. Elle se rapprocha et posa la main sur le bras de David.

— Tout le monde s'aime cet été. Est-ce que tu ne le vois pas, cet amour qui est dans l'air ?

— Tu veux dire : Pierre et Rose, ou Benoît et Sophie qui viennent de partir ensemble, ou encore Henri-Pierre avec cette fille qu'il nous a amenée ici l'autre jour ? Comment s'appelait-elle ?

— Je ne sais pas. On dirait que l'atmosphère est lourde, les gens ont changé. Moi-même je me sens tantôt euphorique, tantôt inquiète. Et toi...

— Moi ?

— Tu parais triste ou préoccupé. Est-ce que tu as des soucis ?

— Non.

— Tu t'ennuies ? Tu regrettes Paris ?... (puis après une hésitation)... Tu ne m'aimes plus peut-être ? Est-ce que nous sommes devenus vieux ?

— Tout va bien, Marie-Hélène, sois douce avec moi...

Il la prit dans ses bras. En vérité il aimait toujours sa femme. Ses questions le touchaient, il n'aurait voulu à aucun prix la faire souffrir. Quel idiot il était ! se disait-il. Il devait se ressaisir, se montrer plus attentif à sa famille et ne pas perdre son temps à des futilités. Il prit ainsi conscience qu'il avait jusqu'ici négligé son foyer. Les cheveux blonds et fins de son épouse caressaient son épaule ; il y plongea la tête, ferma les yeux, sûr de sa force. Au moment où il les rouvrit, il crut apercevoir la silhouette de Malika, sous la tonnelle.

À peine visible, penchée par-dessus la rambarde, elle semblait chercher quelqu'un. Il sut aussitôt que ses lubies ne s'étaient pas envolées, il ne pouvait se détacher de cette ombre vague, il tentait de mieux en distinguer les contours. La présence de la jeune femme, même ainsi estompée, évanescente, le narguait toujours. Était-ce vraiment elle qui se tenait dans l'ombre ? Ou bien une créature née de son imagination ? Il n'était sûr de rien. Il la sentait plus qu'il ne la voyait. Elle l'attirait. Incapable de se dominer, il s'écarta de Marie-Hélène et s'avança dans la direction de l'ombre. Il n'y avait personne sous la tonnelle.

— Que cherches-tu ?

La voix acidulée de Marie-Hélène le ramena sur terre. Il se tourna vers ses formes menues, il allait prendre une douche, dit-il, se préparer pour « ce foutu dîner ». Il ne se reconnaissait aucune affinité avec les Chantérac. C'étaient des relations de Saint-Tropez, non pas de vrais amis. Le climat avait encore changé : le froid, le chaud se bousculaient, sous l'effet de vents instables.

— Ils sont agréables à voir. Lui surtout. Il a un métier d'artiste...

— Fiction. Les airs qu'il se donne ne cachent pas ses vraies pulsions : la vanité, le fric.

— Tu es méchant, David. Et puis, quand j'aurai trop de rides, je serai bien contente d'aller le trouver, il pourra m'opérer un jour...

— Et tu crois que tu pourras retrouver tes vingt ans... Foutaises !

Sur ces paroles aimables, il partit prendre une douche glacée, pour se débarrasser de ses visions.

Marie-Hélène, peu rancunière, oublia vite la remarque de son mari, alla s'allonger sur un transat, baissa les bretelles de son justaucorps et s'abandonna au soleil. Elle voulait retrouver son calme. En cette fin de journée le soleil brûlait encore, elle enfila une visière de plastique qui, tout en protégeant son visage, colorait en rose le paysage. Pourquoi s'inquiéter après tout des sanglots de Sophie, de l'air absent de Benoît ou de l'irritation de David ? Elle se demandait si elle était seule à percevoir les premiers signes d'un orage, si elle ne devait pas mettre au compte d'un malaise personnel cette sorte de fièvre qui cet été, sans qu'elle en découvrît les raisons, troublait son petit monde.

Elle demeura d'abord immobile à savourer le plaisir d'un tête-à-tête avec le soleil. Les séjours à la cave lui avaient fait oublier les exigences du bronzage. Elle se laissa glisser dans un no man's land sans rêves, puis elle tendit le bras comme par réflexe vers le guéridon où elle avait posé le dossier remis par Benoît.

Elle l'ouvrit. Intitulé *Charmes* — le mot était calligraphié en travers du carton —, il contenait une série de dessins au crayon noir, peut-être une vingtaine d'objets. Les dessins formaient un ensemble homogène, une collection. Le titre les présentait tels qu'ils apparaissaient en effet : inconfortables certes, mais résolument décoratifs, jaillis d'un rêve ou d'un élan de folie. Ensorceleurs, presque racoleurs, ils s'adressaient aux émotions primaires. Marie-Hélène passait nerveusement de l'un à l'autre, consultait le dossier dans tous les sens sans parvenir à retrouver l'artiste qu'elle connaissait, estimait, et qui lui apparaissait tout à coup, dans ces dernières inventions, comme un homme différent.

Benoît avait abandonné le verre et l'acier, le dépouillement comme la transparence, et cette sobriété qui, dans des effets de cristal ou de polissage, atteignait pour elle les sommets de l'élégance. C'était un art éthéré et pudique, presque impalpable, qui l'avait séduite et qui avait aussitôt provoqué son admiration et son attirance. Elle y retrouvait le reflet de son propre monde, la loi transparente de son univers. Cet art exprimait un idéal de pureté. Il était d'une haute exigence. En même temps, il coïncidait avec un style de vie latin et moderniste, il alliait à un classicisme des lignes un sens du détail à l'italienne, la discrétion à la sophistication. C'est ainsi qu'elle l'analysait. Elle aurait souhaité pour cette œuvre l'immortalité ou du moins la permanence. Tel qu'il lui était apparu la première fois. *Charmes* lui causa un choc.

À l'évidence Darmon avait fait table rase de ses recherches antérieures : était-ce un simple accident, ou une révolution radicale ? Elle avait horreur de cette métamorphose. Il lui semblait que Benoît rentrait imprégné d'exotisme à l'issue d'un voyage, et qu'il était encore sous l'influence de paysages étranges. Ce voyage n'avait pu être qu'imaginaire. Benoît était demeuré tout l'été dans les parages, ne s'éloignant de l'arrière-pays, des garrigues, des massifs violets et des villages roses que pour gagner la côte, dîner chez elle et promener dans les Hauts ou sur le port de Saint-Tropez sa silhouette en espadrilles. Si la visière protégeait Marie-Hélène du soleil, elle ne lui cachait pas la lumière. Et, dans cette lumière d'après-midi, à peine moins violente, elle voyait Benoît Darmon. Sa barbe, ses yeux clairs, sa bouche capable de dire des mots très doux, ses lents gestes d'artiste. Il s'éloignait d'elle.

Les dessins, se succédant sur des feuilles de papier calque, sombres et pleins, avec des entrelacs, des volutes, des arabesques et des feuilles d'acanthe qui s'étaient substitués à la transparence et à la sobriété d'autrefois, campaient un intérieur baroque, surprenant mélange de palais vénitien, maure ou andalou. Marie-Hélène découvrait un lit à colonnes où s'enroulaient des serpents. Une chaise à pieds de gorgone. Un canapé sur pattes d'éléphant avec des accoudoirs épanouis, à têtes de proue égyptiennes. Une jarre enluminée de palmettes qui devait servir de vase et qu'on aurait pu voir, remplie d'huile, dans un musée de Cordoue. C'était un ensemble opaque et lourd, surchargé de symboles où la volupté l'emportait sur l'élégance. La personne qui choisirait un pareil lit, une pareille chaise devrait s'affranchir du goût occidental et s'abandonner à l'Orient. Marie-Hélène plissait le nez de dégoût. Ces « chantournures », ces symboles lascifs, ce manque de retenue l'écœuraient. L'artiste affichait avec impudeur ses pulsions, ses fantasmes, ses jouissances. Les matériaux choisis, notés en bas de page, répondaient au même élan : bois exotiques, comme le cèdre d'Afrique aux écorces épaisses, aux parfums tenaces et racines énormes. Comment Benoît, cet artiste raffiné dont elle aimait l'éducation européenne et l'esprit classique, pouvait-il ainsi étaler avec complaisance des goûts de satrape, de décadent ? Cette métamorphose, elle l'espérait, ne serait peut-être qu'un incident de parcours, mais elle la bouleversait. Comme si, en renonçant au design épuré d'*Édifice*, Benoît avait commis une trahison envers Marie-Hélène.

Loin d'elle, il avait mené, sans rien lui dire,

une autre aventure. Darmon signait une collection qui ne lui était pas dédiée, qui ne pouvait pas l'être. Elle confinait Marie-Hélène dans le monde chic et clos où elle se plaisait, ce petit monde de la bourgeoisie occidentale. Elle aurait voulu le retenir ou le reprendre. Mais l'originalité et la puissance du projet lui en imposaient et, malgré ses œillères, elle ne pouvait méconnaître l'extraordinaire nouveauté de ce travail. Marie-Hélène n'avait joué aucun rôle dans la création de *Charmes.* Darmon avait puisé son génie ailleurs. Mais il demeurait toujours un artiste. Même s'il persévérait dans les outrances voluptueuses de son dernier projet, même si des pieds grotesques de gorgones et des gorges de sphinges heurtaient son goût de la mesure, Marie-Hélène ne pouvait s'empêcher de l'aimer.

— Maman, regarde ce que j'ai trouvé...

Jérémie se précipita sur la terrasse. Par tous ses traits, et la couleur de ses cheveux, il ressemblait à sa mère. Marie-Hélène le vit surgir avec soulagement. L'enfant venait à point nommé pour la distraire et lui apporter la naïveté de son âge. Elle lui tendit les bras. Jérémie riait. Il brandissait un objet qu'il déposa sur le dossier de Darmon. Marie-Hélène l'examina.

C'était une culotte de femme. Non pas une de ces culottes vieillottes « Petit Bateau », en coton blanc. Non pas non plus une de ces lingeries délicates, en dentelle et à triangles de broderies qui abondaient dans les tiroirs de Marie-Hélène. Non. Ce type de culotte était d'un tout autre style et elle n'en avait jamais vu de pareille dans les boutiques de luxe. Côté pile, c'était un simple lien de cuir noir qui devait encercler les hanches, sans autre ornement. Une de ces culottes « à la brésilienne » qui ne cachent presque rien. Côté face, le lien de cuir se compliquait d'un bouquet de duvet noir. Un duvet de cygne, touffe volatile et bouclée qui avait intrigué l'enfant. Jérémie se caressait la joue avec ce tissu dont la douceur devait lui rappeler la houppe à poudre de sa mère.

— Qu'est-ce que c'est ? demanda-t-il.

Jérémie avait trouvé l'objet dans la valise de Malika, sous le lit. Elle négligeait en effet de déposer ses vêtements dans l'armoire ou la commode de sa chambre et n'utilisait pas davantage le sommier. Elle dormait à même le sol, sur le matelas qu'elle tirait par terre puis remettait en place, le matin, comme une vulgaire natte. Aucun désordre, rien ne traînait, Malika ne laissait pas de traces de son passage. Jérémie avait dû fouiller la valise, troublé par ce rangement inhabituel qui ressemblait à une cachette. Il en avait rapporté ce trophée. Le contact en était si doux qu'on avait l'impression de tenir un poussin dans la main.

— C'est un oiseau ? demanda Jérémie, les yeux écarquillés.

Cet incident anodin qu'elle prit pour une incongruité acheva d'indisposer Marie-Hélène. Tout l'étonnait aujourd'hui. Son mari lui semblait hagard et fatigué, trop brut dans la tendresse ou bien désagréable dans ses allusions à l'amour des autres. Comme s'il était sous l'influence d'ondes négatives. Elle ne le lui reprochait pas mais, inquiète, devinait un malaise. Puis l'une de ses amies, la plus réservée, la plus raisonnable, s'écroulait en larmes dans son atelier. Maladroite à la consoler, elle avait été troublée à son insu par sa détresse : une menace planait-elle sur David, sur elle ?... Le temps, trop chaud, tournait à l'orage. Darmon pour sa part changeait de style sans qu'aucun signe précurseur l'en eût avertie. Il abandonnait le design tel qu'elle le concevait pour *Édifice*, elle soupçonnait qu'il était sous l'emprise d'un charme réel et efficace. Le charme d'une femme. Marie-Hélène se sentait tenue à l'écart, loin des changements qui touchaient son entourage. Plus fragile elle-même, incertaine d'être une véritable artiste, elle était attirée par des zones d'ombre qu'elle n'aurait jamais eu la curiosité de connaître autrefois. Quelque chose bougeait en elle, comme un enfant prêt à naître. Un désir d'être enfin soi-même. Une autre Marie-Hélène aspirait à s'exprimer, à vivre.

Cette culotte, l'été la lui apportait tel un signe supplémentaire du climat qui la troublait. Elle n'appartenait pas à son univers ordinaire.

Images de danseuses nues du Moulin-Rouge ou du Crazy Horse qui, à la fin du numéro, quand les lumières vont s'éteindre, détachent le lien de cuir et se dévoilent totalement une seconde à peine, juste avant le tomber du rideau. Images plus précises de sirènes suspendues, prises dans des filets dont les mailles coincent les plis de la chair, étalées à cru au-dessus des regards. Images de prostituées au bois de Boulogne, dans les phares jaunes, le manteau ouvert sur des corps trop blancs, empanachés d'accessoires... Tout un monde à des années-lumière du sien. Marie-Hélène divaguait. Elle associa à ce colifichet de professionnelle le souvenir de lits à colonnes ornées de serpents qui grimpent, de canapés à pattes d'éléphant, de meubles aux rondeurs extravagantes où des femmes lascives feraient l'amour, avec un homme, à la barbe sombre et aux yeux clairs... La terrasse tanguait, le cercle domestique donnait à voir un lupanar, la culotte de Malika brûlait les doigts de la maîtresse de La Paressanne.

— Ce n'est rien, c'est un jouet...

Mais, preuve irréfutable des méfaits de l'été, au lieu de rendre le string à sa propriétaire ou de le ranger discrètement, ni vu ni connu, dans la valise, Marie-Hélène le glissa dans sa poche et se demanda si elle oserait porter ce genre de dessous.

Sur la terrasse de sa maison des Hauts de Saint-Tropez, le docteur Hervé Chantérac pérorait. D'un ton de voix monocorde et satisfait, jouissant à l'extrême de l'effet produit sur son auditoire, et tâchant de conserver au moins en apparence un air de fausse modestie, il tirait de sa profession un catalogue divertissant de « cas » qui lui valaient l'attention générale. Sa présence à un dîner simplifiait le travail de ses hôtes : il rendait inutile tout effort pour entamer ou soutenir une conversation. Ceux qui étaient mus par un même réflexe lui posaient des questions sur son métier et ses réponses amorçaient une discussion qui durait tard dans la soirée. On commençait toujours par évoquer un « cas ». On en discutait âprement ou calmement. Le silence se peuplait de monstres innombrables, aux oreilles en feuilles de chou ou de palmier, aux nez en pomme de terre ou en banane, aux poitrines en salades fripées... Au milieu d'eux, fantômes inquiétants et gentils, les auditeurs se sentaient embellir. Hervé, personnage élégant et savant, avec ses vestes de Smalto, ses airs compassés et ses mains d'artiste, ne se départait jamais de sa suffisance. C'était lui qui dominait le débat. Ne se privant guère de mettre à profit son aura, quoiqu'il ne fût pas très bavard, il savait choisir ses mots, soupeser ses images. La nuit de Saint-Tropez, avec ses milliers d'étoiles, resserrait le cercle et servait de théâtre splendide aux féeries du chirurgien esthétique.

À la plupart des femmes présentes, Hervé Chantérac évoquait un démiurge, capable de miracles. Elles écoutaient, bouche bée dans leurs robes du soir, le récit de ses exploits, espérant peut-être des améliorations futures de leur anatomie. Elles rêvaient secrètement d'opérations bénignes qu'Hervé mènerait d'une main de maître. Pour David Paul-Martin qui demeurait à l'écart de l'enthousiasme général et contemplait la scène d'un œil sceptique, Chantérac incarnait davantage un gros matou, prudent, futé et dangereux, Raminagrobis qui appâte sa proie avant de bondir.

La villa, construite dans un style hollywoodien, affichait par le marbre et les dorures la réussite professionnelle. Les amis y étaient reçus avec faste et se prélassaient sur les divans moelleux de la terrasse, protégés des moustiques par des lanternes vénitiennes à infrarouges.

— Une telle..., disait Chantérac qui avait pour manie et pour règle d'or de ne jamais citer l'état civil de ses patientes. La discrétion était une loi qu'il respectait même auprès de ses intimes. Une telle possédait le nez le plus vilain que j'aie jamais vu. Or croyez-moi, sur une carrière de plus de vingt ans, j'en ai rencontré des nez ! Celui-là, en pied de marmite et de surcroît affligé d'un épiderme grumeleux comme une chair de poule, défigurait totalement cette femme, qui sans ça aurait pu être jolie.

Des exclamations extatiques accueillirent cette déclaration. Pour sa part, David Paul-Martin la jugea dégoûtante, déplacée et un tantinet raciste. Il prit un air sombre et fermé, pour Marie-Hélène de fort mauvais augure. Irrité, David pouvait en effet perdre le contrôle de soi et provoquer une altercation, ce qui ne manquerait pas d'entacher sa réputation d'homme du monde. Elle chercha un moyen d'éviter la dispute, sachant pertinemment qu'un mot malheureux suffirait à déclencher les hostilités.

— C'était une étudiante à Polytechnique, poursuivait le docteur. Un sujet brillantissime. À se demander comment elle a pu réussir l'oral du concours avec un tel nez !... De foi de médecin — ajouta-t-il avec un sourire qui se voulait rassurant et charitable —, jamais je n'ai vu femme aussi laide attendre vingt-trois ans pour se faire opérer.

Alors que Paul-Martin, toujours un peu lent à la repartie, menaçait en son for intérieur de régler son compte à ce païen, qui prétendait réduire la vie à sa seule apparence, ce fut Marie-Hélène qui, le devançant, suggéra avec calme que la beauté n'était pas le seul gage de la séduction. Elle connaissait des laides attractives, des Don Juan féminins à têtes de gorgones et des belles filles en revanche qui n'obtenaient aucun succès... Le débat suivit une pente sinueuse entre réflexion philosophique et conversation de salon. David adressa à Marie-Hélène un regard qui en dit long sur son mépris pour le docteur et ses patientes ; un regard qui la caressa, car elle avait rallié son camp. Le camp de ceux qui refusent de voir réduire leurs mérites à la forme de leur nez ou à la couleur de leur peau. Ils étaient d'accord et Marie-Hélène fut rassurée : leurs liens étaient encore assez forts.

Chacun se mit à citer des laids, illustres ou anonymes, grands séducteurs, et des Apollon qui, en effet, comme le suggérait Marie-Hélène, manquaient de rayonnement. On compara des regards, des silhouettes, des allures. On s'égara sur la piste de l'histoire, cherchant d'illustres prédécesseurs à ces laideurs contemporaines, puis la conversation s'élargit aux Zoulous, aux tribus cannibales, aux femmes à cous de girafe, ou à ces mastodontes, gavés et bouffis comme des oies, fierté de certaines tribus d'Algérie. Paul-Martin réagit enfin. Était-ce à cause de cette allusion à l'Algérie ? Il raconta sa rencontre avec l'une de ces femmes, sous la tente d'un chef bédouin. Il gardait le souvenir violent et sensuel de ce monstre, véritable baleine échouée dans le désert. « Laide ici, ignoble même, mais belle là-bas, sublime en somme ! » David avait horreur des discriminations physiques et jugeait le discours de Chantérac à courte vue et d'une injustice affligeante. Se rendant compte qu'une partie de l'auditoire se dressait contre lui, ce dernier, pour répondre à la contestation, choisit de citer un autre cas médical. Cette fois une difformité imaginaire...

Michèle Chantérac tenait le registre de ses consultations et recevait sa clientèle ; elle affirma que certaines anomalies empoisonnent la vie des gens, comme celle de cette jeune polytechnicienne si peu pressée de se faire opérer le nez.

— La femme..., racontait Chantérac toujours discret sur l'identité de la patiente... La femme d'un gynécologue fameux est venue me voir pour que je lui remodèle le buste. Je l'examine : poitrine banale, plutôt ferme, de volume moyen. Je refuse d'intervenir. Quelques semaines plus tard, elle revient avec des photos qu'elle pose sur mon bureau : une paire de gros seins en poire, flétris et flasques... Des seins qui auraient pu mériter une intervention chirurgicale. Elle m'explique qu'ils sont ceux d'une maîtresse de son mari. Elle en avait trouvé les photos dans la poche d'un veston, avec une lettre qui les accompagnait et ne laissait aucun doute sur la nature des relations du gynécologue avec sa correspondante. Depuis elle rêvait de seins difformes, dans lesquels elle plaçait tous ses espoirs de reconquête.

On trouva le cas extravagant ou pitoyable ; Michèle hocha la tête, confirmant l'anecdote.

— À propos, poursuivit Chantérac dans l'atmosphère bleue de la nuit et les rires étouffés... Devinez qui est venu me voir avant-hier... ?

Tous se mirent à chercher parmi leurs connaissances quelle femme pouvait être pourvue d'une poitrine digne d'intéresser Hervé Chantérac. Marie-Hélène crut la trouver, mais n'osa pas prononcer de nom. Elle pensait à Élizabeth, l'amie d'Henri-Pierre de la Roux, cette femme ridicule. Elle se souvenait bien d'un décolleté pigeonnant et démodé. Mais Élizabeth, en aucun cas gênée par l'ampleur de sa gorge, la dévoilait avec coquetterie. Marie-Hélène sourit au souvenir de la jeune femme, alanguie dans le hamac, puis continua sa recherche : qui en était réduite à faire appel à la chirurgie esthétique ? C'est alors que Chantérac, dérogeant à la règle du silence, annonça en s'adressant directement à elle :

— Vraiment, vous ne vous en doutez pas ?... C'est Malika !

Il expliqua devant tous que la jeune fille avait sonné à la villa, que Michèle l'avait introduite dans son cabinet. Dans sa maison de vacances une pièce était réservée aux consultations privées. Malika voulait savoir combien coûtait un grossissement de poitrine. Elle semblait décidée. Elle avait posé des questions sur le nombre des séances, la qualité du toucher et le durcissement éventuel qu'il obtiendrait, sans oublier la dimension des cicatrices. Dans son cas, il ne devait d'ailleurs pas y en avoir.

— Elle a enlevé son T-shirt. Ma polytechnicienne avait le nez le plus hideux de toute ma carrière. Je peux dire sans hésiter que Malika a les seins les plus ravissants que j'aie jamais vus.

Il s'ensuivit des murmures parmi les auditeurs, pendant lesquels David avala d'un trait un plein verre de scotch. Son épouse le regardait. Elle se demandait s'il n'allait pas jeter son verre comme un Russe par-dessus son épaule ou s'il n'allait pas se rouler sous la table. L'univers basculait encore une fois. Elle-même rougit comme si elle était en cause, honteuse de voir exhiber devant tout le monde la poitrine de Malika. Elle se sentait idiotement responsable du comportement de la jeune fille. Plus tard, aggravant l'absurde sentiment qu'elle avait d'avoir commis une faute, Michèle la prit à part :

— Je me suis demandé si vous lui aviez donné les coordonnées d'Hervé, lui reprocha-t-elle d'une voix aigre.

— Mais non, pas du tout ! s'entendit-elle répondre, sur la défensive, vaguement accusée d'elle ne savait quoi.

D'avoir mis une femme de plus entre les pattes blanches d'Hervé sans doute. Ou d'avoir placé sur la route si lumineuse des Hauts une créature qui tirait toute la lumière à elle.

Sur la route du retour, cheminant à la lueur des étoiles et des lampadaires, David rompit le silence pour se répandre en injures. Ce ton lui était si peu habituel que Marie-Hélène se demanda s'il n'avait pas vraiment abusé du scotch.

— Quel couillon ! Quel hypocrite ! lança-t-il à son épouse interloquée qui trouvait sa fureur excessive. Il tait le nom de toutes ses clientes, avec des ronds de jambe et des airs chafouins. Et parce que Malika est marocaine, fille au pair et femme de ménage, qu'elle n'a ni fric ni réputation ni diplômes, il balance son secret. Il jette son nom comme une minable !

Marie-Hélène opina de la tête sans deviner ce qui avait en vérité fait enrager David, mais sensible aux arguments qu'il avançait et croyant partager son esprit de justice. Privilégiée, vivant à l'écart de tous les dangers, elle ne restait pas indifférente à la détresse. Tout accusé sans défense l'émouvait. Elle se rangea donc du côté de la jeune fille dont les Chantérac, trop snobs sans doute, n'avaient pas jugé nécessaire de conserver l'anonymat. Dans la poche d'un sari bleu, dernière variation de ses tenues de soie, elle avait conservé le vêtement au duvet de cygne, preuve tangible et palpitante de toute une existence mystérieuse, dangereuse peut-être, et dont le sens lui échappait. Malika ne lui parlait jamais, elles n'abordaient ensemble que les affaires de la maison. Marie-Hélène lui devinait maintenant une autre vie, une vie d'aventures à laquelle la sienne ne pouvait se comparer. Elle ignorait tout de son passé, mais ce qui la troublait le plus, c'était d'ignorer ce présent invisible et secret, parallèle, dont la belle Marocaine n'avait jamais laissé paraître le moindre pan.

À l'abri du cocon, elle-même protégée des méchancetés et des saletés du dehors, Marie-Hélène eut un bref élan vers Malika. Son premier réflexe de jalousie et de méfiance céda la place à la curiosité. Qui était donc Malika ? Une aventurière ? Une danseuse de cabaret convertie pour l'été en bonne d'enfants ? Une perverse, cachant sous des sourires d'ange une sensualité d'ogresse ? Ou bien, comme elle était tentée de le croire, dans l'atmosphère lourde de l'été, une jeune fille innocente ?

IV

Lorsque Malika me racontait sa vie au Maroc, sa voix changeait. Musicale et joyeuse, elle évoquait l'enfance à Aït Saïd, la mère et la grand-mère, Tahar, les grottes et les chemins familiers de la campagne. Tandis que le temps passait, transformant son corps de sauvageonne en femme, la voix se faisait plus lente, plus langoureuse. La musique n'était plus la même : le chant cessait, pour laisser la place à un récit monocorde dont le calme m'inquiétait. Je pensais que l'adolescence aurait dû susciter plus de violences, plus d'impatiences. Quand Malika abordait ses quinze ans, c'était sur un ton de psalmodie, sans trace d'émotion, sans regrets ni rancœurs, d'un air d'indifférence. Comme si elle racontait l'histoire de quelqu'un d'autre. Je ne sus jamais démêler malgré mes efforts la part de la révolte et celle de la mélancolie. Je dus m'en tenir aux faits, du moins à ceux qu'elle voulut bien me conter, dévoilant de menus détails et passant au contraire sous silence des événements capitaux.

À quinze ans, sur ordre du frère qui présidait à leur groupe de filles, Hassan, elle quittait Aït Saïd pour le suivre à Beni-Mellal et vivre dans son propre foyer en attendant le mariage qu'il lui préparait. Elle ne prêta que peu d'attention à ce départ. Il lui semblait inscrit dans la logique d'une soumission aux ordres venus d'en haut et marquait une étape vers l'avenir lumineux qu'elle attendait. Sa mère lui donna des draps, sa grand-mère, la main de Fatima en or. Malika l'avait aussitôt attachée autour de son cou avec un bout de ficelle. Elle ne la quitterait jamais, même si un jour une chaîne d'or put remplacer le chanvre d'origine.

Elle la tenait en effet pour un puissant talisman. Je me souviens qu'elle la désignait, en la caressant de sa longue main brune, du nom de *Khamsa.* Malika d'ordinaire si pudique, si soucieuse de perdre toute trace d'accent, prononçait le mot avec une authentique sonorité arabe — le *Kh* dit comme un *r* qui racle et roule au fond de la gorge. Rrrramsa.

Montée sur le gros mulet de ce frère qu'elle connaissait à peine — il avait, selon ses propres termes, une vie de plus qu'elle, soit entre dix et vingt ans —, habillée d'une jupe à fleurs et couverte de son habituel voile blanc, elle avait regardé longtemps en arrière, le plus longtemps possible, son village, Tahar et sa famille, réunis pour son départ. Vue de loin, la mère lui parut voûtée, rétrécie aux côtés d'une grand-mère haute et raide comme un piquet. Malika laissait la place libre aux autres sœurs. Tahar suivit le mulet, contourna les obstacles de buissons épineux et les blocs de roches, puis demeura figé près du tombeau du marabout. Malika sourit : la route partait dans la bonne direction, vers l'ouest.

Après plusieurs heures de marche, en descente à pic à travers des collines sèches qui peu à peu se couvraient d'oliviers aux troncs épais, aux lourdes frondaisons, aussi vieux peut-être que le marabout, puis d'arbres fruitiers plaqués sur l'horizon neigeux des montagnes, après une seule halte sous un figuier, elle découvrit Beni-Mellal. L'oasis lui apparut d'abord comme une énorme cité, avec des maisons blanches et des jardins, sous les palmiers. Elle n'avait jamais vu de ville, ni de jardin, ni de maison blanche. La première fontaine rencontrée lui arracha un cri d'étonnement. Elle se précipita et regarda l'eau couler, sans oser tendre la main vers le mince filet qui glissait dans une vasque mousseuse. Hassan riait, devant une Malika émerveillée.

L'enchantement ne dura pas. La maison blanche où on l'enferma perdit très vite l'attrait de la nouveauté. Construite sur deux étages, avec un toit carré et plat qui servait de terrasse, elle se composait de plusieurs pièces agencées autour d'une cour intérieure en dalles de pierre. Malgré la fontaine, malgré les poules et les lapins, malgré les soins dont on l'entourait et la nourriture qu'on lui apportait, elle y fut en prison. Malika étouffait. Habituée à s'en aller au hasard, à marcher tout le jour le long de pistes sans fin, à contempler des collines à perte de vue, et des horizons de sable, elle se sentait prise en otage dans sa propre famille.

Quand elle se souvenait de cette étape de son adolescence — elle devait avoir treize ou quatorze ans — Malika marquait toujours un silence. Peut-être essayait-elle de reconstituer en elle-même le décor de cette maison blanche ? Ou bien essayait-elle de l'oublier ? Elle fut d'abord si peu loquace sur son frère, ses deux épouses, leurs enfants, que je renonçai à l'interroger. En d'autres occasions, curieuse de mieux la comprendre et pour cela de la situer dans la société patriarcale musulmane, je lui posai des questions. Mais sur Beni-Mellal, je n'appris rien sinon qu'elle y fut cloîtrée et engraissée. Les femmes, ses aînées, avaient reçu l'ordre d'arrondir ses formes, jugées trop minces, dans le plan d'un futur mariage. On lui portait des bouillies de semoule avec des morceaux de poulet, des gâteaux aux noix et au miel, du pain fourré aux dattes et des cruches de lait. Gavée jusqu'au dégoût, elle les reversait aux plantes qui s'épanouissaient près d'elle, en pots. Il lui arrivait de gratter ces pots, d'incruster dans ses ongles un peu de leur terre rouge pour aussitôt revoir Aït Saïd. Cela lui donnait le regret de son indépendance. La nuit, elle montait sur la terrasse et s'endormait en comptant les étoiles.

Les épouses lui enseignèrent aussi à cuisiner, à coudre, à laver les enfants, à plier le linge, les activités nécessaires à l'entretien d'un foyer ; elle n'avait jusqu'alors jamais été préparée. Lorsque tout était à peu près en ordre et que Hassan avait mangé — préparer le repas de Hassan était en effet leur principale occupation —, les femmes se mettaient à fabriquer des paniers. C'est la deuxième épouse qui enseigna à Malika ce métier avec une patience d'autant plus méritoire que la jeune fille n'avait jamais appris à se servir de ses mains. De manière générale, Malika travaillait sans efforts. Quant à la vannerie, ses connaissances n'avaient pas dépassé le stade de l'initiation lorsque vint l'heure du mariage.

À Beni-Mellal, le marché se tenait les mardis sur la place centrale de la casbah. Son frère avait coutume d'y dresser une échoppe, avec des planches et des morceaux de couverture afin de se garder du soleil. Il étalait ses fruits, des oranges et des olives ainsi que des épices dont l'odeur âcre imprégnait les narines et évitait, croyait-on, tout risque de contagion. Il vendait aussi les paniers ronds que ses femmes avaient tressés et les petits gâteaux huileux enrobés dans du papier de soie, à croûte de sucre blanc dont Malika connaissait la recette. Ils graissaient les doigts et laissaient dans la bouche le parfum de la fleur d'oranger.

Alors que les deux femmes demeuraient à la maison, Malika put très vite accompagner son frère et l'aider au marché. Couverte d'un voile de coton noir, elle s'asseyait en tailleur près des paniers et avait pour mission, tandis que Hassan marchandait avec les clients, de surveiller les paniers. Elle les vendait elle-même dans son coin au prix qu'il lui avait indiqué. Malika aimait se tenir sur cette place, dans le brouhaha qui rompait la monotonie des autres jours, et regarder à travers l'écran de son voile noir. Elle vendait très peu de paniers : le profit était mince mais il tombait directement dans la caisse familiale — une boîte en bois qu'elle gardait sur les genoux et devait remettre à Hassan à la fin de la matinée. Si une partie de la recette des fruits et des épices était prélevée par une centrale de distribution, celle des paniers était tout bénéfice pour eux. À côté de leur étal se trouvait un marchand de poules. Les pattes ligotées, elles caquetaient dans des caisses. Parfois un mouton à la laine sale et à l'œil triste, flanqué de toutes ces volailles, égaré dans le lot, attirait du monde. Son frère profitait de la foule pour haranguer les badauds. Malika admirait le bagout de Hassan, son insolence et sa voix sonnante. Il fut son premier vrai modèle. Son comportement lui apprit qu'il ne fallait pas se cacher derrière sa modestie. La tête haute et le geste large, elle aurait le même orgueil et la même assurance. Plus tard on lui reprocherait d'en avoir trop.

Malika ne pouvait pas quitter son poste. De là elle se redressait et tentait d'apercevoir un peu plus loin les marchands d'étoffe. Cantonnée au secteur de la nourriture, elle regardait avec envie l'étalage multicolore des tissus de laine, le faste des *hanbels*, ces couvertures aux couleurs ardentes en lesquelles elle se serait volontiers taillé et cousu une longue jupe. Un jour où Hassan, content de sa recette, lui offrit un large sourire, elle se hasarda à lui demander la permission d'aller faire un tour. Elle s'approcha des *hanbels*, elle palpa les matières, compara les coloris et même voulut en connaître les prix, sans oser en réclamer ensuite à son frère l'équivalent en monnaie.

Assise à vendre les paniers, Malika tournait le dos à la route. Derrière elle, les gens rangeaient leurs charrettes, leurs bicyclettes ou leurs vieux camions. Il y avait là une pompe à essence marquée de lettres rouges où elle n'avait jamais pu lire le nom de la compagnie. Mais cette pompe à essence l'intriguait. Hassan lui avait expliqué qu'on ne la déplaçait jamais. Un gros homme, avec une ceinture rouge, déroulait parfois le long tuyau qui l'alimentait et, avec une sorte de pistolet dont l'acier brillait sous le soleil, il remplissait des bidons ou des jerricans, plus rarement le réservoir d'une auto ou d'un camion. Lorsqu'un engin à moteur passait derrière elle, aussitôt Malika se retournait. Elle cherchait à voir, à travers la vitre embuée de boue et de crasse, le visage du conducteur. Elle s'interrogeait sur sa destination finale.

Hassan lui avait expliqué que la route reliait Fès à Marrakech. Je devais plus tard identifier sur une carte la P 24 qui, à 194 km de Marrakech traverse Beni-Mellal. Ils étaient ainsi à mi-chemin des plus belles villes du Maroc, villes impériales — villes *makhzen*, disait Malika — où les palais et les fontaines ont été construits pour des rois. Hassan lui avait indiqué d'un grand geste de manche de sa djellaba la direction de Fès, de l'autre celle de Marrakech. Depuis lors, elle repérait tous les véhicules qui se dirigeaient vers le Sud. Était-ce à cause des fabuleuses babouches qu'un marchand avait un jour apportées au village d'Aït Saïd ? Ou bien parce que Marrakech était tout près de la mer ? Une fois de plus, son instinct lui montrait la route. Jamais elle ne songea à remonter vers Fès.

Les jours fastes, quand des touristes curieux de découvrir l'intérieur du Maroc, par la route, passaient par Beni-Mellal, le frère vidait ses cartons de henné et Malika vendait sa collection de corbeilles. Les Occidentales voulaient à tout prix essayer les bienfaits de la plante la plus orientale. Malika frottait ses mains avec la poudre grise pour leur montrer qu'elles ne se trompaient pas : la poudre virait au brun rouge, se fixait aussitôt sur les paumes, pénétrait sous les ongles, et transformait la pâleur fade de l'intérieur des mains en flamme et en velours. Puis, à l'aide de quelques brins de palme, elle se mettait à tresser les paniers. Les touristes regardaient ses doigts minces jouer avec les tiges et se glisser entre les feuilles. Ils la photographiaient. Elle ne quittait pas des yeux ces individus étranges, cheveux au vent, dont certains avaient abandonné leurs motos derrière elle, devant la pompe rouge. Elle observait les femmes, leur manière de s'habiller, de parler, de rire, leur peau bronzée et leur absence totale de gêne ou de pudeur : elles exposaient leurs jambes et leurs épaules, elles parlaient haut, enlaçaient parfois la taille de leur compagnon. Hassan les critiquait. En arabe, il les traitait de « femmes sales ». Il doublait ses prix. Malika était impatiente au contraire de leur ressembler. Elle aurait voulu rejeter son voile, libérer ses cheveux, secouer sa jupe de toute la paille qui l'encombrait et les suivre dans leur balade insouciante, jusqu'à leur moto — là où le rêve commençait.

À Beni-Mellal, Malika attendait. Le temps était suspendu à la décision de Hassan : il devait la marier mais, satisfait de son apparente soumission, il ne se pressait pas, il attendait aussi, guettant tous ses progrès. Elle devait vieillir un peu et surtout se former à son métier de femme. Du mariage, Malika voyait surtout les images d'un agréable folklore. Des créatures en lourdes robes d'apparat, vertes ou bleues, blanches, surchargées de broderies, que les hommes tiennent sur leurs épaules, assises sur un palanquin. Enveloppées de voiles d'or, une sorte de tiare carrée sur la tête, ces mariées, parées comme des châsses, avec leurs immenses colliers d'or et de perles, avaient un air de princesses de légende. Elles passaient dans les rues, escortées de musiciens et d'enfants bruyants jusqu'à la porte de leur nouvelle maison. Toutes les petites filles marocaines les voyaient apparaître dans leur sommeil. Elles leur ressembleraient un jour, à peine plus modestes, avec une seule robe au lieu des sept requises dans la noblesse, et des perles de bois doré et des bijoux d'argent autour du cou. Ces mariées si richement parées, dont on découvrait le visage, présentaient souvent des expressions inertes, une parenté avec les poupées de bois sculptées dans les villages. Un air froid, lointain, un peu inquiétant. De quoi avaient-elles peur, ces petites filles dans leurs costumes de cérémonie ? Elles se laissaient porter sans sourire. Elles ne semblaient participer que de loin à la fête qui durait des jours entiers, parfois des semaines, et s'achevait au seuil d'une chambre close sur des mystères.

Grandie à la campagne, Malika entretenait avec la nature une complicité innée. La sexualité ne l'étonnait pas ; elle était dans l'ordre des choses, partie intégrante de la vie. Malika ne serait jamais une mariée effarouchée ni une victime à peine consentante. Vierge, elle n'ignorait rien déjà des désirs ni des violences du sexe. Elle attendait simplement de les vivre à son tour. Lorsqu'elle me racontait son adolescence à Beni-Mellal, elle se décrivait comme une femme plutôt que comme une gamine : la maturité lui était venue précocement avec une conscience très nette de sa personnalité. Et puis Malika n'était pas peureuse de nature ; elle allait de l'avant, curieuse de tout ce qui pouvait arriver.

Du mariage elle n'avait donc aucune crainte physique, ni aucune attirance particulière. Elle ne savait pas ce qu'il serait. Sa grand-mère lui avait parlé des femmes d'Imilchil, de la tribu des Aït Haddidou. La vieille Zaiana connaissait en effet beaucoup de coutumes et beaucoup de légendes berbères, elle lui avait décrit la montagne rouge et mauve qui enveloppe Imilchil, près du lac Tislit. Une fois par an, racontait-elle à sa petite fille préférée, les nomades descendent des pentes abruptes, ils viennent dresser leur *khaïma* au village. Ils apportent des moutons qu'ils échangent contre des céréales et des épices. Les hommes se rassemblent dans une immense foire. En septembre a lieu le *moussem* des fiancées. (Je répète les mots qu'employait Malika, les mots marocains auxquels elle restait fidèle dans nos conversations.) Les jeunes filles d'Imilchil se promènent alors entre les tentes, parées de leurs bijoux berbères. Elles se peignent le visage et les mains de brun, elles se tatouent de signes qui portent chance. Elles dansent devant les hommes sur des rythmes d'*ahidous*. L'ahidous est une danse sensuelle et envoûtante, une danse d'amour. Car ce sont les jeunes filles à Imilchil qui choisissent l'homme qu'elles vont épouser. Et les pères et les frères y tolèrent cette tradition.

Si Malika aimait cette belle histoire, Hassan avait une autre conception de son avenir. Il connaissait beaucoup de marchands dans un périmètre de cinquante kilomètres, parmi les villages autour de Beni-Mellal. Il essaya de la marier à un épicier. L'épicier représentait en effet à ses yeux le comble de la réussite : c'était un petit propriétaire qui trônait derrière une caisse au milieu de sacs de riz et de farine, de bidons de lait, de boîtes de conserve et de biscuits ; c'était un nanti, un bourgeois. Comme Hassan tenait Malika pour la beauté de la famille, il aurait trouvé dommage qu'elle retournât à la terre. Elle pourrait s'établir en citadine, dans un bourg proche de chez lui... Ces intentions louables séduisaient Malika. Elle se voyait très bien dans une épicerie. Elle approuvait son frère. Elle s'inventait un épicier inconnu, fiancé séduisant, mari agréable. Elle l'aiderait à tenir la boutique. Elle vendrait des savons, des aiguilles, de l'eau de Cologne et, qui sait ? de magnifiques tissus.

Un mardi, au marché, Hassan la désigna à un vieillard de cinquante ans. Chauve, replet, avec une djellaba grise et des ongles jaunes — je n'en sus pas plus sur son identité — il était épicier. Il venait de Kasba Tadla, il connaissait Hassan qui lui faisait parvenir directement d'Aït Saïd des caisses de primeurs. Il habitait sur la rive droite de l'Oum er Rbia, avant d'arriver à la casbah, près d'un vieux pont de pierre. Construite sur la route de Fès, l'épicerie était prospère, et gérait même un dépôt d'essence. À cette précision, Malika haussa les sourcils. Elle trouvait l'homme laid et repoussant, dépourvu du prestige qu'elle avait associé au personnage de ses rêves. Néanmoins, la perspective de posséder une pompe à essence le faisait paraître moins affreux. L'épicier perdit toute chance de lui plaire lorsque son frère, debout devant elle, lui indiqua du bras la direction de Kasba Tadla : à trente kilomètres à peine, au nord et un peu à l'est. Dans ces conditions, elle opposerait, elle le savait, un non catégorique.

Pendant des semaines, dans la maison blanche de Hassan, il ne fut plus question que de cet homme. À en croire la famille, il n'avait que des qualités. Il était veuf, propriétaire d'un commerce prospère, dans une province voisine et presque cousine, à l'ombre d'une citadelle et de deux mosquées. Plus tard, je me rendis à Kasba Tadla et je pris toutes sortes de photos de ce village où Malika aurait pu, si elle s'était rangée au conseil de son frère, fixer sa vie. J'admirai les murailles d'ocre et le palais du gouverneur. Je cherchai l'épicerie bâtie près d'un vieux pont de pierre. Je la trouvai. Une construction sobre abritée de la poussière de la route par un rideau épais. Il faisait sombre à l'intérieur. Une femme à qui je n'aurais pu donner un âge sous le haïk qui l'emmitouflait s'approcha de moi. J'achetai une bouteille d'eau et lorsque mes pièces tombèrent dans le tiroir dont la femme tenait la clé, j'eus l'impression que Malika riait et que, dans mon dos, comme toujours insaisissable, elle se moquait de moi.

Rien ne put la convaincre : ni les promesses d'une prospérité grandissante, ni les menaces de la marier contre son gré. Elle résista. Sans hargne, en silence, elle montait le soir s'isoler sur le toit et jurait à son étoile que jamais elle ne partirait sur une autre route. Quand elle descendait, elle trouvait des visages fermés et devinait des complots. Hassan manigançait pour elle un plan de fiançailles ; ses femmes devaient l'y aider. Malika passait rapidement sur ces querelles-là. Sa voix durcissait, son expression se figeait, la jeune fille rentrait dans sa coquille. Une détermination terrible surgissait dans son regard. Sa volonté de fer tenait chez elle de l'instinct de survie. Quelque chose d'irréductible se cachait en elle : une foi invincible dans un destin personnel.

À Beni-Mellal, Malika ne jouissait plus d'aucune liberté. Elle ne pouvait plus sortir ni parler sans contrôle. Ses gestes s'étaient alourdis de chaînes, invisibles peut-être, mais qui la maintenaient en place, prisonnière de sa famille. On ne la maltraitait pas, au contraire, elle était sans aucun doute mieux nourrie qu'à Aït Saïd, entourée de plus de soins ; la maison était jolie, les épouses tranquilles et indulgentes, Hassan lui-même, hors ce dernier projet, lui offrait le visage agréable et jeune d'un homme protecteur et qui ne savait pas mentir. C'était le cadre de Beni-Mellal, son paysage fermé sur lui-même, oasis prise au piège de la vallée, et ses mœurs sévères qui lui pesaient.

Ce voile qu'on l'obligeait à porter au-dehors, aussi noir qu'une aile de corbeau, lui gâchait la couleur du ciel, l'éclat du jour, la lumière blanche. C'était un vêtement lourd et sinistre que Malika détestait. Il dissimulait ses formes, ralentissait ses mouvements. Semblable à tous les autres voiles, il la ravalait au rang des femmes ordinaires. Il lui volait ses différences. Elle avait horreur de son étoffe grossière, trop rêche. Elle en avait déchiré le coin avec ses dents et se forçait à le garder dans la bouche. À Aït Saïd, un voile blanc la protégeait simplement du soleil, l'équivalent d'un chapeau de paille. Sa grand-mère déliait ses cheveux, elle jouait le rôle d'une *hannanah* ; elle les enduisait de pâte de henné pour protéger sa petite-fille du mauvais œil. Aujourd'hui, Malika montait parfois sur le toit de la terrasse, elle laissait un moment ses cheveux libres et défaits. La tête penchée en avant, elle les secouait et les faisait danser. Mais il fallait les dissimuler ensuite sous le haïk. Hassan n'aurait jamais toléré qu'elle sortît tête nue et à visage découvert. Il appréciait pourtant sa beauté et lorsqu'il la regardait dans l'enceinte de la maison, où elle se déplaçait en longues robes fleuries, elle savait qu'il la trouvait belle.

À Beni-Mellal, elle apprit aussi les rites d'une religion jusqu'alors à peu près absente de sa vie. À cela plusieurs raisons : Aït Saïd était un village isolé et perdu, sans école ni mosquée ; à la maison n'habitaient que des femmes livrées aux tâches domestiques ou accablées par les travaux pénibles dans les champs d'orangers. Enfin la personnalité la plus forte était une grand-mère berbère, très attachée aux coutumes anciennes de sa tribu, à sa sagesse profane comme à ses vieux rites païens. Malika n'avait guère pratiqué l'islam, sauf le jeûne obligatoire et les interdits majeurs — manger la chair des oiseaux et des pachydermes. À Beni-Mellal, son frère s'inclinait cinq fois par jour et récitait avec ferveur les formules rituelles. Cachée derrière une tenture,

Malika l'observait. Debout, les mains levées à hauteur des épaules, ou à genoux, tourné vers l'est, il récitait ses prières, tandis qu'elle l'écoutait prononcer toujours les mêmes mots sur un ton incantatoire. Pour moi qui ne savais rien de l'islam, dans mon cabinet de voyante, elle mima avec insolence les cinq poses successives de la *raka* : debout, inclinée, agenouillée, les mains levées ou abaissées, la tête droite ou tournée vers le sol, comme s'il s'agissait d'une pantomime. Elle ne ressentait aucune émotion à reproduire les mots qui, pour son frère, étaient sacrés.

Malika était impie, étrangère à la religion. Moi-même agnostique, élevée dans la religion catholique, j'étais choquée par son manque d'égards et par la manière spontanée et ingénue dont elle ridiculisait les prières. Dans cette singerie improvisée, petit chef-d'œuvre de dérision, elle rejetait d'un bloc son frère et son Dieu. Je blâmai son attitude.

Elle ne devait pas se moquer des gens qui ont la foi. Chacun était libre de croire ou de ne pas croire, de pratiquer ou non. Maladroitement, je lui fis la leçon. Elle se releva et, d'un air farouche, me reprocha de manquer d'humour.

Elle riait de tout, sauf des gens à ses yeux réellement sacrés, chers à son cœur : sa grand-mère, Tahar et Jacqueline Taillevent. Tahar, par exemple : elle ne se moquait jamais de sa propension à citer et même à réciter le Coran, ni de ses élans mystiques pour ce texte si beau, dont il lui avait appris à aimer, devant le tombeau d'un marabout, la poésie, le rythme envoûtant et les promesses de paradis. Quant à Hassan, elle n'hésitait pas à le critiquer. Elle ne lui pardonnait rien. Elle ironisa sur son tempérament dévot, sa soumission à tous les dogmes. Il projetait d'aller un jour à La Mecque, de tourner sept fois autour de la Kaaba et de revenir *hadj* à Beni-Mellal, c'est-à-dire purifié et sanctifié par le pèlerinage. Elle ne savait pas s'il avait pu réaliser ce rêve. Elle avait rompu avec lui toute attache. Mais, après le marché, il ne manquait jamais non plus d'aller faire l'aumône — le *zakat*, disait-elle. Il avait coutume de déposer une pièce dans la main d'un des mendiants qu'attirait la foule du mardi sur la place. Ils attendaient, alignés à l'ombre, l'offrande ordonnée par Mahomet comme un devoir sacré. Si Malika tolérait encore l'autorité de Hassan, elle méprisait son conformisme. Elle recherchait la compagnie de gens comme elle, attentifs à lire dans les étoiles le scintillant tracé de leurs rêves de fuite, d'échappées vers la liberté.

Malika affichait rarement son insolence. Elle dissimulait sous des sourires ses points de vue secrets, sa contestation radicale. Les ordres et les reproches glissaient sur elle, sans la marquer. On la prenait pour sage et passive. Mais cette passivité la masquait ; c'était le moyen le plus efficace pour préserver son autonomie. Je le comprends bien mieux avec le recul, à travers ses récits, ou à travers les événements qui ont suivi : au fond, Malika était un être de violence. À la fois fataliste, soumise à la loi des étoiles, et rebelle, insoumise à la loi des hommes et des États, elle était capable de révolte et d'actes totalement contraires à l'obéissance recommandée aux femmes, en terre arabe.

Malika ne reverrait jamais Aït Saïd. Son frère, une fois par mois, s'y rendait à dos de mulet. Il partait à l'aube, chargé de produits de la ville — épices, étoffes, sucre et thé — et revenait le lendemain avec des nouvelles du village, avec des œufs et des légumes, parfois avec une poule à rôtir. Bien sûr, aucune lettre n'accompagnait jamais ces échanges, personne ne savait écrire ni lire dans la famille ; Hassan déchiffrait à grand-peine quelques caractères sur un exemplaire du Coran.

Seul Tahar se manifesta un jour : il fit porter à Malika un bouquet de chardons. Elle le reçut comme une lettre d'amour. Les fleurs bleues, piquantes, éternelles, devaient lui rappeler son village et la fidélité de son premier ami. Hassan, respectueux de sa parole, le lui avait remis en riant. Il aurait pu, dit-il, le jeter en route, mais Tahar n'était qu'un gamin, pas encore un homme à redouter. En se moquant, Hassan avait ajouté que Tahar rêvait d'être un savant et d'aller à l'université de Fès... Les chardons ranimaient le souvenir des promenades dans la garrigue, ils avaient le parfum de l'enfance et de la liberté perdues. Pour moi, c'est la fleur qui ressemble le plus à Malika : elle irradie une lumière originale. Dans une garrigue, entre les buissons, au pied des figuiers, elle attire irrésistiblement le regard. En même temps, hérissée d'épines, elle est difficile à cueillir. Sous des dehors séduisants, Malika était farouche et piquante comme le cirse ; elle avait grandi comme lui sur un terrain sauvage.

À Beni-Mellal, le rythme monotone de sa vie finissait par l'exaspérer. Autant elle avait aimé la maison blanche et la fontaine, autant elle se désolait maintenant de ne pouvoir en sortir à son gré. La perspective d'un mariage avec un épicier, à l'est du pays, bonhomme déjà vieux, la forçait à trouver une autre issue à son sort. Elle essaya de convaincre Hassan de lui trouver un autre mari, plus au sud ou plus à l'ouest, sur l'itinéraire que lui avait dessiné son prophète marabout. Mais Hassan avait déjà donné sa parole. Il voyait avec agacement sa jeune sœur s'opposer à son choix, refuser de se soumettre et chercher elle-même, en toute indépendance d'esprit, une solution à ses problèmes d'avenir. Malika ne le laissait pas en paix. La tête haute, le regard noir planté dans le sien, elle se tenait face à lui, et répétait : « Je n'irai jamais à Kasba Tadla. » Hassan n'envisageait pas de livrer sa sœur de force, et chaque jour il tentait de la persuader, par des raisonnements ou des menaces, de la nécessité de se marier. Et de se marier selon la volonté de son frère, le seul homme de la famille qui puisse lui accorder la liberté de le faire. Malika, sans oser évoquer l'existence de son père qui vivait probablement en France, savait qu'un homme a tous les droits, et qu'une femme lui doit respect et obéissance. Pourtant c'est à son père qu'elle voulait ressembler, à ce père qui rayonnait à ses yeux du pouvoir unique et dévastateur de la faire rêver.

Hassan finit par se résoudre à employer la violence. Son autorité était en péril. Il décida d'agir. Il fixa la date du mariage, en avertit sa famille puis fit comparaître Malika devant lui. Dans un coin de la pièce, un fouet à lanières de cuir destiné au mulet en disait long sur ses intentions. Malika inclina la tête, baissa les yeux ; il crut l'affaire faite.

Le lendemain, chargés de tout le barda habituel, ils partirent ensemble au marché. Sa jeune sœur s'installa en retrait de l'étal, dos à la route, avec ses paniers autour d'elle, totalement enveloppée du haïk noir. Elle s'ennuyait, regardait les marchands et les poules, les pattes ligotées, qui lâchaient leurs cris incessants, assourdissants. Hassan, de sa belle voix, vantait les mérites de ses produits, la fraîcheur des fruits, la force des épices, et la vertu curative de ses plantes aux feuilles séchées ou en poudre — belladone, séné, safran, caroube. Il exhibait là devant lui, à l'état brut, un échantillonnage d'apothicaire. Les épices, on pouvait les broyer dans la soupe et le couscous, les infuser en tisanes ou les enduire en emplâtres sur les parties malades du corps.

Ce jour-là, lorsqu'elle aperçut la robe grise de l'épicier de Kasba Tadla, venu chercher la confirmation de la date des noces, elle perdit ce beau contrôle de soi qui était la marque la plus évidente de sa personnalité. Sous le haïk, elle blêmit d'émotion, ses forces l'abandonnèrent. Elle aurait voulu disparaître. Ce fut Hassan qui la sauva. Il partit à la rencontre du sinistre personnage, la foule les entoura, une épaisse muraille de burnous les sépara. Quelques secondes suffirent. Malika se leva, prit un panier, y jeta la caisse de bois avec la monnaie et, à toutes jambes, le dos voûté pour paraître plus petite, elle traversa la route encombrée de charrettes, de mulets et de camions. L'un d'entre eux, de couleur kaki, particulièrement vétuste, était garé à la pompe, le nez dans la direction du sud. Elle n'hésita pas. En se faufilant à l'arrière et en se hissant avec les mains, elle grimpa dans le véhicule, comme un singe. Elle se camoufla le mieux possible, tout au fond, dans les cageots de primeurs. Dehors, Hassan et l'épicier devaient la chercher. Elle entendit des cris, le marché tout entier hurlait et l'appelait ; il renvoyait l'écho de sa misère. Elle-même cachée, comme un animal pris au piège, s'allongea dans la remorque, tira les cageots sur elle, se dissimula dans la hantise qu'on eût l'idée d'ouvrir et de décharger. Une portière claqua, le chauffeur s'installa au volant ; elle entendit distinctement le bruit de la clé, puis un moteur tourna et, dans un vacarme étourdissant, crachant à l'arrière une fumée noire, le camion démarra. Il emportait Malika là-bas, au loin, vers le Sud.

D'abord elle ne bougea pas. Brinquebalée dans les cageots, elle ne songeait même pas à tirer ses bras et ses jambes des oranges sans nombre qui étaient tombées sur elle. Elle attendait d'être plus loin encore. Plongée dans le noir, sous la bâche tirée de la remorque, elle essayait de distinguer les bruits que couvraient ceux du moteur. Parfois le chauffeur klaxonnait, il criait des injures dans l'air étouffant du petit matin, il conduisait le camion avec rudesse. Parfois il freinait brutalement, les caisses empilées perdaient l'équilibre, Malika manquait d'être assommée. Bientôt suffoquant dans l'odeur acide de la remorque, elle souleva la bâche, installa un coin un peu plus confortable entre deux caisses et, les yeux écarquillés, contempla la route qui défilait dans un nuage de terre.

La vitesse du camion, me dit-elle plus tard, la saisit d'étonnement. Malika ne retrouvait rien de la balade à dos d'âne, au rythme lent et doux, qui lui avait donné très tôt le goût des voyages. C'était, me dit-elle, sa première expérience dans un véhicule à moteur. Les villages, les ponts, les sentiers de traverse, les collines s'enchaînaient sans qu'elle pût s'attarder devant les sites. Le Moyen Atlas dont elle n'avait eu encore qu'une vision fragmentaire et idyllique lui fit l'effet d'un chaos. Elle ne trouvait plus aucune unité à ces perspectives, tantôt plaine aride, tantôt petite montagne verdie, tantôt désert, tantôt oasis ou cité (elle appelait « cité » tout ce qui était plus grand qu'Aït Saïd). Le camion traversait des ponts au-dessus de fleuves à sec ou abondants : il traversait des villages peuplés d'enfants et de vieilles femmes, d'autres totalement déserts, sans aucune trace de vie. Malika, ne sachant pas lire, était incapable de se repérer. Sur les panneaux qui indiquaient le nom des lieux et la direction à suivre, elle ne voyait rien que des signes cabalistiques. La route était en lacet. Elle virait, elle revirait sur de mauvaises pistes. Tout là-haut, le soleil marquait midi à l'horizon. Roulaient-ils toujours vers le sud ? Malika ne pouvait qu'en garder l'espoir.

Elle croisa encore deux casbahs, distantes d'une vingtaine de kilomètres, la première au flanc d'une montagne couverte de chênes verts, la seconde au bord d'un oued rempli de cailloux d'où surgissaient les flaques bleues du cirse. Quand elle avait soif ou faim, elle mangeait une orange. Elle avait jeté sur la route la tirelire de la famille et gardé la monnaie sur elle, dans une poche de sa jupe à fleurs. Parfois le chauffeur s'arrêtait. Dès qu'il freinait, Malika quittait son poste d'observation et reculait au fond du camion, derrière la muraille des cageots. L'homme, dont elle n'avait pas encore vu le visage, déchargeait des caisses. Parfois l'arrêt se prolongeait. Peut-être le chauffeur allait-il boire ou manger ? Malika s'assoupissait en rêvant à la bonne cuisine de Beni-Mellal et aux cruches de lait tiède qu'elle reversait naguère aux plantes grasses. Puis le moteur crachait, pétaradait, le camion s'ébranlait, en la faisant rouler et tanguer à nouveau. Elle se glissait vers la bâche qu'elle soulevait, et s'étonnait chaque fois de toute cette poussière qui laissait une traînée rouge derrière eux. La lumière s'adoucissait, le jour tombait déjà. À proximité d'un village, un marabout couvert de tuiles vertes lui parut un signe rassurant. Elle sourit au vieux paysan qui récitait des prières devant l'étrange construction, puis elle rabattit le rideau de grosse toile et s'endormit au milieu des oranges, en attendant le lendemain.

C'est ainsi qu'elle dépassa Marrakech. La palmeraie et les remparts de la médina ne lui laissèrent aucun souvenir. Ce ne fut pas le jour qui réveilla Malika mais une odeur particulière, plus violente que celle des fruits surs, une odeur qu'elle ne connaissait pas. Elle souleva la bâche et, d'abord éblouie par la blancheur de l'aube, elle crut à un mirage. Une étendue immense, mouvante, touchant le ciel à l'horizon, s'étendait devant elle derrière une plage de sable : c'était la mer.

V

Essaouira, ce petit port sur l'Atlantique, que j'avais visité dans les années soixante, abritait à l'époque une importante colonie de hippies. Des silhouettes maigres, asexuées, aux cheveux longs, aux jeans usés à pattes d'éléphant, déambulaient sous les remparts de la Sqala. Fleur à l'oreille, main dans la main, ils se mêlaient aux autochtones qui les regardaient à peine, habitués à leurs sourires doux et à leurs comportements placides. Ils marchaient sans but, se laissaient tomber à l'ombre d'un mur ou d'une fontaine, ils attendaient le soir. Ils observaient les artisans qui travaillent le bois dans des casemates, ou bien se livraient eux-mêmes à des travaux de tissage ou de tricot. Au coucher du soleil, par petits groupes, ils rejoignaient la plage, une des plus belles, des plus blanches du Maroc, d'un sable fin et doux comme de la poudre. Toute la nuit, s'accompagnant de guitares ou d'harmonicas, ils faisaient entendre les complaintes en vogue de Joan Baez et de Bob Dylan.

L'aube se levait sur des corps emmêlés, autour de feux éteints, assommés par la fatigue, l'herbe et la malnutrition. Les Marocains, indifférents à ces coutumes barbares, les toléraient pourtant. Les hippies ne les dérangeaient pas dans leur vie quotidienne. Sans s'intégrer à la population, en marge des activités portuaires ou artisanales, ces demi-mendiants à l'accoutrement pittoresque les amusaient sans doute. Peut-être voyaient-ils en eux les représentants de ce cosmopolitisme qui, depuis des siècles, donne une couleur particulière à Essaouira ? La ville, fondée par les Phéniciens, convoitée par les Romains, occupée par les Portugais puis par les Espagnols avant de devenir le fief des sultans alaouites, possède près de la mer un cimetière européen — cimetière marin — où les tombes françaises, anglaises, espagnoles, hollandaises témoignent d'un long passé d'échanges. Les habitants sont historiquement ouverts à toutes les cultures, curieux de toutes les différences. S'ils fermaient les volets de leurs maisons, s'ils ne s'immisçaient jamais dans les concerts de rock improvisés sur leur plage, ils laissaient les hippies vivre et rêver à leur guise, dans le décor sublime de leur cité.

Les hippies ont disparu d'Essaouira : ils sont passés de mode. Lorsque je retournai dans cette ville après la disparition de Malika, pour y chercher sa trace, en visitant les contrées où se situe son histoire, je retrouvai en deçà de la Porte de la Marine la même cité aux avenues rectilignes, l'admirable Mogador d'autrefois, traversée de ruelles tortueuses, d'impasses sombres, avec ses maisons blanches aux volets bleus et son atmosphère cosmopolite. Les Européens ainsi que désormais quelques Américains et Asiatiques passent parmi les burnous et les haïks, dans la douceur du délicieux climat. Je reconnus la plage, ses kilomètres de sable où les hippies venaient autrefois fumer, dormir et faire l'amour. Elle était envahie de motos. De jeunes Marocains et, parmi eux, des touristes de passage se livraient sur la grève à des parades de cross. Le bruit et l'odeur de fuel me donnèrent le regret de la musique *soul* et des couples enlacés dans l'euphorie du *hasch*, à la belle étoile.

Malika, en se réveillant un beau matin à Essaouira, avait trouvé une plage déserte : les hippies avaient déjà disparu, et il était trop tôt pour les barouds à moto. Frissonnant dans la brise matinale, elle avait d'abord marché sur le sable, curieuse de sentir pour la première fois ses pieds, habitués au sol sec des collines du Moyen Atlas, s'enfoncer agréablement dans cette matière molle et caressante, formée de milliers de minuscules cailloux. Près de l'eau, elle s'était immobilisée et était demeurée longtemps, sans oser avancer. Le contact des vagues fut, me dit-elle, la sensation la plus forte de toute sa vie. Elle lui laisserait à jamais le goût et la fascination de la mer. La Grande Porte de la Marine qui défend la ville s'ouvrait à l'ouest sur les mirages d'un autre monde.

Malika erra les premiers jours d'un quartier à l'autre comme les hippies d'autrefois. À part les oranges qu'elle avait volées et qu'elle cachait dans son panier, à part le pain qu'elle avait acheté, elle gardait pour plus tard le reste des dirhams — une somme dérisoire pour commencer sa vie. Elle dormait sur le sable, enveloppée dans le haïk noir dont elle se débarrassait au petit jour, et déambulait dans une robe de coton crasseuse qui finirait en lambeaux. Heureuse de vivre enfin à visage découvert, elle retrouvait la liberté d'Aït Saïd et le bonheur du vagabondage. La plupart des femmes d'Essaouira étaient voilées de blanc, mais personne ne se retournait jamais sur celles, moins nombreuses, qui passaient tête nue sur le bord de mer ou dans les rues de la casbah. Malika, la jolie Marocaine, ressemblait à une gitane. Son teint mat, ses bras nus, sa jupe qui virevoltait, ses airs fripons et souvent insolents l'acoquinaient à ses sœurs bohémiennes, aux Tziganes qui viennent rôder le soir aux terrasses des cafés et chanter pour quelques sous des rengaines tristes. Malika jouait comme elles du tambourin. Elle avait découvert cet instrument, familier à tout le sud du Maroc, dans une des rues où une femme, Berbère de l'Ourika, qu'elle venait écouter jouer, le lui avait donné. Elle avait emporté le tambourin en France et me l'avait montré comme un trophée. Devant des amis que j'avais invités à dîner, elle s'était lancée dans un véritable numéro de cirque ou de parvis d'église. On aurait dit une Esmeralda. La musique était à la fois enjouée, rapide et, à force d'être répétée, obsédante : Malika tournoyait en jouant du tambourin. Ses mouvements, à bien y réfléchir, devaient certainement s'inspirer des gestes rituels et précis des danseurs qui, au Maroc, particulièrement dans le Sud, perpétuent à travers des spectacles de rue une forme de religion antique. La danse demeure un exorcisme. Les danseurs ou les danseuses se libèrent dans des rythmes syncopés, violents et monotones, des forces mauvaises qui les torturent et dont ils accouchent en tombant en transe ou en s'écroulant évanouis. Malika dansait. Son visage, si moqueur d'ordinaire, s'était assombri. Comme si le moment était grave. Malika, je le voyais bien et mes amis comme moi en furent persuadés, était une créature enflammée. De quelle tribu exotique tenait-elle ses dons de danseuse et cette fièvre lascive qui s'exposait à tous ? Elle prenait des poses et des allures de prêtresse — sinon de déesse — de cultes africains. Ce qui me fascinait en elle, ce qui s'imposa aussitôt aux amis qui se trouvaient ce soir-là chez moi, rue Saint-Dominique, c'était la parenté qui la liait aux vestales de cultes paiens disparus ou dont ne demeurent que de rares survivances. Virginale par la silhouette et le maintien, elle était capable de se transformer, sous le souffle du dieu sorcier qui la gouvernait, en cavale pour des nuits de Walpurgis.

À Essaouira, avec son tambourin, ses oranges, sa jupe de gitane et sa menue monnaie, elle grimpait sur les remparts, s'asseyait sur un des canons de bronze fondus en Espagne sous Philippe II qui lui servait d'observatoire, et regardait, d'un côté le peuple grouiller dans la ville, de l'autre les voiles des bateaux s'éloigner vers les îles dans l'ouverture de la baie. Lorsqu'elle quittait son poste, elle descendait vers les casemates de la Sqala où les artisans sculptent le bois. Elle observait leurs gestes et leurs outils. Les échoppes qu'elle préférait étaient celles où les menuisiers utilisent des troncs et des racines de thuya pour marqueter des tables, des coffres ou des échiquiers. Ce bois dégage une odeur qu'elle aimait et qui la rendait un peu ivre, dans le cognement sourd, répété à l'infini des petits marteaux. L'après-midi, elle pénétrait à l'intérieur des fortifications, dans la ville ancienne. En suivant la rue Mohammed el-Gorry, elle gagnait le souk des bijoutiers. Elle s'attardait dans les rues où sont exposées des merveilles en or et en argent, elle écoutait les Européens s'essayer à discuter la valeur d'un bracelet ou d'un collier richement ciselés, elle ne comprenait pas les mots mais le cérémonial du marchandage l'amusait. Elle revenait sur ses pas, errait encore dans l'ombre rose des ruelles, devant des maisons aux volets clos. Des chats traversaient la chaussée, maigres à faire peur. Malika trouvait qu'elle leur ressemblait, aussi libre, aussi paumée et aussi affamée. Elle achetait des beignets au souk. Au port, à l'aube, des pêcheurs grillaient des sardines avec des poivrons rouges, ils lui en donnaient en échange de ses dernières oranges. Sans homme pour régler sa vie comme il est d'usage dans son pays, coupable d'un délit de fuite, aux personnes qui l'interrogeaient, elle inventait une histoire, elle construisait son roman.

Elle racontait que son père était babouchier, qu'il habitait Marrakech, travaillait avec un de ses fils — les autres étaient dispersés dans d'autres régions, que sa mère était morte ; elle mentait avec des larmes dans les yeux. Personne ne devinait qu'elle parlait de ses rêves, ni qu'elle cherchait sa propre piste ou sa propre image dans les récits à peine crédibles qu'elle composait.

Un oncle, disait-elle, qui conduisait un camion et transportait des oranges, l'avait déposée à Essaouira en lui donnant l'adresse d'une maison au souk des bijoutiers. Elle avait tout oublié, elle était seule, on voyait bien qu'elle était perdue, qu'elle allait pleurer... La comédie durait, le charme jouait. Malika finissait par croire elle-même à ce qu'elle inventait. Elle aimait à se faire remarquer. Elle n'avait pas la couleur des passe-murailles. Elle usait avec brio de tous ses dons et de son éclat naturel. Malika rayonnait d'optimisme. Jamais elle ne perdit confiance en elle, tout au moins à ma connaissance. Heureuse d'être Malika, rien ne pouvait l'empêcher d'aller de l'avant.

Elle jeta l'ancre au *Méchouar Hôtel*, à l'intérieur des remparts, avenue Oqba-ben-Nafii où elle fut engagée comme femme de chambre. Ambitieuse, elle s'était présentée au plus bel établissement de la ville, le *Tafoukt* qui regarde fièrement la mer, boulevard Mohammed-V. Mais on l'y avait déboutée : le personnel était complet. Je crois pour ma part que sa robe de gitane, ses cheveux hirsutes, ses bras nus avaient dû inquiéter la direction. Je suis allée depuis au Tafoukt : au bar, je n'ai pu obtenir qu'un coca-cola, la consommation d'alcool, même par un étranger non musulman, y est encore prohibée. Le cadre, quoique vieillot, se voulait luxueux et strict : une femme de chambre d'allure aussi sauvage et libérée que Malika n'y avait pas sa place. Le Méchouar, hôtel à une étoile, était plus modeste et plus conciliant.

Elle y occupa une petite chambre en sous-sol, entre la cuisine et la buanderie : une étuve de la taille des draps de lit pour deux personnes qu'elle devait repasser et ranger en pile, après le service des petits déjeuners et le ménage dans les vingt-quatre chambres. Malgré la vétusté et l'inconfort, l'installation avait de quoi l'étonner. Au Méchouar, Malika se fit une idée de la civilisation occidentale par l'ameublement et les sanitaires. Elle découvrit les lits surélevés, montés sur des sommiers à pieds et les armoires à la normande où les vêtements étaient suspendus à des cintres de bois. Ces objets ordinaires, elle les attribuait au folklore européen ; ils venaient tout droit du monde inconnu qui l'attirait outre-mer. Le méchouar, selon les guides que j'ai consultés, signifie en arabe la place à l'intérieur du palais où se réunissent les tribus à l'occasion des fêtes. L'hôtel où elle échoua n'avait rien de typique ni rien de réjouissant. D'architecture banale, de propreté douteuse, de confort minime, il était absolument dépourvu de caractère et de charme. Mais tel qu'il m'apparut quelques années plus tard, hospice pour voyageurs de commerce ou touristes malchanceux, il plaisait à Malika. Les vilaines baignoires d'émail jauni où je me refusais à prendre un bain lui parurent le comble de l'abondance et une première étape vers le raffinement moderne. Il lui arrivait, quand ses multiples occupations lui en laissaient le temps, d'abandonner son balai, sa serpillière et ses fers à repasser pour faire couler à flots l'eau saumâtre des robinets. C'était évidemment un luxe incomparable à sa vie d'autrefois. Elle se déshabillait, glissait dans la baignoire pleine jusqu'à ras bord et passait là, immergée dans une eau délicieuse, à la température du corps, des minutes de grâce, volées au travail, à l'hôtelier et aux clients. Elle se lavait avec le savon en paillettes qu'elle prenait dans la buanderie, elle se séchait avec les draps d'éponge qu'elle empruntait à l'un des vingt-quatre locataires, puis elle s'enduisait d'huile d'olive. C'est à Essaouira qu'elle contracta cette habitude d'user et d'abuser de l'huile pour nourrir sa peau, laquelle était d'ailleurs d'une très rare complexion. Parfaitement lisse, elle ne laissait pas apparaître les pores, elle était ferme et probablement très douce, d'une teinte de pain d'épice clair.

À Essaouira, la beauté de Malika s'épanouit. Était-ce le climat, la liberté, l'huile, les bains ou l'air de la mer ? Déjà solide, dotée de cette santé dont j'ai parlé, robuste en dépit de la finesse de ses proportions et de ses jointures, le travail, si dur fût-il, développait ses facultés d'endurance. À dix-sept ans, elle avait déjà un éclat, une allure et un orgueil de star.

Le soir, quand son nom cessait de résonner dans les chambres et dans les couloirs de l'hôtel et que ses corvées s'achevaient, quand le soleil commençait sa rapide plongée dans l'Atlantique, elle retournait sur les remparts. Pieds nus sur les pierres antiques, ses longs cheveux noirs soulevés par les vents alizés, elle voyait la population s'agiter dans les couloirs sombres des rues, où la lune et les réverbères à gaz allumaient des reflets pâles. Essaouira le soir est plus voluptueuse, plus tiède encore que le jour. Malika se faufilait entre les canons de bronze sur les hauteurs de la Sqala, elle inventait des pas de danse et frappait le tambourin en cadence. Elle tournoyait sur le mur crénelé de la casbah, minuscule figurine animée, pareille à ces gitanes sorties de la légende, filles brunes et douées pour l'amour. Quelques badauds s'assemblaient pour la voir avant de se disperser, emportant la vision de la jeune danseuse des remparts. À Essaouira, combien se souviennent encore de cette soubrette anonyme qui se livrait le soir aux regards des passants ?

Un homme la photographiait. Il n'était pas grand mais solide et large d'épaules, le torse musclé sous la chemise ouverte. Sur le fond de ciel et de mer, debout sur les remparts de la Sqala, il se détachait, puissant et massif, un gros sac posé à ses pieds, un autre en bandoulière. Vêtu de jeans, bronzé, barbu, il lui barra le passage. Malika s'avança. Avec son tambourin, elle marquait la mesure, elle comptait ses pas. Elle voulait le forcer à reculer. Le jeu tenait du défi : côté ville, un chemin de ronde en larges pierres roses courait à quelques centimètres sous le mur où évoluait Malika. Mais côté mer il tombait à pic, au-delà des garde-fous. Sans paraître se soucier du danger ni souffrir du vertige, sans peur du faux pas qui la ferait glisser dans le vide, Malika se remit à danser sur place. Le photographe riait sans lui céder un pouce de terrain. Malika agitait le tambourin sous l'appareil photo, elle reculait de quelques pas puis revenait à la charge, virevoltant devant lui et, bientôt, pour lui.

Face à face, ils ressemblaient à deux funambules. Malika comprit très vite que l'appareil photo était un spectateur privilégié, attentif et curieux, qu'il guettait chacune de ses poses, enregistrait chacun de ses exploits. Point de mire de l'inconnu qui suivait du regard chacune de ses pirouettes, elle enchaîna les mouvements et se livra de tout son cœur. Les déclics ininterrompus de l'appareil rythmaient la danse, en écho au tambourin. Cabotine, Malika levait les bras au-dessus de sa tête échevelée et attendait ainsi sur la pointe des pieds, un sourire à peine esquissé, qu'il prît plusieurs clichés. Inclinée sur le versant qui domine la mer, le tambourin tendu loin d'elle comme si elle allait le suivre dans le vide, elle prenait des risques. Puis assise sur la pierre, penchée en arrière, l'instrument de musique sur son sein, combien de positions spontanées ou artificielles n'improvisa-t-elle pas ce soir-là, tout au plaisir d'être contemplée ? Malika n'était pas la proie du photographe. Elle était de toute évidence sa complice. Dans ces belles archives, elle était telle qu'elle se révélerait à nous tous : un être né pour charmer et séduire.

En face d'elle : Raymond François, trente-huit ans, un photographe de mode qui avait renoncé depuis peu à travailler pour les magazines. *Vogue, Femme, Madame Figaro, Cosmo* se disputaient hier encore ses prises de vue originales, à la fois sensuelles et sophistiquées du vêtement féminin. Une photo de Raymond François se reconnaissait au premier coup d'œil : signée d'un homme qui aimait les femmes, dans leur silhouette comme dans leurs accessoires, dans leur nature même. Sans aucun recours aux artifices du décor ou de la mise en scène, par des jeux simples de lumière, il donnait de la vie aux poses les plus faciles de mannequins diaphanes. Mais exigeant pour lui-même, insatisfait dans la très haute idée qu'il se faisait de la photographie, il s'était lassé des studios. Un dégoût profond lui était aussi venu pour les « fringues somptueuses ». Il s'était lassé des filles aux mensurations parfaites qui lui donnaient le sentiment désagréable d'être un nabot amoureux d'extraterrestres. Il s'était lassé de la poudre et du strass, comme des séances de coiffeur et de manucure qui précédaient obligatoirement son travail. Agacé par le toc, il rêvait de renouer avec la vie, la vraie. Il avait senti peu à peu le gagner la monotonie d'un métier sans surprise. La magie n'habitait plus son Leica. Raymond François était donc arrivé au Maroc un mois auparavant pour « se ressourcer ». C'est le verbe qu'il employa lorsque je le rencontrai et qui exprime fidèlement son désir de retrouver la pureté, les fondements de son art. Il avait passé un contrat avec *Géo*, le magazine des amateurs d'exploration, et négocié un rachat de son futur reportage avec une maison d'édition spécialisée dans les voyages. Cette dernière publication, pour des raisons financières, ne vit le jour qu'après sa mort. Elle devait lui assurer un prestige d'auteur et le statut de « grand photographe » dont il aurait aimé jouir de son vivant. Raymond François songeait à une exposition dans une galerie d'art, qui mêlerait aux « Femmes du Maroc » — le thème du reportage — des mannequins hallucinants, caparaçonnés de métal, de fourrure et de cuir, les plus représentatifs d'un siècle obsédé par la guerre atomique, la conquête de l'espace et la fureur terroriste — tout ce qu'il exécrait ! Entrechoquer en somme la nature et l'artifice, dans la recherche de la photographie idéale, telle était son ambition suprême depuis une vingtaine d'années. Au grand dam des rédactions qui attendaient de publier à prix d'or ses dernières épreuves, il refusa d'illustrer d'autres pages et annula tous ses engagements.

Il avait atterri à Casablanca avec deux paires de jeans, une valise pleine de matériel technologique, son Leica — le même depuis quinze ans —, une Yamaha flambant neuve et méconnaissable en l'espace d'un mois, tant elle était bosselée et crasseuse. L'état pitoyable de sa « bécane » le faisait rougir de fierté. Je rencontrai Raymond François à Paris, dans son atelier du XIIe arrondissement. Il me montra les photographies qu'il avait prises : plusieurs centaines de Malika. Puis, il dit : « Un intermède, un interlude... une pièce maîtresse de ma composition. » Je ne sus jamais ce qu'il voulait dire exactement. Malika n'avait-elle été pour Raymond François qu'un divertissement, un jeu ? Ou au contraire un moment essentiel dans une vie de voyageur ? S'il me fit la faveur d'ouvrir des albums, certains inédits, il refusa de les commenter. Il répondit cependant à toutes les questions que je lui posai. Ce n'était pas un homme à bâtir des romans. Je pouvais me fier à ses paroles. Je remarquai simplement que le photographe avait choisi d'employer un terme de musicien. « Interlude... » Malika ne fut qu'un interlude dans la vie de beaucoup de gens.

C'est Raymond qui, le premier, apprivoisa Malika. Lorsqu'il eut épuisé ses réserves de pellicule et qu'elle s'assit à bout de forces sur le morceau de rempart qui lui avait servi de scène, il eut un geste de la main pour l'inviter à descendre et à le suivre. Malika ne comprenait encore que l'arabe mais l'expression de douceur et l'opiniâtreté de Raymond surent la convaincre. Elle lui emboîta le pas. Ils marchèrent longtemps, s'enfonçant au cœur de la ville, dans les reflets tremblants des réverbères. Une foule lente et drue se pressait dans les ruelles, aux terrasses bondées des cafés ou sur la margelle des fontaines, autour des maisons désaffectées. La population d'Essaouira vit la nuit, les hommes aiment fumer dehors et bavarder en jouant aux cartes, tandis que les femmes s'esquivent, discrètes, dans des recoins plus sombres. Se faufilant au milieu de cette cohue, ils atteignirent une maison vide où Raymond louait deux pièces à l'étage. Il lui tendit une clé et elle ouvrit l'antre où il habitait.

Une pièce servait de chambre et de cuisine, la seconde, aux volets tirés, à l'obscurité hermétique, de laboratoire. En bas, une porte en bois de cèdre, digne d'un château de Malte, tranchait avec les murs décrépis de cette modeste bâtisse. Un escalier aux marches de céramique noircie menait aux combles, le domaine et l'atelier de Raymond. Son « souk » comme il le désignait à cause du désordre qui y régnait. Je peux décrire cet endroit de mémoire pour m'y être rendue depuis. Raymond voyait la vie à travers son Leica. Des assiettes sales empilées dans l'évier de pierre, des casseroles en fer avec des traces de nourriture brûlée, des amas de journaux, des guides et des cartes routières, des vêtements en vrac, meublaient la pièce ; un matelas de laine tenait lieu de lit. Ni chaise, ni table, ni buffet, ni télévision dans la chambre. Les quelques éléments de décor et de confort étaient passés dans l'autre pièce noire, que Raymond appelait avec humour le « studio ». Son atmosphère sombre et humide, la lumière bleutée qui filtrait sous les volets, faisaient penser à une grotte. L'odeur des cigarettes américaines mêlée à celle des produits chimiques ajoutait un parfum nouveau qui attirait Malika. C'était pour elle une caverne un peu magique où les djinns d'Aït Saïd auraient pu s'expatrier.

Ray (c'est ainsi que Raymond signait ses photos) demanda à Malika de reprendre la pose, devant une grande toile qu'il déroula contre le mur. Il installa autour d'elle de puissantes lumières et ouvrit un parapluie blanc destiné à conjurer les effets du faux jour. Elle secouait son tambourin et, lentement, aussi gracieuse, aussi légère qu'à la clarté lunaire, elle se mit à danser sous les spots. Raymond ne l'intimidait pas.

L'ensorceleuse ne craignait pas les sortilèges. Les projecteurs découpaient sa silhouette avec la précision d'un scalpel. La lumière blanche ne la rendait pas moins provocante ni moins sûre d'elle. Alors que beaucoup de femmes paraissent belles en plein jour dans une lumière naturelle qui flatte la peau, très peu résistent à l'éclairage brutal des studios. Ray qui avait photographié des mannequins vedettes m'avoua que la beauté de Malika transcendait les canons habituels de la photogénie et se distinguait par son rayonnement exceptionnel. Les sunlights n'éblouissaient pas Malika. Le Leica pouvait essayer sur elle toutes les approches, les « mitrailles » et caresses habituelles, il ne troublerait pas son naturel déconcertant. Sa personnalité rayonnait, dans le viseur, d'une sensualité à laquelle personne, selon Ray, n'aurait pu résister.

Il travailla longtemps. Malika avait la peau claire, les traits fins, les gestes déliés, l'évanescence et l'érotisme secret des vierges Renaissance. Ray s'attarda sur cette parenté esthétique. Il avait enfin trouvé la matière de son futur livre. Il hésita puis se corrigea : il avait enfin trouvé « l'âme » de son futur livre... Il exposerait Malika à Beaubourg et dans les pages de *Géo* : elle serait sa grande inspiratrice, l'illustration éclatante de la sincérité et de l'exigence qu'il poursuivait dans son art.

Il l'habilla tour à tour de gandouras en brocart comme une sultane alaouite, de burnous en laine brute comme une paysanne, de haïks bleus du Sud, noirs de Fès, blancs d'Essaouira. Il la fit poser sans voiles, le visage et les bras marqués des tatouages berbères. Un vieux Marocain, expert en dessins et symboles, les avait peints sur elle à sa demande, d'encres délébiles — car le corps de Malika ne portait aucune de ces plaies, gravées dans la chair, qui font la fierté de tant de femmes de son origine. Ray fixa en gros plan ses mains d'aristocrate, aux paumes teintes, aux articulations nerveuses et déliées. Il photographia ses pieds nus sur la brique rose de la ville, ses pieds de fée brune aux ongles couleur de coquillage. Enfin il la déshabilla. Il révéla ses formes : dans le viseur, Malika se dessinait avec une intensité qui bouleversait le photographe. Malika serait son modèle, la vedette anonyme de son premier livre et bien sûr sa maîtresse, le temps d'un reportage marocain.

Raymond installa Malika chez lui, dans le « studio » de la rue Derb Laalouj, au milieu du désordre et des clichés suspendus par des pinces à linge. Elle respecta son univers et n'apporta aucun changement au décor qu'il s'était donné. Elle ne possédait rien elle-même, aucun objet personnel. Seule sa présence silencieuse et légère en avait changé l'atmosphère et aussi le parfum du safran, du cumin, du poivre, de la coriandre et de la poudre de henné que Raymond avait rapportés du marché à sa demande.

Malika ne sortit plus de sa grotte. Elle ne retourna pas au Méchouar où le propriétaire finit par enregistrer son départ et ne garda d'elle que le souvenir vague et un peu irrité d'une employée fantasque, qui répondait avec trop de lenteur aux ordres et aux coups de sonnette. Sa silhouette de gitane disparut des remparts. Sa légende s'enfuit, comme celles qui ont raconté la vie de cette ville étonnante, des premiers corsaires aux bohémiens hippies. Elle ne hanta plus le souk ni la rue Siaghine où les marchands juifs exposent leurs bijoux d'or et d'argent. Elle se retira dans leur chambre et, tandis que le ciel et les toits se découpaient dans sa fenêtre, tandis que les alizés y soufflaient un peu de fraîcheur, elle s'adonna à un nouveau plaisir : elle se mit à cuisiner.

Elle inventa des sauces succulentes et parfumées où la douceur des abricots et des amandes se perdait dans le feu du curcuma. Elle étonna la gourmandise pourtant exercée de Raymond. Tous les légumes mijotaient des après-midi entiers. Les jus réduisaient en un caramel, véritable concentré d'arômes qui lui permettait de procéder aux associations les plus hardies. Raymond se levait tard. Il prenait un café et disparaissait souvent jusqu'au soir. Malika l'attendait-elle ? Pensait-elle à lui en imaginant des saveurs, en concoctant les mets exotiques qu'elle lui servait à son retour ? Il était persuadé que pour elle la cuisine était moins un passe-temps qu'un authentique langage. Par ses recettes elle exprimait des trésors de sensations, d'émotions, de rêves, tout un monde instinctif et voluptueux qu'elle était inapte à formuler. Lorsque Raymond fit sa connaissance, Malika ne parlait pas français. Ils ne communiquaient que par la sensualité. « Elle avait créé, me dit Ray, son propre vocabulaire : des mimiques, des regards, des gestes aussi clairs et subtils que des mots. Tout son corps savait parler, chanter même. Et la cuisine comme l'amour étaient pour elle d'autres moyens d'expression. »

Lorsque Ray rentrait chez lui avec vingt ou trente bobines d'images, il retrouvait le sourire de Malika, ses grâces de gitane et ses festins pour un pacha de Marrakech. Il s'approchait d'elle, lui prenait la taille. « Elle était sauvage, prête à se défendre, à griffer et à mordre, elle résistait aux caresses. Tant que je n'avais pas mangé ce qu'elle avait préparé, elle était capricieuse, insupportable. » Ray se gavait de ces mélanges diaboliques qui exerçaient sur lui des pouvoirs aphrodisiaques. Malika le nourrissait-elle pour son plaisir ? Pour le changer en satrape d'un conte des mille et une nuits ? Il riait en évoquant la violence de son attirance pour elle et les plaisirs qu'il tirait d'un corps au pouvoir magnétique.

Ray hésitait sur les mots : comment définir ce qu'il avait vécu auprès de Malika, dans le studio de la rue Derb Laalouj ? Ni amour, ni liaison, ni passion, ni amitié ne semblaient convenir. C'était la personnalité de Malika qui l'aimantait et l'excitait. Il ne savait pas ce qu'il représentait pour elle. Cherchait-elle un protecteur, un père ? Fut-il vraiment son initiateur ? Selon Ray lui-même, il l'aurait connue vierge. Mais il n'était pas sûr de lui avoir appris quoi que ce soit dans le domaine du sexe. C'était lui qui, de son propre aveu, avait découvert auprès d'elle une autre dimension à la jouissance. Alors, un guide ? Ray qui n'avait ni enfant ni disciple ni élève prétendait n'avoir jamais servi de guide à quiconque. Un maître ? demandai-je. Ray éclata de rire en disant qu'il était un maître si Malika était sa maîtresse. Malgré les différences d'âge et de culture, il ne croyait pas à un conflit ou à un rapport de forces entre eux. Il avait été son amant, me dit-il, voilà tout. Il avait aimé un corps, une vie, une nature de femme. Il l'avait prise dans ses bras, et photographiée. Il avait été un témoin.

Des photographies, comme je l'ai dit, il en possédait des centaines. Mais l'abondance des documents nuisait au modèle. On aurait préféré une photo unique, totale. Malika se dérobait encore, jusque dans la somme des nus que Ray gardait dans un album séparé, l'impublié de son grand reportage. Elle y demeurait d'une grâce intouchable, énigme absolue pour qui voulait la découvrir.

Raymond n'était pas venu au Maroc pour passer son temps avec une houri, aussi jolie fût-elle, comme au temps de la colonisation ! La cuisine et l'amour n'allaient pas l'enchaîner à la rue Derb Laalouj. À quarante-cinq ans, il avait soif d'inconnu et d'aventures nouvelles, il voulait multiplier les expériences et les rencontres qui, étonnant son œil de photographe, renouvelleraient un art en perte d'émotion ou de foi dans le monde. À Malika, il n'accorda qu'une exclusivité provisoire. Elle n'épuisa pas son regard. Ray se disait très attaché à elle mais incapable de lui sacrifier le temps précieux dont il disposait : plus les mois s'écoulaient, plus son travail l'obsédait. Il aimait partir en balade, au hasard, seul sur les routes du Maroc. Il avait amorti sa moto sur des kilomètres de mauvaises pistes mais espérait encore qu'elle le ramènerait à Paris, fidèle compagne qu'elle était. Je le soupçonnais au fond d'être plus attaché à sa Yamaha qu'à Malika, infiniment moins docile et fiable.

Ray disparaissait parfois des semaines entières. Il craignait de passer à côté de l'image unique qui resterait dans la légende et marquerait la postérité. Il y avait dans ces expéditions à moto moins de curiosité que d'excitation : une volonté de conquête et presque un esprit de croisade. Il revenait chaque fois plus riche, plus fort, avec son butin d'images. Il portait son Leica en bandoulière, comme une arme. Tout lui était proie. Il ne voulait rien manquer. Surtout pas l'irremplaçable. Sensible aux détails fugaces, il saisissait le moindre mouvement, les gestes et les expressions dans leur ébauche ou leur versatilité. Il cherchait moins à fixer qu'à garder vivant. Il préférait le naturel à la pose affectée et, dans le décor marocain, les lumières fuyantes, presque irréelles, à la reproduction exacte des sites. Ray avait son propre style. Et le style de Ray F., c'était le mouvement, la sensualité, la vie.

Aucun palais, aucun musée, aucun lieu trop célèbre ne l'arrêtait dans sa course. Ni la mosquée de la Koutoubia, ni les tombeaux des sultans saadiens ni la médersa Moulay ben Youssef ni l'hôtel de la Mamounia ne figuraient dans ses archives. Il préférait les fonds de ciel, de mer, les montagnes vertes ou fauves, les campagnes sèches, les torrents, les vallées, les déserts sur lesquels se détachaient des femmes. Au premier plan, elles animaient le paysage. Jeunes ou vieilles, les joues rebondies ou plissées comme de vieux tissus, les lèvres charnues, peintes, ou pâles, vêtues de parures extraordinaires ou de simples linges blancs, elles avaient toutes, si diverses, du sud au nord, un caractère commun : elles exprimaient en silence, sur les belles photos en couleurs, l'amour inconditionnel que Ray portait aux femmes. Elles continuaient de vivre sous les yeux étonnés et curieux des gens qui comme moi feuilletaient leur histoire.

Raymond était monté jusqu'à Fès. Il avait vécu quelques jours dans l'obscurité torride et odorante de la médina, s'essayant à discerner dans la fourmilière des souks et des fondouks les silhouettes masquées, somptueuses, drapées de noir, qui porteraient dans le document leur part de drame et de mystère. Je garde comme souvenir de cette enquête au royaume de Moulay Idriss des tourbillons d'insectes autour d'une marchande de bricks et une fillette mordant dans un beignet huileux. De la ville la plus sale, la plus pittoresque, la plus grouillante de figures médiévales, sordides ou princières, Ray avait retenu la qualité sombre, presque pesante des arrière-plans, rehaussés par des myriades d'étoiles que dessinaient à travers les rues, quand la nuit tombait, les torches et les lanternes de Fès el-Bali. Une autre fois, il s'était rendu à Tanger. L'atmosphère soyeuse de ce port méditerranéen souvent enveloppé de brumes blanches contredisait le cliché d'un Maroc, pays solaire. Le Maroc, pour Ray, était une terre secrète, aussi difficile à atteindre dans son apparente accessibilité que certaines îles d'Asie, perdues dans le Pacifique. À la pointe nord de l'Afrique, Tanger, ville espagnole et portugaise et même un peu niçoise, selon l'air qu'on respire et les fleurs qui tombent des terrasses, lui prêtait sa rade, sa plage, son décor blanc, ses joueuses de guitare et de mandoline, et les réjouissances du Mouloud sur le grand Sokko.

À Rabat où, lors d'un voyage avec des amis, je m'étais amusée de tant de costumes à l'européenne et de porteurs d'attachés-cases dans les rues de la casbah, Raymond, lui, avait tourné son attention seulement sur les jardins. Les femmes qu'il photographiait dans des pergolas couvertes de bougainvillées, sous des toits débordant de roses grimpantes ou de lacis de magnolias, dans des patios à l'andalouse, étaient aussi des fleurs. Leur délicatesse et leur exubérance parfumaient l'album de Ray F. Je n'invente rien : ces photos-là — comme toutes celles de Malika — n'offrent pas seulement une qualité de lumière, mais des odeurs.

Il était allé à Meknès pour sa lumière ocre : à l'intérieur des murs, quoique, au plein soleil, les plus belles filles y prennent l'allure fantomatique des personnages de Kafka. Puis il avait mis le cap au sud, et poursuivi dans les citadelles berbères, figées dans un incendie de couleurs, jusqu'à Agadir et jusqu'à Ouarzazate, sa vision d'un Maroc personnel. Il avait vu Zagora et Goulimine, traversé Tiznit et Taroudant. Sur des photos il avait noté simplement : « quelque part », entre ici et là... Ray avait oublié le nom des endroits où sa passion l'avait arrêté, le village inconnu des cartes ou la rase campagne où il avait déclenché son Leica. Je me souviens qu'il était allé aux cascades d'Ouzoud et aux villages de la frontière algérienne. Il avait photographié toutes sortes de paysages, des marchés et des moussems, des cérémonies de mariage et des processions où des femmes portent des statuettes pour vénérer une sainte. De ces épisodes au chatoyant folklore, j'ai conservé des images percutantes et quelques incidents de parcours que le fidèle Leica avait enregistrés : à Erfoud, des enfants qu'agaçait le mitraillage avaient voulu lui arracher l'appareil des mains. À Volubilis, en plein forum, il était tombé en panne de batterie — aucune de ses femmes ne poserait jamais sur fond romain de ruines ; il avait crevé une roue au cirque de Jaffa et failli ne plus revoir le ciel de l'Île-de-France ; il avait frôlé un ravin, dans je ne sais plus quelle gorge du Dadès, du Todgha ou au col du Tizi n'Test, et avait gravé dans la pellicule le mouvement ravissant d'une fillette qui cueillait des herbes sur un versant à pic.

Ray avait horreur des artifices et horreur de tricher. « La réalité, disait-il, est toujours plus forte que l'art. » Au Maroc, il avait voulu reproduire avec exactitude la nature dans ses couleurs changeantes. Le tableau se voulait précis et sensuel, et il l'était en effet. Mais aussi rigoureux qu'il fût dans l'intention, le reportage portait une autre marque : celle du rêve et de la poésie. Je crois que Raymond François avait conscience d'avoir réussi un vrai travail d'artiste et qu'il en était fier. Mais il refusait d'entendre mes commentaires. Il préférait s'en tenir aux choses vues, aux impressions gravées, à la matière.

Raymond François était demeuré neuf ou dix mois au Maroc. Quand il avait fini de bourlinguer, quand il en avait assez des routes poussiéreuses, des nuits à la belle étoile passées contre le corps métallique de sa moto, des hôtels où il s'arrêtait parfois, de la foule anonyme et de la solitude, il rentrait à Essaouira. Qu'il fût parti un jour, huit jours ou trois semaines, Malika l'attendait derrière la porte comme s'il l'avait quittée le matin même. Toujours paisible et souriante. Il s'étonnait de ce qu'elle l'écoutât sagement lui annoncer ses départs et la durée probable de ses absences. Elle paraissait indifférente aux promesses de ses retours. Il n'était jamais sûr de la retrouver.

Lui était-elle fidèle ? Que faisait-elle tout ce temps, abandonnée à elle-même ?

Trop gitane pour rester enfermée longtemps dans une roulotte, elle avait dû reprendre ses vagabondages au port et dans la vieille ville, retourner à la plage, au souk et sur les murailles roses de la Sqala d'où l'on pouvait voir la mer, les mouettes, les bateaux et les îles comme d'un promontoire. Le temps devait filer à ne rien faire. À Essaouira l'agitation et la paresse font bon ménage. Quand les uns travaillent, les autres les regardent. Malika appartenait à la deuxième espèce. Elle déployait dans l'inactivité des trésors d'imagination. Elle se promenait, s'amusait d'un rien, marchait pendant des heures ou restait sur l'observatoire, immobile. La solitude lui était naturelle. Elle ne lui pesait pas. Lorsqu'elle était ainsi, contemplative, murée derrière son regard d'eau noire, un regard opaque et insondable — je n'ai jamais connu regard aussi fermé sur soi —, Malika réfléchissait-elle, ou bien était-elle absente, comme entre parenthèses ? Ray disait qu'elle rêvait, tout simplement... Revoyait-elle son village et le figuier de son enfance sous lequel elle s'endormait sur le dos de l'âne ? Se souvenait-elle de Tahar, des paroles du Coran et du bouquet de chardons bleus ? Ou bien l'oasis de Beni-Mellal lui revenait-elle comme un remords ? Là-bas vivait toute sa famille. Les siens devaient la chercher encore, la pleurer ou la maudire. À moins qu'ils ne l'aient oubliée, comme ils avaient oublié le père, ses frasques et son départ soudain. À Essaouira, Malika n'était qu'une étrangère. Raymond François croyait qu'elle ne souffrait pas de la séparation avec sa famille ; Malika ne regrettait pas de s'en être débarrassée. Le passé semblait mort. Une menace pourtant subsistait : Hassan. Si le frère retrouvait sa jeune sœur, il la tuerait probablement. Ou il la ramènerait de force, pour affirmer son autorité et sa tutelle, pour la contraindre à plier. Si Malika ne craignait pas le despote, elle redoutait de perdre son autonomie. Aussi ne voulait-elle pour rien au monde prendre la route qui conduit à Beni-Mellal.

Détachée des siens, Malika songeait-elle à l'avenir ? Dans quelle nébuleuse voyait-elle sa vie, en attendant Raymond sans impatience, dans la ville où soufflait le plus caressant des vents de la mer ?... Je crois qu'elle était, sensible et solitaire, disposée à vivre tout ce que le sort — mélange de sa foi musulmane et de sorcellerie — lui réservait.

Malika aurait pu essayer de retenir Raymond auprès d'elle ou lui imposer sa présence sur le siège arrière de la Yamaha. Elle n'entreprenait aucune manœuvre, se contentant à chaque départ de rendre la séparation délicieuse. Elle avait selon Ray une manière inimitable de lui dire adieu.

Moins pour la consoler puisqu'elle n'exprimait aucune tristesse, que pour se donner bonne conscience, Ray lui offrait à chaque voyage un cadeau. Une bague en argent avec un cabochon de corail. Une gandoura bleu de nuit qu'elle portait le jour pour paresser rue Derb Laalouj, et que je lui vis arborer lors d'un dîner marocain chez Jacqueline Taillevent, où elle servait d'ordinaire en noir avec un tablier blanc. Mais le cadeau de Ray pour lequel elle montra le plus d'enthousiasme, ce fut un jean Levis.

Plusieurs fois trempé et délavé, il était reconnaissable à la minuscule broderie en forme d'edelweiss qui ornait l'une des poches, fantaisie de la précédente propriétaire. Ray avait acheté ce jean au marché d'Essaouira. Tenue obligée des Occidentaux en vacances, il allait devenir le vêtement fétiche de Malika. Elle le porterait avec fierté et, alors qu'elle n'avait connu que l'ampleur du costume marocain, ne renoncerait plus à lui. Selon Raymond, elle l'adopta sans hésiter. Elle aimait se balader dans cette nouvelle tenue. Des femmes qu'il connaissait exprimaient dans des bijoux, des parfums, des voyages, leurs désirs de luxe. Pour Malika, Raymond s'en amusait, le luxe suprême c'était ce jean délavé, avec une fleur sur la fesse.

Raymond m'avoua qu'il avait d'abord vécu dans l'insouciance cette liaison nouvelle, inattendue, avec une fillette. Puis il s'était inquiété : ne risquait-il pas d'être accusé de détournement de mineure puis, par une association d'idées qui ne manquerait pas de se produire, de rapt et de viol d'enfant, d'actes de cruauté ou de sadisme sur une fille de moins de dix-huit ans qu'il abritait chez lui ? Il ne se sentait aucune parenté avec les salauds qui abusent des gamines, mais il observait que cette jeune maîtresse sous son toit avait de quoi faire jaser. Il s'inquiéta d'éventuelles représailles : les autorités marocaines n'allaient-elles pas lui causer des ennuis, au pire le forcer à quitter le pays avant qu'il puisse achever son reportage ? Français et catholique, Ray risquait de payer d'autant plus cher sa cohabitation avec une Marocaine mineure et musulmane qu'il était journaliste, profession que la police a l'habitude d'assimiler à l'espionnage et pour laquelle elle éprouve une radicale méfiance. Immoral et jouisseur, photographe de mœurs, amateur de jeunes filles innocentes : n'était-ce pas ainsi, dans ce tableau d'un personnage peu ragoûtant, que ses voisins de rue le voyaient ?

Malgré ses vieilles traditions de tolérance, Essaouira n'est qu'une ville de province. Les ragots circulent vite. Un homme seul, avec une jeune fille qui aurait l'âge d'être son enfant, ne peut passer inaperçu. Surtout s'il est français et la jeune fille, dans ses jeans d'Européenne, trop évidemment marocaine. Raymond François ne voulait pas d'histoires. Il finit par entrer en rapport avec un de ses amis qui occupait un poste au consulat de France, à Marrakech. Après deux ou trois mois, un passeport marocain tout neuf avec une photo de Malika et un visa de tourisme pour la France parvint rue Derb Laalouj. La date de naissance de Malika était modifiée : elle avait désormais vingt et un ans et était majeure, 1,68 m, 50 kg, yeux noirs, tel était son signalement. Quant à son nom de famille, il était faux, mais seul Raymond François aurait pu le révéler. Ce document officiel, dûment tamponné, l'émancipait. Il ne lui manquait en page deux qu'une signature... L'espace demeura blanc le temps que Raymond apprenne à sa compagne à tracer sa propre marque. Il n'était pas question, me dit-il en riant franchement, qu'elle y mette une croix.

S'improvisant maître d'école, il commença par lui montrer comment écrire Ma-li-ka puis à calligraphier ces six jolies lettres — la première en caractères d'imprimerie, plus facile à tracer qu'une majuscule. Lorsque Malika parvint à inscrire son nom sur le passeport, ce fut de l'écriture malhabile et appliquée des débutants qu'elle garda toujours.

Obsédée par ce talent ignoré qu'elle découvrait, elle se mit à noircir les petits cahiers d'écolier que Raymond lui apportait. Sur l'un d'eux, il avait inscrit les modèles de mots qu'elle devait reproduire sans qu'il guide sa main. Il suivait ses progrès et les encourageait, tout en s'amusant de ses maladresses. Dans ce domaine moins spontané que l'amour, elle n'apprit jamais plus que ce que Ray lui enseigna : sauf pour Ma-li-ka, elle ne sut jamais combiner les lettres de l'alphabet. Ni déchiffrer le sens de signes juxtaposés. Si elle en copiait et recopiait inlassablement des lignes entières, c'était dans l'espoir, je le crois, d'aider la chance et, avec un passeport, un jean et le probable amour de Raymond, de transformer ses origines.

Si Raymond parlait mal l'arabe — il en possédait les mots indispensables à la vie quotidienne —, et si Malika pour sa part commençait à comprendre et à parler le français, l'un et l'autre s'entendaient surtout dans le langage de l'amour. Les regards avaient entre eux la force des traits d'union et les caresses l'évidence d'un vocabulaire original. Leurs corps trouvaient les mots.

Ray n'était pas homme à faire partager à une femme les souvenirs de ses nuits d'étreintes. Il s'en tint dans nos conversations à l'objective précision des faits, aux anecdotes, aux décors et aux photographies. À une exception près : Malika était une maîtresse délicieuse, avouait-il, aussi experte qu'on peut rêver, mais en même temps distante et un peu froide. Selon lui, elle ne se donnait pas tout à fait. Dans la jouissance — car il était sûr qu'elle jouissait —, elle gardait un visage lisse, une beauté placide qui l'excitaient davantage et qui surtout l'intriguaient. Les femmes selon lui perdaient toujours le contrôle de leur belle dignité dans ces moments-là, du moins les femmes vraiment sensuelles, les femmes qui comme Malika aimaient l'amour. Il m'avait rapporté ce détail crûment, en homme qui a dans le domaine du sexe de l'expérience, voire du métier.

Ce mystère lui attachait Raymond. En reculant les limites du plaisir, elle faisait flamber l'imagination de son amant, elle renouvelait le désir qu'il avait d'elle. C'était comme si, avec son visage d'icône et son petit corps malin, avec son mystère de vierge, Malika changeait sa perception du monde. Alors qu'il se croyait désabusé, toute une fraîcheur l'irriguait à nouveau. Il se sentait non seulement plus fort depuis qu'il la connaissait mais rajeuni et plus curieux de tout. L'air de rien, avec cette indifférence tranquille qu'elle affichait, elle l'avait tiré de son univers grisâtre et cotonneux. Grâce à elle, son cynisme de noceur s'émoussait. Il renouait avec l'amour simple et violent qu'il éprouvait pour la vie, pour son art et pour les femmes.

Ray ne fut cependant, et en toute lucidité, qu'un ingrat. Il abandonna Malika plus tard avec une désinvolture aussi radicale que la fidélité avec laquelle il lui faisait l'amour, à Essaouira.

Selon ses propres termes, il tomba amoureux de la lionne et l'apprivoisa. Il se nourrit d'elle. Puis, investi de forces neuves, ne ressentant plus l'égoïste besoin de sa présence, il l'abandonna dans la jungle des villes.

Avant leur départ, Ray céda pourtant à un désir de Malika : il accepta de se rendre à Ait Saïd, de voir sa famille et de porter un message à Tahar. Il partit seul ainsi qu'il en avait coutume, sur sa moto, un sac chargé de pellicules et le Leica en bandoulière. À deux ou trois cents kilomètres d'Essaouira, de ses couleurs tièdes et transparentes, la rudesse des roches rouges et leur contraste avec la végétation luxuriante des montagnes au loin — la Suisse en fond du décor, devait-il me dire — enthousiasmèrent le photographe. Il prit plusieurs clichés des orangers se profilant sur un désert de poussière, avec en contrepoint, sur la ligne de l'azur impeccable, une giclée verte de pâturages. Le voyage à Aït Saïd fut pour lui une occasion supplémentaire de s'émerveiller sur un pays à ce point imprévisible et secret qu'il lui rappelait sans cesse son inspiratrice.

À Beni-Mellal, il limita sa visite à un circuit rapide : la ville lui parut laide et sans intérêt, il y chercha en vain l'oasis que mentionnaient les guides. Il se fit servir une anisette dans un hôtel médiocre dont le seul intérêt, entre deux pylônes électriques, était la vue sur le marché. Il ignorait tout de Hassan, de ses épouses, de la maison blanche et de la pompe à essence. Il ne savait même pas qu'elle avait habité là. Il ne s'était arrêté à Beni-Mellal que pour une dernière halte avant d'entreprendre sur dix kilomètres l'ascension jusqu'à Aït Saïd. Personne parmi ceux qui ont croisé sa route — sauf moi peut-être qui tente de rassembler nos souvenirs éparpillés — n'a connu Malika dans son unité. On croyait la connaître et pourtant elle nous échappait toujours, ne donnant chaque fois qu'une part d'elle-même, une pièce plus ou moins originale du puzzle de sa vie. Raymond dont elle fut la maîtresse durant presque une année n'entrevit que la gitane, douée pour l'amour, la danse et le langage des astres. Il soupçonna la rupture avec la famille, mais il ne sut rien de la fugue et rien des rêves. Il sous-estima, je crois, le poids de sa révolte. Jamais il ne considéra la délicatesse ni les souffrances de cet être admirablement secret.

Il eut la révélation soudaine de son enfance, en débarquant à moto au sein de son village. Ray imagina aussitôt Malika dans ce village perdu. Et, avec une ironie sous laquelle perçait une sincère commisération, il devait me confier que la naissance d'une pareille fille dans un cul-de-sac ne pouvait être qu'une « faute impardonnable des étoiles » !

Ray explora le village. Il prit des dizaines de clichés. Il effraya les poules et les vieux ; il s'attira les foudres d'un personnage, probablement le lettré d'Aït Saïd, puisqu'il tenait à la main un stylet de bois, archaïque instrument pour écrire. Ray essayait de saisir la lumière aux reflets de paille qui baignait la petite vie de ces gens d'une atmosphère douce et champêtre. L'œil collé à son viseur, il n'avait pas remarqué le jeune homme, à la silhouette élancée et aux yeux bleus, qui l'observait.

Il s'appuyait à un vieil âne pelé, galeux, avec des pompons rouges aux oreilles, bête fidèle qui le suivait à chacun de ses pas. Lorsque le garçon s'avança vers l'objectif puis recula sur la toile de fond du village, hésitant entre la prudence et le défi, l'âne se mit à avancer puis à reculer en cadence, dans un mimétisme parfait. Ray photographia ce drôle de couple, intrigué par l'expression sévère, regard d'une exigence dont il se souviendrait.

C'était Tahar, bien sûr. Qui d'autre aurait pu s'intéresser à ce point aux gesticulations de Ray ? Le petit groupe des autres garçons regardait la moto. Tahar, lui, contemplait le motard étranger qui tentait de communiquer avec lui. Tahar comprenait le français et le parlait un peu — selon Ray, avec un accent qui rendait extraordinairement difficiles les échanges. Au nom de Malika, le regard s'éclaira. Il prit cette nuance incomparable du ciel marocain à l'aube : tel un peintre, Ray m'expliqua que le bleu et le blanc peuvent atteindre un point de rencontre où il devient impossible de les démêler. Ils se confondent dans une lumière à la fois glauque et éblouissante — le regard de Tahar plein d'inquiétude, d'espoir aussi, disait clairement qu'il n'avait pas oublié Malika.

Les deux hommes parlèrent un peu, autant par signes que par mots. Ray indiqua que Malika habitait avec lui, et qu'ils allaient bientôt partir ensemble pour Paris. Il remit au jeune homme une carte de visite professionnelle portant l'adresse de son atelier. Le visage de Tahar se ferma, il répondit qu'il partirait aussi. Il voulait étudier, il irait à Fès. Ou dans n'importe quelle autre grande ville. D'un geste, il traça un cercle dans le vide.

Ray n'avait plus rien à lui dire. Il s'éloigna. L'expression farouche, hostile du garçon qui exprimait la probable jalousie ou des reproches le mettait mal à l'aise. Il rechargea le Leica et, avant de quitter Aït Saïd, fixa sur la pellicule tout ce qu'il pouvait emporter : les maisons, les gens, les poules... Malika reconnaîtrait les siens. Malgré sa fierté, le jeune garçon se laissa photographier, appuyé à l'âne. Ce fut le seul cliché que Ray rapporta de Tahar.

En parcourant les collines, Ray imagina Malika pieds nus dans cette nature sauvage, dansant à la lisière des champs au son aigre du tambourin. Il traquait la gitane dans le paysage de son enfance mais il ne reconnaissait nulle part, sous le soleil qui claquait sur le métal blanc de la Yamaha, la trace perdue de cette fille.

Sa balade le conduisit aux grottes des falaises. Là encore, Ray photographia : c'était un spectacle qui ferait un jour la couverture de *Géo.* Le soir tombait, couvrant de rouge et d'or les ouvertures sombres comme des gueules, au fond desquelles selon la coutume des génies méchants gardent des trésors. Lorsque Malika vit les grottes sur le papier glacé, elle eut un geste d'effroi. Elle recula brutalement en levant le bras, comme si on allait la battre ou l'abattre. Puis, elle éclata de rire et, sans explication, elle y appliqua sa bouche. Ray se contenta de me rapporter ce comportement pour lui incompréhensible : une lubie de gitane. Je l'interprétai comme le baiser de l'ombre à une ombre.

À Ray qui classait à son intention les photos d'Aït Saïd, Malika montra joyeusement les visages de sa mère et de sa grand-mère. Elle reconnut les vieux, les maisons, les poules, les chemins des collines et les champs d'orangers. Elle applaudit des deux mains devant la garrigue, les cailloux roses et les bouquets de chardons. Mais lorsqu'elle vit Tahar, elle se mit à pleurer. Des larmes coulèrent de ses yeux noirs. Ce fut la seule fois où Ray la vit pleurer. Devant Jacqueline Taillevent et moi qui m'en étais fait la remarque, elle ne se laissa jamais aller à aucune émotion ni à aucun chagrin.

Ray lui offrit juste avant leur départ l'album de famille qu'il avait composé pour elle. Malika ne me l'a pas montré. Et mon amie Jacqueline, si elle a pu le feuilleter, ne m'en a pas parlé. C'est donc de mémoire, d'après les récits des uns et des autres, d'après les photos de Ray et d'après mes propres voyages au Maroc, que je peux retracer les décors et les personnages. « Merveilleux », qu'on emploie à tort et à travers aujourd'hui, est l'adjectif de la quête du Graal, des héros et des fées, de Brocéliande. Pour Malika, il est avec « magique » celui qui la définit le mieux.

Le temps est venu d'une parenthèse — je m'exprime telle que je suis, astrologue et non pas écrivain : je connais mieux le langage des astres que celui des romanciers. Si j'ai commercé avec les étoiles, je ne suis ni une rêveuse ni une romantique. J'aime les chiffres, les données algébriques et géométriques, les poids et les mesures d'une vie humaine, son rigoureux tracé à l'échelle du cosmos. Je ne cherche que le vrai. Les romans m'ennuient et j'ai tendance à me méfier des excès de l'imagination. Mon travail est un témoignage : je le veux objectif et fidèle, même si l'intuition déborde parfois l'esprit scientifique de ma méthode.

Force m'est de reconnaître que je partage cependant avec les romancières dont je n'ai ni le talent ni le métier l'attention maniaque que je porte à mon sujet, cette espèce de passion avec laquelle je construis mon « héroïne ». Pareille à la romancière qui, même lorsqu'elle n'écrit pas, tant qu'elle n'a pas mis le point final à son livre, continue paraît-il de penser, de rêver, d'écrire, tout en ayant l'air, l'hypocrite, de s'intéresser à autre chose, je n'aurai de cesse d'écrire ici l'histoire de Malika. Rien ni personne ne saurait m'en distraire. Il me faut la montrer, la faire vivre, la ressusciter. J'ai le désir de fixer ici l'éclair d'une vie qui m'a enchantée en traversant la mienne.

Les astres parlaient peu. J'ai mesuré cent fois à l'aulne des constellations ce destin qui pour moi échappe définitivement aux normes. L'année, le jour, l'heure de sa naissance étaient d'abord difficiles à établir : si le passeport mentait, Malika était-elle plus sincère ? Comment apprécier l'heure, à Aït Saïd, sinon selon la position du soleil ? Je rétablis les données en fonction du cadran solaire, j'eus bien du mal à calculer le nouveau tracé qui devait préciser mon étude. Puis je doutai encore : la mère ne confondait-elle pas la date et l'heure de sa naissance avec celle d'un frère ou d'une sœur ? Rien n'était noté sur le papier, tout était soumis à la table de la mémoire. Je ne pouvais établir avec certitude, ainsi que je procède d'habitude, le point exact où Malika se situait en fonction de la clé du temps. Neptune, Vénus, le Soleil et les sept autres planètes y perdaient le nord.

Je dus me fonder sur d'autres analyses, émettre des hypothèses et recouper les diverses données. Je ne possédais pour m'orienter qu'un seul indice irréfutable : l'indication de l'ouest. J'enregistrai la direction que le mage avait prescrite à Malika comme un fait scientifique. En mathématicienne, j'aurais dû redouter les paroles d'un homme à vocation de prophète et ne prendre en compte que les faits vérifiés. Mais avec Malika, mon ancienne méthode débouchait inévitablement sur le vide.

J'étudiai pour elle, pendant des mois, les maisons et les planètes. Elle m'écoutait avec attention, comme si je lui parlais de quelqu'un d'autre, et elle riait. Tout ce que je lui contais n'était que fable absurde et, je le comprends maintenant, stupide vanité : Malika y voyait clair, infiniment plus clair que moi.

Cette fille ressemblait à ces minéraux volcaniques, jaillis des fonds de la terre et qui gardent en eux des germes de leur vie souterraine. Malika suivait un chemin lumineux et comme établi d'avance. La plupart des destins sont sinueux. Malika, elle, marchait tout droit. Vers qui ? Vers quoi ?

Cent fois je refis mes calculs, rebâtis les échelles, corrigeai les positions d'astres. Tantôt le destin resplendissait royal dans des couleurs de feu. Tantôt j'étais dans le noir, je ne distinguais rien. Jamais signe ne m'inspira autant d'incertitude et d'interrogations. J'en vins à douter de mes capacités, de mon savoir et de mon intelligence, à perdre foi dans mes connaissances.

Au grand salon de la voyance qui se réunit chaque année en congrès dans un pays d'Europe, je devais participer à une conférence sur « les jeux perdus de l'astromancie et la nouvelle science des astrologues ». J'y renonçai. Ma propre remise en cause avait atteint de telles proportions que je craignis d'offrir au public le lamentable spectacle d'une astrologue qui avait perdu tout son savoir.

Puisque nous nous targuons d'être voyants, nous devons voir. Grâce aux lunettes zénithales ou au télescope, nous pouvons discerner ce que personne n'aperçoit. Avec les ordinateurs et les calculettes électroniques, il n'est plus permis de se lamenter sur les faiblesses de la technologie. Mais les progrès de la science ne vont pas forcément de pair avec ceux de la connaissance. Ils peuvent gêner la voyance et même entraver le génie de l'intuition. Il nous faut donc répondre positivement à tous. On attend de nous que nous fournissions, avec des arguments et des analyses, une explication des mystères, du passé et de l'avenir. Nous fouillons dans le secret des âmes et dans ce que les philosophes aujourd'hui appellent le non-dit. Nous sommes des positivistes à la recherche des sens cachés. Nous devons déchiffrer le silence.

Malika tint en échec mon métier. Elle rendit mes calculs erronés, mon ordinateur inutile. Ma confiance dans mes pouvoirs scientifiques se fissura. « Tout n'est pas que mathématiques, semblait me dire Malika, ta voyance est trop froide. Tu prétends tout expliquer par la place des planètes, tu es systématique. Tu méconnais la force de l'imagination et celle du rêve. Ouvre tes yeux, enfin ! Invente... Fais travailler ton imagination, si tu en as un peu. Cesse d'être sérieuse ! Joue ! » Ce discours, Malika ne le prononça pas. Elle en eût été incapable. Mais elle le suscita en moi-même un beau jour dans une crise soudaine de lucidité.

J'annulai mes rendez-vous, je reportai mes consultations aux calendes grecques. Je relus Lao-Tseu, Diderot, la Bible et Philippe Sollers... Je me gargarisai de prophéties, de cultes du moi et d'ironies diverses. Je tournoyai dans les textes, je gobai tout, je faillis sombrer dans le désespoir. Puis, lentement j'en émergeai. Je ne tirai pas un trait sur mon savoir scientifique. Mais je pris en compte la part capitale, dans la vie, de la littérature. J'acceptai le flou, le fuyant, l'informulable et l'inexplicable. Je devins moins catégorique. Je me mis à croire aux romans.

Mes avis devinrent évasifs et romanesques : ils n'impressionnaient plus grand monde. Pour ceux qui me gardèrent leur confiance, l'examen fut infiniment moins figé qu'autrefois. Je ménageai une place au hasard. Je reconnus la liberté du sujet. Il y eut désormais dans toutes mes études — et mon petit nombre d'adeptes s'en félicite — un espace blanc : le terrain qui échappe à l'analyse et auquel chacun peut donner, selon sa conscience ou son imaginaire, une forme ou au moins une esquisse.

Je décidai enfin d'écrire *Malika.* Je voulais rendre hommage à l'amie disparue, la restituer, simple d'abord, limpide comme l'eau des sources d'Aït Saïd, puis de plus en plus complexe, secrète et ambiguë. Mon second mobile fut de tenter le grand voyage. J'abandonnai les clés que je possédais — le zodiaque, les manuels de psychologie ou de psychanalyse —, et selon ses conseils tacites j'ouvris enfin les vannes de l'imaginaire. Je me mis au roman... Il me reste de ce voyage le sentiment d'avoir accompli une œuvre de reconnaissance à la mémoire de Malika.

VI

Les plaines du Guadalquivir avaient renvoyé à Malika l'image des orangeraies de Beni-Mellal. Toute l'Andalousie, traversée au rythme des quatre chevaux de la Yamaha, lui avait paru reproduire de l'autre côté de l'eau son paysage marocain. Ni Malaga, ni Murcie, ni Alicante n'avaient étonné la jeune Maure. Après la sécheresse mauve de la *meseta* où elle avait cru reconnaître les environs d'Aït Saïd — les insectes, les cailloux, les chardons, les chèvres y étaient les mêmes —, les premiers contreforts des Pyrénées lui parlaient encore de l'Atlas. Barcelone et Perpignan lui rappelèrent Essaouira, avec les toits roses, les palmiers, les fleurs et les stores de bois qu'on déroule aux fenêtres. La Catalogne était une sœur de sa province.

La vraie frontière de son univers, ce n'était pas la mer. Elle avait eu à peine conscience de remonter le littoral atlantique quand, par Safi, El Jadida, Casa et Rabat, Larache, les grands ports qui se succèdent, la moto avait atteint Ceuta. Là, dans un décor insignifiant, les Marocains parlent espagnol et l'océan rejoint la Méditerranée. Mais pour Malika qui attendait un autre exotisme, c'était la même mer, et sur l'autre versant de la grande bleue, le même paysage qui se reflétait. Un ferry de la Transmediterranea les avait débarqués à Algésiras. Sûre d'avoir franchi un cap, elle n'avait pourtant éprouvé aucune émotion, en descendant de la passerelle. Le Sud, indéfiniment prolongé, l'empêchait de commencer une nouvelle vie.

Ray ne s'arrêtait que pour prendre de l'essence. Il avalait les kilomètres, les bras de Malika autour de sa taille. Depuis Gibraltar, ils n'avaient pas échangé trois mots. Ray appréciait le silence de sa compagne, son endurance et ses sourires : jamais elle ne se plaignit de la faim, de la soif ou de la fatigue. Elle l'étonnait une fois de plus par la solidité avec laquelle elle affrontait le voyage. Accrochée à Ray mais toujours légère, le buste à peine appuyé à son dos, elle se laissait porter.

Ils se nourrissaient de pains entiers, buvaient du coca-cola, et dormaient tout habillés, dehors, dans des sacs de couchage. Ray n'avait plus un sou : la Yamaha dévorait en essence tout ce qui lui restait après une année passée à célébrer les beautés du Maroc. La présence de Malika, contre son corps, lui donnait le sentiment d'être un personnage double. La nuit, quand elle desserrait son étreinte et qu'elle se détachait de lui, il éprouvait un regret ou, comme il me l'expliqua, « une gêne » : l'impression douloureuse de se séparer d'une partie de lui-même. C'est au cours de ce voyage que Ray comprit à quel point il s'était attaché, au vrai sens du terme, à la jeune fille. Et dans quel piège il se laissait prendre. Il redoutait les chaînes et c'est en ayant autour de sa taille les mains de Malika, brûlantes et douces, qu'il décida de rompre.

Malika l'interrogeait rarement. Quelle était cette ville ? Le nom de cette montagne ? Le sens d'un mot, lentement déchiffré sur une pancarte, à l'entrée du village où ils se ravitaillaient ? Pourtant elle observait tout comme si elle découvrait le monde pour la première fois ou pour reprendre encore une expression de Ray « comme devant un bon film au cinéma ». Curieuse des moindres détails, elle ne perdait rien du spectacle.

Elle ne posait pas non plus de questions sur l'avenir. S'en moquait-elle ? Faisait-elle confiance à son compagnon ? Ou taisait-elle au contraire son inquiétude, par superstition ? Raymond se contenta de souligner ce trait assez surprenant : Malika ne se souciait pas du lendemain.

Elle était heureuse, dit Ray, hors du temps... Jamais elle ne m'a demandé l'heure ni posé la question que les enfants en voyage répètent comme un refrain : « quand est-ce qu'on arrive ? » Elle aimait le voyage, la vitesse, et la succession des paysages. Le temps et l'espace filaient, Malika abordait tout cela avec son sourire de Joconde.

Cette dernière comparaison avait assombri son visage hâlé et il avait ajouté : « Joconde n'est pas un cliché. Malika avait vraiment un côté Vinci. Et comme cette irritante figure énigmatique, des sourires de sphinx. » Pourtant, pendant leur long périple, elle avait su se montrer infiniment moins sphinx et plus enfantine, se laissant aller parfois à poser la joue sur le dos de son vieux blouson, d'un geste spontané et tendre, chez elle inhabituel.

Vrombissant, déferlant à plus de cent vingt kilomètres à l'heure sur les routes du sud de l'Europe, doublant les camions et les grosses berlines, ils filaient vers le nord, vers Paris. Le nom de la capitale française sonnait comme celui de la terre promise. Dans sa famille musulmane, chacun rêvait de voir la Kaaba, à La Mecque, ou de passer au moins, ne serait-ce qu'un jour, dans une des villes impériales, à Marrakech, à Fès, où demeurent les mânes des prophètes et des rois. Pour Malika, depuis qu'elle connaissait Raymond, Paris était « la clé des songes ». Jadis, à Aït Saïd elle l'avait entendu prononcer ce mot mystérieux, lorsque son père avait quitté le village et que les gens s'étaient mis à commenter son départ. Ils disaient qu'il avait traversé la mer : Paris, ils prononçaient les syllabes avec prudence, comme s'il s'agissait d'un jeteur de sorts. Tabou pour sa mère, mot sorcier, chargé de souffrances, il faisait déjà partie de son histoire. Les connaissances géographiques de Malika s'arrêtaient à ce mot en suspens, à cette idée floue de la France, telle une île. Puis Raymond lui en avait parlé. Il lui avait montré quelques photos où des filles posaient sur des ponts, au-dessus d'un fleuve gris que remontaient des bateaux tout plats, aux couleurs de charbon. Paris n'était pour elle qu'un terrain vague : dans un paysage aquatique, une cité comme une grotte, dont le mystère l'attirait.

Parce qu'elle se situait sur la ligne de son astre,

dans la courbe de son ciel, et parce qu'elle était déjà inscrite dans celui de son père, elle se sentait liée à cette ville. Paris, en somme, l'attendait. Il n'y avait aucun orgueil, aucune bravade, aucun défi dans cette affirmation naïve. Malika se fiait simplement à une croyance de son pays selon laquelle il est des lieux, des dates et des événements auxquels on ne se dérobe pas. Ils sont de l'ordre d'une volonté supérieure, inspirés par Allah. Aussi ne s'inquiétait-elle pas : elle arrivait en territoire annoncé.

Depuis la Catalogne, elle n'avait plus rien regardé. La vraie frontière à mi-parcours, ce fut la cité de Carcassonne, émergeant soudain du brouillard. À ce point précis, Malika sut qu'elle était parvenue ailleurs. La couleur du ciel ne serait jamais plus la même. Le gris s'attaquait à l'atmosphère, il transformait soudain les paysages. Il maquillerait les gens et même les enfants. Mais elle n'avait pas peur : elle pensait à ce qu'elle allait découvrir, à tout ce qui serait neuf et aussi incongru que ce prodige d'une cité du Moyen Âge, surgie abruptement des vignes du Midi. Son entrée en région parisienne se déroula à l'heure où, entre chien et loup, sous un ciel d'hiver, sans lune et sans étoiles, l'Ile-de-France ressemble à un paysage de nulle part. Gris, sous les brumes de la pollution, monotone et plat, il tranchait avec les splendeurs du Sud. Raymond n'était plus le même homme. À l'approche de la capitale, dès les banlieues et les faubourgs, il s'était mis à piloter avec une incroyable brusquerie. Il freinait et accélérait sans crier gare, agressif et hostile dans l'abondante circulation. Il avait renoncé au rythme puissant et harmonieux de la route et la menait dans les secousses et les chaos. De son premier contact avec la ville de ses rêves, Malika ne retint à peu près rien sinon le bruit, le gris et l'air. Épais, lourd, écœurant, il lui entrait dans le corps par les yeux, par les cheveux, par tous les pores de sa peau. C'est ce que Raymond appelait son « baptême ».

Le sentiment de Raymond François pour Malika était lié à l'exil et au folklore. Il recouvrait même, je le crois, la démarche artistique : Malika était une figure de cette féminité que Ray F., en mal d'inspiration et de créativité, était allé chercher au Sud, dans les incandescences et les brumes souveraines du Maroc. En France, ce sentiment s'affadit. Malika qui, tout au long du voyage, avait su lui rappeler le charme de ces mois d'invention et de fièvre, ne fut plus à Paris qu'une jeune fille encombrante.

Il l'installa chez lui et chercha d'abord à prolonger rue d'Aboukir l'existence qui avait été la leur à Essaouira. Mais le décor était trop différent. Le matériel de photo, les écrans, les projecteurs, les parapluies ne suffisaient plus à créer l'illusion. Dans son appartement de célibataire, concu pour le bien-être d'un homme auquel suffisent les liaisons éphémères, Raymond renouait avec toutes ses habitudes. Ses maîtresses lui téléphonaient, les vieux copains passaient sans prévenir, et chaque fois Malika lui causait de l'embarras. Il la présentait à contrecœur, ou lui demandait de l'attendre un moment dans la chambre. Il la cachait et ne savait comment l'inclure dans sa vie. Comme un meuble dont on a hérité, qu'on trouvait beau dans la maison de famille et qui, hasardeusement transporté, adopté sur un coup de tête, fait une tache sur le mur.

Les vieux copains la disaient « sublime ». Elle leur servait du scotch et le cérémonial des belles hanches, se mouvant autour d'eux, leur laissait des envies de voyages et d'oasis. Ils admiraient le corps. Ils contemplaient la femme. Et ils venaient plus souvent partager avec Ray des débuts de soirées vides, à parler de tout et de rien. Leur sollicitude agaçait Raymond. Le jeu de Malika, ses tentatives pour lui plaire encore ou pour séduire ses amis se révélèrent à la longue inutiles. Lorsqu'il entrait chez lui, il espérait trouver le studio vide, et sa vie simplifiée. Elle serait partie d'elle-même, sans qu'il ait à le lui demander et sans laisser de traces. Il éprouvait jusqu'à l'obsession le désir de renouer avec ses anciennes habitudes.

Malika devait sentir cet agacement. Elle ne sortait jamais, et sauf lorsque les amis venaient, restait sans rien faire, tapie dans un coin de la chambre. Elle ne s'intéressait à rien, elle ne cuisinait plus. Elle avait des mouvements lents et prudents qui ne lui ressemblaient pas. Raymond lui faisait l'amour, le corps de Malika lui était encore agréable. Cela seul l'empêchait de la mettre à la rue.

L'égoïsme, une volonté virile de se caparaçonner contre l'amour, une sauvagerie de mœurs qu'il tenait de je ne sais quelle hérédité ou éducation, enfin une fringale violente, presque odieuse, de vivre sans aucun lien, ni responsabilités, devaient l'aider à en finir avec cette liaison. Je demeure convaincue, quoique les preuves me manquent, que Malika n'avait pas suivi Raymond jusqu'à Paris. Elle était là, c'est vrai, grâce à lui ou à cause de lui. Mais elle avait obéi à une puissance supérieure, à une autre logique que celle de l'amour. Même si elle souffrit de la rupture, elle n'exprima aucune plainte. Je crois qu'au fond c'est elle qui avait manipulé Raymond.

Sa situation était cependant cruelle : abandonnée, Malika se retrouva seule dans le désert de la ville, où elle ne connaissait personne.

Je fis remarquer à Ray F. sur un ton de reproche qu'il aurait pu la placer dans une agence de mannequins. Sa beauté et surtout sa photogénie lui donnaient toutes les chances de devenir un jour célèbre. Lui-même, lassé des filles, n'avait-il pas renoué devant elle avec l'enthousiasme de ses débuts ? Il me répondit froidement qu'il n'y avait pas pensé...

Sur les conseils d'une amie, rédactrice à *Elle*, qui voulut bien se charger de recommander la jeune fille, Ray envoya Malika dans une agence de placement pour employés de maison. Une situation cossue dans un immeuble du VIIe arrondissement, rue de Bourgogne, lui assurait une clientèle bourgeoise. Il lui conseilla de ne pas parler de lui à la directrice de l'établissement et d'avouer qu'elle pouvait seulement se prévaloir d'une faible expérience professionnelle. Puis, avec un dernier geste tendre et quelques billets de banque, il l'abandonna sans plus attendre. Il disparut, ne lui offrant de leur vie commune que l'hommage d'un bout de papier. Il y avait inscrit lisiblement son adresse rue d'Aboukir et son numéro de téléphone, « en cas de pépin » avait-il noté. Lorsque je fis sa connaissance, Malika possédait encore ce misérable document. Froissé, il portait en clair l'écriture géométrique de Raymond, celle-là même qu'il avait adoptée sur les cahiers où il lui enseignait l'alphabet. Pendant un an, elle l'avait gardé sur elle, dans la poche du jean. Son unique correspondant en France, invisible et muet, qui jamais ne se manifesta, était précisément l'homme qui l'abandonnait.

Mme J. Drouet n'avait rien d'une maquerelle. C'était une personne d'apparence classique, bien coiffée, vêtue d'un chemisier à cravate et d'une jupe droite qui couvrait ses genoux. À l'image de sa fonction, véritable caricature du « bon chic, bon genre », plantée comme une institutrice de jadis derrière un bureau de bois sombre, elle examina Malika de la tête aux pieds et eut le sourire de satisfaction, déjà plein d'espérances, d'une Célestine devant une bonne occasion.

Elle invita la jeune fille à s'asseoir et la soumit à un interrogatoire en règle puis à un « bilan de personnalité ». Elle faisait la moue à chaque difficulté. À son goût et selon sa longue expérience, la jeune fille avait un inconvénient majeur : elle parlait très mal le français. Sa lenteur, son accent, ses gaucheries d'expression l'écartaient des emplois exigeant de l'aisance au téléphone ou un soutien scolaire à des enfants. Comme elle avait avoué de surcroît ne pas être « formée » à l'entretien habituel d'un intérieur parisien,

Mme J. Drouet, tout en feuilletant des papiers, avait pris une expression pincée. On lui demandait l'impossible !...

Durant cet examen la jeune fille, nullement intimidée, lança qu'elle était une vraie cuisinière. Elle avait ses propres recettes, les gardait secrètes et n'était pas disposée à les faire goûter à n'importe qui... Formulée dans le charabia qui était alors le sien, l'insolente remarque fut cependant notée dans son dossier.

Lorsque je questionnai Malika sur le déroulement de cet entretien, je m'aperçus qu'elle était indifférente à la hiérarchie comme au mépris de classe qui se dissimulaient sous les mines à peine aimables de la dame bien coiffée. Elle était née optimiste. La directrice de l'agence de Bonne Espérance — je n'invente rien — ne lui avait laissé qu'un souvenir flou : une odeur de cire et de laque, et une voix haut perchée qui concluait sèchement qu'« elle ne valait rien du tout ». La phrase ne l'avait même pas blessée. Elle avait acquiescé au verdict. Pour ses débuts dans le monde, Mme J. Drouet lui avait trouvé une place « en rapport avec ses qualités », c'est-à-dire mal rémunérée, au sein d'une famille nombreuse, dans une villa de banlieue.

La facilité d'adaptation de Malika m'a toujours stupéfiée. Il me semble que, dans les mêmes conditions, ayant à surmonter de tels écarts de culture, de langue et de mœurs, privée de tout soutien affectif, sans famille et sans amis, absolument seule pour affronter le monde, j'aurais été en plein désarroi. Or Malika ne feignait pas le calme. Elle ne simulait pas la candeur. Elle me rappelait ces déesses de l'Olympe dont la Grèce nous a donné le modèle : un monument de placidité. Elle abordait chaque instant avec confiance. Elle trouvait en elle sa force d'airain.

Certes elle provoquait des bouleversements ou de petits séismes autour d'elle. Certes sa présence impliquait de l'électricité, des changements d'atmosphère ou des courts-circuits parmi de malencontreux témoins. Mais soit qu'elle ait toujours maîtrisé son destin, soit qu'elle ait conclu un pacte d'amour avec la fatalité, elle affichait en toute circonstance le visage de Vénus sortant des eaux. Et, au premier regard, sa personne était pacifiante, lisse et attirante comme la déesse de l'amour.

À sa place, à son âge, j'aurais cherché à retenir Raymond François, j'aurais interpellé amis et maîtresses, j'aurais hurlé, et marchandé sans honte la rupture. Ray, auquel j'avouai mon indignation, haussa les épaules. Malika ne l'avait pas mis en pièces, elle n'avait rien d'une furie, il s'en félicitait : la vie, selon lui, n'était qu'une suite nécessaire de détachements, celui-là avait été facile, il ne se sentait coupable d'aucun délit. Bien au contraire, il pensait qu'il l'avait aidée à s'affranchir de l'enfance et qu'en somme il lui avait rendu service en l'amenant en France.

Quand je demandai si Raymond ne lui avait pas manqué, Malika me répondit simplement qu'il veillait sur elle de loin et que, puisqu'il ne lui arrivait rien de mal, sans doute pensait-il suffisamment à elle. Elle croyait aux fluides invisibles, aux communications des pensées, aux amours intemporelles et supra-spatiales. Elle faisait confiance, en dépit de leur séparation, à la protection de Raymond, à une aura supérieure, dont elle éprouvait concrètement les bienfaits.

Pour être tout à fait sincère, lorsque Malika me parla ainsi, je fus convaincue d'un enfantillage. Mais je me trompais. L'un comme l'autre avaient compris et parfaitement interprété les rôles réciproques de leurs vies. Par-delà la séparation qui fut définitive, ces vies itinérantes continuaient à se répondre, à avoir besoin l'une de l'autre. Lorsque Ray François disparut, tué dans un accident de moto sur la route même qui les avait menés en France, je compris que leurs astres avaient été liés, par quelque invisible et très secrète correspondance.

À Clamart, décor pimpant de ville de province, Malika rencontra Cendrillon, Peau d'Ane et Linda de Souza. Elle fut à ses fourneaux, à ses balais, à ses corbeilles de linge, la soubrette indigne dont la figure sale, la peau de bête ou la valise en carton triomphent des humiliations.

Le pavillon qu'on lui avait choisi se trouvait rue Fontenay, au milieu d'autres villas coquettes, entourées de jardins, inondées de fleurs. Un parfum de bonne éducation planait sur les résidences sagement alignées, dont on devinait à travers les rideaux de chintz ou de percale les intérieurs cossus, astiqués, à l'image des berlines luisantes, qui stationnaient le long des pelouses de la rue.

Les B., chez qui elle travailla et qui par la suite refusèrent de me recevoir, n'avaient pas les moyens de leurs grands airs.

Le premier jour pourtant, elle reçut un cadeau qui lui donna l'illusion de leur prodigalité : deux blouses à col Claudine (une rayée rose et blanc, l'autre bleu ciel et blanc) ainsi qu'une coiffe de petite dentelle. Cette dernière devait maintenir les cheveux en arrière par « mesure d'hygiène » et bien la distinguer des membres de la famille. Dans ces blouses, avec cette coiffe, Malika faisait office de bonne à tout faire : on l'employait à tout. Au ménage, au linge, à la cuisine, aux courses, à raccompagner les enfants de l'école au *« home »* en longeant la forêt par le terrain de football, à la couture, au cirage des parquets, des chaussures, à remonter le vin de la cave, je dois en oublier. Elle courait six jours sur sept, douze heures par jour. Les B. ne la trouvaient pas à la hauteur de ce que l'on attendait d'elle. Ils avaient demandé une bonne efficace, on leur avait « fourgué » une jeune fille en apprentissage. Ils s'en plaignirent à l'agence : ils durent la former... Malika ignorait les habitudes de la bourgeoisie française. La maîtresse de maison usée avant l'âge par quatre accouchements, lasse et morose, n'en connaissait pas moins ses devoirs. Elle enseigna à Malika, élève douée, les gestes nécessaires à justifier son salaire, et ne laissa rien au hasard.

Fière d'apprendre un métier, celle-ci s'appliqua à son nouvel emploi avec la volonté et l'énergie dont elle faisait preuve dès qu'il s'agissait de perfectionner ses dons naturels. Elle progressa vite. Elle était à l'écoute des gens qui l'entouraient et, tel un caméléon, faisait sien leur mode de vie. C'est ainsi qu'elle renonça, pour un temps, à amalgamer les plantes et les épices, à faire jouer dans les marmites les fruits avec les fleurs qu'elle aimait, à réduire les jus de coriandre, de poivre, de cannelle ou de sauge : la famille de Clamart refusait l'exotisme, Mme B. avait horreur des « plats compliqués ». Elle mit le holà aux extravagances culinaires de Malika et la pria de s'en tenir à la recette du poulet rôti, tradition familiale.

Tous les soirs, pendant une année complète, Malika déposa sur la table de la salle à manger un poulet croustillant dont le fumet lui dilatait les narines. Un poulet de taille moyenne, nourri au grain ainsi qu'elle devait le préciser au fournisseur de la rue du Centre, un poulet de ferme aux pattes noires, dont l'odeur et la vue lui ouvrirent l'appétit avant de la dégoûter. Monsieur découpait la bête à table et dans le plat qu'elle remportait, il ne restait qu'une carcasse nettoyée. Une tranche de gruyère et des restes de légumes ou de pâtes suffisaient à la nourrir.

Je sens bien qu'il y aura des gens pour dire qu'une famille française qui se nourrit tous les soirs de poulet, ça n'existe pas. Pourtant, celle-ci existait, et durant un an jamais Malika ne fut invitée à partager un de ses repas ! D'abord, la jeune fille ne s'en offusqua pas. Elle attribua à une coutume étrangère cette manière solennelle de massacrer la volaille et de n'en rien laisser à la personne qui l'a précisément mise au four puis servie...

Très vite, elle sut quel sentiment ces gens lui portaient. Ils la considéraient sans affection. Utile pour certaines tâches, indésirable dans l'intimité du cercle, elle était traitée en intruse. Ils lui parlaient peu, hors du service il n'y avait pas d'échange. Même les enfants la connaissaient à peine : en dehors des trajets, ils restaient avec les parents. Le soir, on lui fermait la porte du salon. Elle devait s'éclipser.

Elle regagnait sa chambre au sous-sol du pavillon et, dans l'écho des voix de la famille mêlées aux musiques des films de télévision, ne sachant pas lire, n'ayant personne à voir, elle se contentait de fixer la nuit par la lucarne et d'attendre le sommeil. Pour se distraire, elle rêvait sur son lit. Les images d'un village inondé de soleil, des visages aux yeux sombres et caressants, des bouquets de chardons, de vieux ânes pelés et des poules caquetantes, bien vivantes, revenaient peupler la petite chambre de couleurs et de chansons. Elle devait penser parfois à Raymond, aux remparts d'Essaouira, à la lumière rouge des studios, à la moto et à l'amour. Par habitude, tel un jeu cent fois répété, elle continuait à copier de A à Z, en caractères enfantins, les lettres dissociées de l'alphabet.

Toute une année s'enfuit ainsi dans l'obéissance, la patience et la solitude. Malika résista. Elle attendait un signe... Il se manifesta un matin sous la forme d'un vase en porcelaine bleue de Chine. Malika devait le frotter avec un chiffon de laine, comme Mme B. le lui avait montré. Le vase lui échappa. Il se brisa sur le parquet ciré en débris minuscules, impossibles à recoller. Mme B., si lasse d'ordinaire, bondit de son canapé et l'insulte fusa, prononcée d'une voix sèche et coupante, assenée comme une gifle ; elle sortit Malika de sa torpeur. C'est dans le salon de la rue Fontenay, dans l'atmosphère feutrée et élégante d'une maison bien rangée, près des restes d'un vase chinois, que pour la première fois elle s'entendit traiter d'Arabe.

Il ne s'agissait pas d'une remarque objective sur ses origines. Le mot était dit méchamment, il lui était jeté à la tête. Il la blessait. Arabe..., elle l'entendrait souvent, elle n'y échapperait plus. Même tu, même étouffé, au moment d'être dit, elle pourrait le lire clairement, dans les yeux des Français, qui pour un agacement subit, un incident futile, ravive d'instinct la haine. Arabe, Malika l'était, par la religion, par toute son histoire, par celles des siens à Aït Saïd. Au Maroc, elle n'y pensait pas. Elle se savait berbère, au moins pour un quart. Elle revendiquait le sang de l'aïeule paternelle, elle se trouvait des liens avec les tribus Zaian. C'est en France qu'elle prit conscience de sa différence.

Elle renonça à plaider pour ses ancêtres berbères. Les Français s'en tiennent à une vision simpliste de l'Afrique du Nord, ils ne distinguent au Maghreb que les Arabes, auxquels ils portent sans nuance, pour la plupart d'entre eux, une égale et violente inimitié. Par orgueil, par sentiment de ne pas être comme les autres, au lieu de se replier sur elle-même, de se conformer au rejet, elle se considéra comme une fille de roi. C'était sa manière de se défendre. Elle exprima toujours devant moi la fierté d'appartenir à un peuple de la plus noble origine.

Malika quitta Clamart le jour où avec un calme souverain elle se rendit compte qu'elle en avait assez de la vie monotone des B., des poulets sacrifiés et des objets délicats auxquels ils vouaient plus de respect qu'à la domestique marocaine. Ce jour-là, devant le couple et les quatre enfants, elle s'empara du vase bleu, second exemplaire de la paire qui naguère décorait la cheminée. En souriant, elle le jeta par terre et lorsqu'il se cassa en mille morceaux, elle déclara qu'elle partait. Le compte rendu de la scène figure dans le dossier de Malika, à l'agence de la rue de Bourgogne.

Le second employeur de Malika en France était un homme seul : un producteur de cinéma qui n'avait plus rien produit depuis quinze ans, un homme à femmes qui n'amenait plus beaucoup de femmes chez lui, un cinéaste réputé pour son imagination baroque et qui était à ce moment-là à court d'imagination. Comme il prétendait chercher une femme de ménage pour embellir son existence morose de vieux garçon, il s'adressa à Mme J. Drouet, au lieu de Mme Claude, en se trompant de porte. Il ne fut pas déçu.

André H. habitait avenue Charles-Floquet, tout près du Champ-de-Mars, un appartement vétuste et sombre qui n'avait de prestigieux que l'adresse. Un capharnaüm, mal chauffé, mangé par les mites.

Le bonhomme — c'est ainsi que Malika appelait André H. — s'efforçait de paraître encore à son avantage. La soixantaine largement entamée, le cheveu rare, la bedaine certaine, avec un défaut qui l'accablait d'une sécrétion aux coins des lèvres, il gardait une allure et des manières d'homme du monde. C'était un dandy crasseux, aux ongles jaunes. Il vivait dans une robe de chambre élimée en soie et des mules de velours qui, lorsque je lui rendis visite, me rappelèrent celles du Bourgeois gentilhomme. Quand il sortait, il s'exhibait dans un duffle-coat et portait une immense écharpe rouge, preuves de la fantaisie et du caractère qui avaient fait la réputation de ses films. Il passait encore pour un artiste dans le quartier, grâce à l'écharpe rouge. Jamais il ne variait sa garde-robe : au-dehors comme au-dedans, il semblait condamné à la plus stricte économie.

Il avait été mondain. Cela se devinait encore à sa conversation. Il se vantait d'avoir beaucoup d'amis. Selon Malika, quelques coups de téléphone, si rares qu'ils la surprenaient toujours, des visites bizarres de gens qui entraient et sortaient sans s'attarder, en emportant un disque, un livre ou un dossier, dérangeaient la retraite de cet homme. André H. se levait tard. Il quittait le taudis de la chambre et laissait à Malika le soin d'ouvrir les volets sur un puits de jour à poussière, étroit comme un conduit de cheminée.

Malika était la seule fleur fraîche du décor. Elle ne rangeait rien, mais passait sans s'acharner un plumeau sur les livres, les vieux meubles, la machine à écrire en panne. L'appartement était toujours aussi désordonné et poussiéreux. Malika ne cuisinait pas davantage. Elle servait à n'importe quelle heure, quand elle en avait envie, une collation au bonhomme : des œufs, un fruit ou quelques gâteaux au citron qu'il affectionnait. Il n'avait pas d'horaire. Malika vivait comme lui, à l'abandon, dans le plus complet désordre. Le vieux — comme elle l'appelait aussi — lui laissait régler à sa guise ses besognes et son emploi du temps, et quand elle avait repassé l'unique chemise et plié l'unique pantalon, quand elle avait grignoté des biscuits et essuyé à la hâte une table, elle ne savait plus que faire. Lui la contemplait, mis enfin en appétit, avec son désagréable filet d'eau aux lèvres. Il ne lui ordonnait rien. Il se contentait de la regarder. Excité par sa présence, tout à coup rajeuni, il s'était remis à écrire des scénarios qui ne trouvaient pas preneur mais qui circulèrent un temps dans Paris, preuve que le bonhomme n'était pas tombé dans un total oubli.

Quelques visiteurs remarquèrent la présence de cette jeune fille. Ils firent courir le bruit qu'André H. avait une maîtresse. Une maîtresse ravissante, une figure de cinéma. Personne parmi eux n'osa la débaucher. Quand ils venaient, Malika ouvrait la porte puis elle disparaissait. C'était André H. qui les raccompagnait.

Malika ne fut pas sa maîtresse, ni « cette petite concubine », comme la rumeur la désignait. Tant qu'elle vécut sous son toit, elle n'eut à souffrir d'autre caresse que celle de ce regard lourd, souvent obscène, qui suivait obstinément son corps galbé, son buste souple et ses admirables pieds nus sur les tapis fanés. Ce regard ne la troublait pas. Lascif et sans grâce, il était un hommage à sa beauté, et le meilleur souvenir qu'elle garderait de son passage dans le quartier du Champ-de-Mars.

Malika ne trouvait à cette place qu'un seul inconvénient, la concierge avec son visage boudeur refusait de saluer un locataire d'aussi mauvaise réputation qu'André H. et, par conséquent, son employée de maison. Il ne payait pas son loyer, ne donnait pas d'étrennes, recevait plus de fois qu'il n'est d'usage dans une maison honnête la visite des huissiers, et la présence chez lui de cette jeune fille en jean, aux longs cheveux en désordre, mettait le comble à l'agacement des gens de l'immeuble. À force de s'inquiéter de la lenteur d'André H. à s'acquitter de sa dette envers l'agence, Mme J. Drouet finit par se fâcher. Patiente et méticuleuse, elle savourait à froid ses vengeances : elle lui retira Malika. C'est donc plus de deux ans après son arrivée en France que mal fagotée, les cheveux toujours en broussaille, mais un charmant sourire aux lèvres, si j'en crois le récit de mon amie, elle se présenta chez Jacqueline Taillevent. Cette dernière se laissa immédiatement séduire par l'éclat de la jeune fille, par l'assurance et l'air de gaieté qui émanaient d'elle. Elle l'engagea pour s'occuper de son fils et de ce qu'elle appelait pompeusement sa maison. En vérité, elle la prit sous son aile. Une relation de mère à fille s'établit dès le premier instant entre elles deux, Jacqueline avait tout juste vingt ans de plus, assez de générosité pour s'intéresser à une jeune fille, et sa vie de femme à lui donner en exemple.

Malika pénétra dans une luxueuse bonbonnière, entre le Luxembourg et le Panthéon, à mi-chemin du parc où Malika emmenait l'enfant et de la célèbre nécropole qui, selon Jacqueline, abritait « les grands séducteurs d'autrefois ». C'était un appartement minuscule, tapissé de soie Pompadour, avec une épaisse moquette blanche, des miroirs encadrés d'or et des fauteuils ronds, en velours capitonné, où on avait l'impression de se pelotonner. Malika y avait son coin à elle : une sorte de boudoir miniature, en soie bien sûr, mais rose, entre la cuisine, de la taille d'un mouchoir, et la chambre du petit garçon, envahie des jouets les plus extravagants et les plus coûteux. Cet appartement de poupée — ou de cocotte — était distribué autour de la chambre de Jacqueline, ou plus exactement autour de son lit, véritable cœur du décor et pièce maîtresse de sa vie. Ce lit, plus long et plus large que la normale, taillé pour un roi, trônait en plein centre. L'énorme couette blanche et les oreillers de plume qui l'étoffaient lui donnaient des airs de cumulo-nimbus. Il servait de nuit et de jour, aux uns comme aux autres. Si les amants de Jacqueline y échouaient à l'aube, elle-même y passait en peignoir rose une grande partie des après-midi, à lire les journaux, à se peindre les ongles ou à téléphoner. Elle y recevait les amies qui, comme moi, aimaient venir prendre le thé, servi à l'anglaise, sur l'édredon. Malika venait aussi tourner autour du lit, finissait par s'y asseoir et suivait en silence la conversation. Enfin, sur ce lit digne d'une revue, le petit garçon prenait son goûter, au retour de l'école. Appuyé sur les oreillers parfumés de sa mère, il regardait à l'autre bout du gros nuage blanc ses émissions préférées sur un poste de télévision japonais.

Il est temps, je crois, que je présente Jacqueline. Je n'ai encore parlé d'elle que par allusions, comme si le lecteur la connaissait déjà. Or elle a joué dans la vie de Malika un rôle essentiel : elle l'a initiée au monde des plaisirs et du luxe. Elle s'est conduite en mère, complice, intelligente, même si d'aucuns la jugent sans morale, ou cynique.

Jacqueline Taillevent était une amie sincère et j'appréciais la manière qu'elle avait de vous épargner ses malheurs et de vous faire partager ses bonheurs. Elle avait eu dix ans en 1940 ; ses parents, Juifs, originaires de Salonique, avaient fui Paris et confié leur fillette à des relations d'affaires qui possédaient une ferme dans les Pyrénées-Orientales. Les parents disparus, la guerre terminée, elle s'était retrouvée au pensionnat de Mortefontaine, dans les environs de Paris, où grâce à l'honnêteté des tuteurs et à l'argent de ses parents, elle avait reçu une éducation parfaite, à la française. Des vacances en Grèce, à dix-huit ans, dans une famille lointaine, austère, et un séjour d'un an dans un pensionnat anglais ne lui ouvraient pas des horizons frivoles.

Des études de droit, mollement entreprises, auraient pu la conduire au mariage, mais une boulimie de fêtes et d'extravagances l'avait saisie au lendemain de ces années tristes et contraignantes. D'une nature sensuelle, Jacqueline se lança dans tous les excès d'une vie faussement étudiante. Elle se lia à une joyeuse bande de garçons et de filles, libres et paresseux, et commença à fréquenter les boîtes de nuit. Elle rencontra d'autres femmes, aussi belles, aussi seules qu'elle, et des hommes qui l'arrachèrent aux tristes images d'ennui qu'elle gardait de l'enfance. Jacqueline aimait le luxe, l'argent, les plaisirs faciles et l'oisiveté. Les hommes lui offraient tout cela, sans lui donner trop de peine.

Petite, ronde, très brune mais teinte en rousse, elle avait le bassin généreux et les jambes fortes. Sa tête de lionne, au front haut, aux pommettes larges, à la chevelure en crinière couronnait un buste superbe — des épaules et des seins de caryatide. Trop pâle en plein jour, elle se transformait le soir. Sous l'œil ébloui de son fils et de Malika, elle sortait de sa chambre comme d'une loge de théâtre : dans des robes pailletées, sur des talons aiguilles, avec des ongles laqués, le teint irisé et une bouche de carmin. Ils l'admiraient. Elle rayonnait d'une beauté recherchée, artificielle. Ils étaient tous deux, au seuil de sa vie nocturne, ses premières conquêtes. Jacqueline aimait les étonner. Ils assistaient toujours à son départ. Elle les embrassait sur le pas de la porte, comme toutes les mères qui s'en vont travailler. Elle leur laissait « la maison », des traces de rouge sur la joue et les effluves persistants de Fleurs de Rocaille.

Confortablement installée dans la prostitution mondaine, Jacqueline exerçait cette activité en toute indépendance. Libre du despotisme d'un maître, elle déclarait aimer l'amour. Elle ne parlait jamais de ses difficultés, de ses chagrins, de ses fatigues ni des dangers de sa profession, sauf dans mon cabinet de voyante où elle épanchait auprès de moi, son astrologue et psychanalyste, ses angoisses de femme seule. Elle créait autour d'elle une atmosphère privilégiée, tout en raffinement. Elle savait donner l'illusion du bonheur.

Des boîtes de nuit, des palaces, des restaurants autour des Champs-Élysées, elle ramenait pour quelques heures des individus. Malika déposait un plateau avec des croissants et du café devant la porte de la chambre, dont le lourd capiton étouffait les voix. Dans cet univers exclusivement féminin, les hommes ne faisaient que passer.

Lovée comme une chatte dans l'harmonie sensuelle et parfumée de Jacqueline, Malika prit goût à cette vie luxueuse. De la prostitution, elle eut d'abord une vision nourrie du rêve de ressembler à la créature scintillante et poudrée qui sortait le soir à la rencontre d'imprévisibles conquêtes. Elle jouait les mannequins devant les miroirs, parée des mille artifices de mon amie courtisane, et se voyait marcher sous la pluie d'étoiles que répandaient autour d'elle en paillettes les robes lamées de Jacqueline.

Jacqueline avait toujours cru à l'importance des communautés. Individualiste, faisant cavalier seul dans la vie, elle tenait à ses racines juives et cotisait annuellement à un organisme d'entraide à Israël. C'était sa manière de souligner son appartenance à un groupe, même si elle fréquentait sans aucune exclusive des gens de toutes religions. Elle se déclarait « mécréante » ou « païenne », à l'occasion, mais n'aurait jamais osé couper les liens qui l'attachaient encore à son passé.

Jacqueline poussa donc Malika à renouer avec la communauté marocaine exilée en France. L'isolement de la jeune fille l'inquiétait. Elle lui conseilla de rechercher à Paris un peu d'air de son pays. Bien qu'elle ne donnât pas l'impression de souffrir d'un quelconque déracinement, pour rassurer Jacqueline, elle se mit en quête des siens. En l'absence de pistes familiales elle fureta d'abord dans le quartier.

L'épicier du boulevard Monge était algérien. Celui de la rue Descartes, un Chleuh, marocain dont les nombreux cousins se relayaient au magasin les dimanches. Elle observait les boutiques ; les étals étaient florissants, les clients se succédaient devant la caisse, on disait partout que l'épicier arabe ou « l'Arabe » était le seul à pouvoir affronter la concurrence des supermarchés. Tout en faisant ses achats selon les critères dispendieux et gourmands de Jacqueline, Malika échangeait quelques mots, elle riait en soupesant les melons, vérifiait les dates sur les boîtes de lait. Au moment de payer, l'épicier lui livrait l'addition en arabe... Elle réglait en francs, puisant dans le porte-monnaie en crocodile vert de Jacqueline et, en arquant ses jolis sourcils, elle répondait en français aux plaisanteries du commerçant. On la connaissait bien, elle venait presque chaque jour, vêtue du même jean, son panier au bras. On la jugeait hautaine, et même méprisante, presque « snob ». Elle partait en balançant des hanches, indifférente.

Il est vrai que les piles de conserves, de lessives et de biscuits devaient lui rappeler des rêves anciens, l'époque peu lointaine où une jeune fille de quinze ans se préparait à épouser un marchand prospère et s'enfuyait sur un coup de tête, vers un avenir tout en mirages. Le caviar et le saumon fumé, d'abord goûtés du bout des lèvres, étaient devenus son ordinaire. Elle avait appris à fourrer les melons d'une glace parfumée à la pêche qu'elle allait acheter dans l'une des ruelles de l'île Saint-Louis, et à ne plus s'étonner de la diététique de Jacqueline : été comme hiver, salades de fraises ou d'abricots. Mon amie lui enseignait à aimer ce qu'elle appelait « le meilleur » : tout ce qui est cher et tout ce qui est beau. Malika adopta cette morale hédoniste.

Il y avait dans les rues autour du Panthéon des hommes bruns, à la barbe bouclée, au regard sombre, qui parfois la dévisageaient. C'étaient des vagabonds ou bien des étudiants qui remontaient vers la Sorbonne, des ouvriers en tenue de travail, terrassiers ou peintres en bâtiment. Malika rôdait dans le quartier. Elle y reconnaissait des « frères » selon le terme en usage dans les livres religieux. Au Maroc, Malika n'avait jamais eu conscience d'appartenir à une quelconque ethnie. Elle y avait grandi avec le sentiment d'être unique. C'est en France qu'elle apprit à distinguer ses origines. Des critères physiques la guidaient dans sa recherche : une certaine couleur de peau, de cheveux et de prunelles.

Un petit garçon tout blond à la main — le fils de Jacqueline et d'un éphémère époux anglais —, Malika gardait pourtant en elle des images moins stéréotypées dont la persistance la sauvait du jugement débile des physiologues : les yeux bleus d'une grand-mère, la peau vanille des bras nus de ses sœurs là où le soleil ne l'atteint pas, et le regard couleur chardon de Tahar, plus bleu que celui de l'enfant qui la suivait dans toutes ses promenades.

Malika allait partout avec lui : le long des rues pavées, bordées de cafés, de cinémas, de librairies où elle n'entrait pas, dans le dédale obscur d'un quartier qui devait lui paraître aussi vieux qu'Essaouira, mais rose et au fond plus tranquille, qui possédait ses mendiants sur les trottoirs, ses chiens perdus et ses enfants de Bohême. Une diseuse d'aventure s'offrit à lire dans sa main. Elle jouait du tambourin.

Malika pénétrait dans les vieilles cours, elle s'asseyait sur les bancs publics, elle regardait passer les gens. Innocemment, elle attendait quelqu'un. Un homme, sans aucun doute. Jacqueline prétendait qu'il existe quelque part un homme pour chaque femme et que chaque femme le trouve à son heure. Personnellement, je n'en ai jamais fait l'expérience. Et j'ai passé l'âge de croire encore au prince charmant... Mais il est possible que Jacqueline, malgré ses chagrins d'amour à répétition, fût assez juvénile et assez enthousiaste pour s'attacher comme à une bouée de sauvetage à ce rêve de midinette d'un homme qui arrive à son heure et qui vous sauve !

En considérant Malika comme une enfant à former, à instruire, Jacqueline la tenait pour une femme en puissance : un être à ne pas désespérer d'avance. C'est pourquoi elle lui tenait des propos enjoués. Elle voulait la rassurer, la convaincre que l'amour existe tout en la mettant en garde contre sa naïveté. Elle prit son rôle au sérieux. Elle initia Malika à la contraception, aux principes de l'amour physique. Puis, ayant fait le tour de la question, elle l'emmena chez sa voyante, c'est-à-dire chez moi, afin de mieux la préparer à l'avenir. Elle déclara que Malika détenait au moins un atout, et un atout d'exception : sa beauté. Courtisane, elle affirmait que le corps est une richesse à ménager. Un trésor ou un capital. Vue du ciel, cette lionne, ascendant capricorne, était une figure insaisissable. Vue de la terre, elle représentait, pour un homme du moins, une aubaine.

Elle finit par se rendre boulevard Jourdan, toujours sur le conseil de Jacqueline, à la Maison du Maroc, au sein de la Cité Universitaire. Elle erra longtemps d'un bâtiment à l'autre, dans ce campus qui ressemble à une ville de garnison, tracée au cordeau. Dans des logements séparés, les jeunes gens venus du monde entier étudier à Paris se retrouvaient entre étrangers, ils avaient leurs maisons, avec leurs traditions et leur art de vivre. Le campus tenait du ghetto et de la fête foraine, on y étudiait, on y dansait, on y trafiquait des bijoux et la drogue circulait entre les pages des livres de la bibliothèque. Les transistors se renvoyaient à tue-tête des succès anglo-saxons et des rythmes africains.

Devant la Maison du Maroc, Malika s'arrêta net. La porte, en forme de haute voûte, était la copie conforme de l'entrée en céramique d'une mosquée. Majestueuse, sévère, elle en disait long sur le climat résolument musulman qui devait régner à l'intérieur. Depuis qu'elle avait posé ses pieds nus sur le continent, Malika n'avait plus rien vu de marocain. Elle hésita. Cette porte la ramenait à son enfance. Elle eut peur d'entrer. Elle la contempla avec une fierté chauvine, songeant qu'elle devait enfermer des mystères ou des amours de princes. Les Mille et une nuits marocaines au sein de la Cité Universitaire.

Osant pousser à deux mains le lourd battant, elle se trouva projetée dans la pénombre d'une énorme pièce, aux volets fermés en cette après-midi pluvieuse, traversée de petites ampoules qui éclairaient en rouge un décor résolument moderne meublé de sièges de plastique, de tabourets de fer et de tables en forme de cube. Le jean de Malika avait viré au violet, le blouson de cuir beige que lui avait acheté Jacqueline — un cuir d'agneau nourri au lait — avait de drôles de reflets, la lumière dansait sur la silhouette immobile, avec des mouvements de lianes ou de caresses.

Des étudiants en jeans comme elle se trémoussaient sur une musique rock. Quelque part, sur un disque, un Noir américain chantait. Éclairés par des spots, sans se soucier du bruit, des garçons et des filles lisaient le journal, regardaient la télévision ou discutaient. Au mur, des photos du Maroc : une mosquée, une montagne, une Berbère tatouée figeaient quelques souvenirs tribaux, entre des affiches de vedettes du sport ou du rock.

Malika, soudain très à l'aise, sourit à l'ensemble du groupe et se dirigea vers le fond de la pièce commune, où avaient été installés la sono et le bar. Un type très grand, barbu et maigre servait du thé et du coca entre deux piles de disques. Chaque garçon officiait à tour de rôle ; ce jour-là, elle rencontra Ali.

Ali habitait la Cité depuis cinq ans. Il y vivait chaotiquement, avec des absences prolongées et des apparitions subites. Il prétendait suivre des cours d'économie politique à Censier, personne n'était allé vérifier s'il assistait aux conférences, si son nom figurait sur les listes des candidats aux examens. Les études n'étaient peut-être qu'un alibi, Ali ne se promenait jamais avec un livre, on ne le voyait pas étudier. Mais, à la Cité Universitaire, quand c'était lui qui choisissait les disques, les étudiants dansaient. Il savait « chauffer l'ambiance » et souvent il apportait avec lui les derniers succès des boîtes de nuit.

Ce grand Marocain du Sud avait vécu à Casablanca. C'est le seul détail précis de sa biographie. Ce jour-là, il dut dévisager Malika avec ce regard que je lui ai connu, un regard chaud et brutal qui donnait l'impression de lire vos pensées. Il déshabillait les femmes des yeux, sans aucune pudeur, mais avec une telle assurance, une telle violence, qu'aucune ne songeait d'abord à se défendre. Il les hypnotisait. Malika éprouva, m'avoua-t-elle, le plaisir d'être admirée. Enfin, elle suscitait un intérêt qui lui paraissait digne d'elle : Ali, malgré sa maigreur, était un bel homme. Vingt-cinq ans environ, élancé, nerveux et longiligne, il avait des mains magnifiques, aussi aristocratiques que sa personne était vulgaire, et un visage qu'un sculpteur aurait aimé découper dans la pierre. Avec les femmes, il misait sur son physique et sur leur inexpérience. C'était un homme dominateur, qui exerçait un terrible ascendant sur celles qu'il séduisait. Malika ne devait pas lui échapper.

À la Cité, la jeune fille connut des Marocains de son âge. Ils avaient moins de souvenirs à partager que d'étonnements ou de craintes à dissiper ensemble. Les filles ne portaient pas le voile. Elles s'habillaient à l'occidentale. Elles n'avaient à subir aucune brimade de la part de l'autre sexe et pouvaient exprimer librement leurs opinions. Elles étaient aussi indépendantes que des Françaises et affichaient leurs caractères distinctifs souvent avec panache.

Entre autres personnages dont je n'ai pu retrouver la trace, Malika connut Yasmina. Arrivée de Rabat, tout juste un an avant elle, de famille fortunée, elle avait reçu une éducation libérale ; elle suivait des cours de français à la Sorbonne — non pas les cours pour étrangers mais ceux de littérature comparée. Elle avait un accent pointu, à la parisienne, et des relations dans le XVIe arrondissement. Sa culture, son entourage, son éducation étaient un frein à une amitié plus solide. Yasmina n'apportait à Malika qu'une attention distraite, elle la trouvait « superficielle ». Elles écoutaient de la musique ensemble, Yasmina parlait de sa belle maison, de ses frères et sœurs, elle avait besoin, dans l'anonymat où la tenait l'exil, de jouer les personnes importantes. À Rabat, on attendait son retour, on fêterait ses diplômes, sa thèse sur Chrétien de Troyes, on admirerait ses connaissances nouvelles et son élégance parisienne. Malika n'avait rien d'autre à lui faire découvrir qu'une vie domestique, tranquille et sans prestige. Elle se taisait. Heureuse d'avoir une amie, et peut-être pour se l'attacher, Malika lui prêta ce qu'elle avait de plus précieux, son blouson de cuir. Elle devait le lui laisser en cadeau, lorsque Yasmina retournerait à Rabat. Malika qui avait manqué de tout était indifférente aux objets, même à ceux qui l'avaient longtemps, obstinément tentée.

Il y eut aussi Narriman. J'observe que Malika se liait souvent à des êtres privilégiés que la beauté distinguait du commun. Narriman, cette autre jolie fille, venait d'Agadir. Ses parents y tenaient un commerce de vêtements — gandouras, djellabas, burnous — dont les touristes raffolaient et qu'ils essayaient sur place, au bord du trottoir. À Paris, elle travaillait chez un oncle et une tante qui avaient un restaurant derrière le boulevard Saint-Germain, entre la gare d'Austerlitz et le Jardin des Plantes. Ne pouvant la loger, ils lui avaient trouvé cette chambre à la Cité. Narriman suivait des cours de langue pour étrangers et corrigeait souvent le français encore approximatif de Malika. C'est elle-même qui avait obtenu de venir en France. Elle croyait y trouver la libre opulence. Les touristes européennes lui avaient fait miroiter les beautés de Paris... Ici elle n'attendait plus que l'été pour rejoindre les siens, dans les brumes d'Agadir. Narriman cherchait à convaincre Malika de la rejoindre dans le Sud, région qui, depuis qu'elle l'avait quittée, lui apparaissait la plus belle du monde.

À la Cité Universitaire, les rêves de retour étaient plus nombreux que les projets, souvent flous, de fixer sa vie en France. Le pavillon du Maroc ressemblait à une salle de transit dans un aéroport. Mais, si elle ne songeait aucunement à retourner sur ses pas, Malika ne formait pas non plus de projets. Elle promenait dans le campus sa placidité de reine et semblait se moquer de tout.

Elle allait chercher Narriman à son restaurant et elles gagnaient ensemble à pied la lointaine Cité. Le petit garçon de Jacqueline trottinait entre elles. Lorsqu'il était fatigué, elles le portaient tour à tour sur leur dos, à la manière des Africaines. Malika restait un peu dans l'atmosphère rouge de la Communauté, à boire le thé à la menthe et à écouter les chansons des Rolling Stones.

Il y eut encore Kari, une fille qui voulait être danseuse. Elle vivait en collants noirs et en ballerines à bouts rembourrés, elle s'entraînait avec des ballons ou avec des foulards de mousseline qu'elle oubliait sur les tabourets. Elle disait à Malika de travailler, de s'essayer à une activité artistique, de trouver une voie. Elle l'accusait d'être paresseuse. Malika haussait les épaules, et continuait d'observer d'un œil froid ses pirouettes et ses entrechats.

Il y eut enfin les garçons. De l'acné sur le visage, des vêtements usagés, des cartables bourrés de livres, en plus de leurs études, ils exerçaient de petits métiers. Karim et Abdel : deux cousins, venus du Nord, des environs de Meknès, où leurs pères respectifs travaillaient la terre, étaient tous les deux amoureux de Malika. Ils surveillaient de loin ses allées et venues. Étudiants en médecine, accablés de leçons et de stages, obligés d'être livreurs, coursiers, ou garçons de restaurants pour survivre, ils trouvaient le temps de s'intéresser à elle. Ses airs fragiles ou innocents leur inspiraient le désir de la protéger. Ils la raccompagnaient lorsqu'il était tard, jusqu'aux grilles déjà fermées du Luxembourg. Ils attendaient qu'elle disparaisse à l'angle de la rue Soufflot. Karim était le plus fidèle. Il lui prenait la main dans la rue. Et souvent, comme s'il s'agissait de son fils, il portait sur ses épaules l'enfant de Jacqueline.

Marcher dans Paris, de la Seine aux rives de la banlieue sud, de la gare d'Austerlitz à l'Observatoire et du Café de Flore à Montparnasse, constituait avec les courses et le ménage l'essentiel de ses activités. Malika demeurait passive, suspendue à une sorte de logique, qui prenait souvent la forme et le visage des gens qu'elle rencontrait. Des amitiés superficielles, et la musique en révolte des groupes de rock and roll meublaient agréablement les temps encore morts.

Ali était comme elle à l'extérieur du cercle. Plus âgé que la plupart des étudiants de la Cité, il affichait une indifférence magistrale à tout ce qui préoccupait les jeunes gens : les heures de cours, les dates de concours, les dictionnaires ou les articles du *Monde*. Il devait avoir une vie professionnelle en dehors de la faculté où personne ne le rencontrait jamais. Il ne fournissait aucune explication, personne ne savait ce qu'il faisait ni où il allait. Ses disparitions mystérieuses et ses retours qui l'étaient tout autant lui conféraient du prestige. Il avait beau s'exprimer de manière vulgaire et autoritaire, il prétendait connaître des gens influents. S'il agaçait, si on le détestait, on ne le montrait pas.

Pour Malika, Karim et Abdel étaient encore des garçons, Raymond François avait l'âge d'un père ou d'un frère aîné, Ali était un homme. Devant lui, elle cessait de jouer les petites filles, elle était une femme.

Ali l'attirait, d'abord physiquement. Elle était fascinée par son regard, incapable de résister à son magnétisme. Elle n'avait pas peur. Elle possédait elle aussi un pouvoir animal. Plus raffinée que lui, précieuse et coquette, elle n'en demeurait pas moins de la famille des impulsifs et des sensuels : l'instinct la dominait, elle ne raisonnait pas ses désirs.

Ali, lui, entrait dans une autre catégorie, plus combative et plus rude, celle des carnassiers. C'était un homme féroce, dans le béton des villes. La faim, le sexe et la volonté de puissance étaient ses principaux moteurs ; la subtilité ne compliquait pas son caractère. Il avait une intelligence organisée, logique, qui laissait peu de place aux sentiments. Une brute à l'allure et aux mains de prince. Malin comme tous ceux qui ont appris très tôt les règles de la débrouillardise, il était à vingt-cinq ans maître d'une philosophie forgée dans la misère et les calamités, et qui lui dictait de satisfaire ses exigences, sans rien espérer des autres que des coups de bâton.

Ali était un solitaire. Comme Malika, il pouvait se passer de la compagnie humaine, il ne rejoignait le troupeau que pour se reposer, disparaître ou se faire oublier. Il en repartait dès qu'il avait recouvré des forces. Il s'en allait chasser. Sa vie était une traque permanente. Traque des femmes, de l'argent, de la drogue et des armes. Je n'ai pu qu'entrevoir une part de ses multiples activités, soupçonner l'importance et la variété de ses délits. Il était trop méfiant, trop prudent. Et cette malignité qui tenait la police en échec n'était qu'un instinct de plus, un réflexe de défense, la ruse d'un loup-cervier.

Je ne doute pas que si Ali revint à la Cité Universitaire après y avoir aperçu Malika, ce fut pour la séduire et la prendre. Elle était assez belle pour ne pas passer inaperçue, une proie de tout premier choix. Ali ne laissait jamais un désir inassouvi. Il allait jusqu'au bout de ses passions.

À son retour, après une absence de plusieurs mois, elle devint sa maîtresse. Dès lors les étudiants n'eurent plus à ses yeux aucune importance. Elle revint à la Cité de temps en temps, les premières semaines, puis elle la déserta. Sa silhouette ne fut plus qu'un souvenir, celui d'une brune splendide au sourire de sphinx, qui tenait un enfant blond à la main. Seuls Karim et Abdel l'aperçurent encore dans le quartier du Panthéon où la nostalgie les ramenait, mais ils finirent par renoncer à elle.

Jacqueline ignorait les occupations de Malika. Elle respectait trop son indépendance pour soumettre à un quelconque interrogatoire une jeune fille qui avait chez elle une conduite irréprochable. Du moment que son fils était protégé, pouponné aux heures où elle-même travaillait, que l'entretien quotidien était assuré, Malika pouvait aller et venir et n'avait aucun compte à lui rendre. C'est pourquoi mon amie ignora si longtemps la liaison passionnée de la jeune fille. Et Malika ne se serait probablement jamais confiée si, inquiète pour sa santé, alertée par sa mauvaise mine et par sa maigreur, Jacqueline ne lui avait enfin posé quelques questions.

Malika n'avoua pas d'abord son amour. Elle parla des « amis » d'Ali, des gens qu'elle fréquentait, des endroits où elle les retrouvait. C'était autour de Beaubourg, entre le Châtelet et la République, dans l'ancien quartier des Halles, parmi la faune des saltimbanques, des Maghrébins parvenus et de la jeunesse bohème qui fréquentent les restaurants exotiques, les bars et les bouges où *le fric* circule en douce avec *la poudre.* C'était au nord du boulevard Sébastopol jusqu'au canal Saint-Martin, dans des studios loués ou dans des hôtels dont elle limitait la description à un seul adjectif : froids. On aurait dit qu'elle cherchait à circonscrire sur un plan de Paris les chemins de sa vie. Enfin, plus rarement, expliquait-elle, on l'amenait à la lisière des banlieues nord, dans le no man's land et le parfait anonymat de soirées organisées.

Jacqueline comprit ce que Malika passait sous silence et, réaction inattendue de la part d'une femme qui faisait elle-même commerce de ses charmes, se mit en colère. Elle s'offusqua de ce qu'elle appela devant moi « le dérapage » de Malika. Elle en fut réellement choquée. Tenait-elle plus fort que je ne l'aurais cru à cet exemple de pureté qu'elle abritait chez elle ? La pureté de Malika lui était-elle devenue indispensable pour supporter sa propre déchéance ?

Jacqueline eut tout à coup le sentiment d'avoir « contaminé la gamine », en lui donnant l'exemple du bonheur clinquant, illusoire, d'une séductrice enveloppée de satin et de paillettes, fausse image d'une vérité plus âpre ou d'un destin de solitude. Malika n'avait jamais entrevu la part du danger ni celle inévitable de la souffrance, dans la prostitution. Elle avait seulement voulu suivre les traces de la courtisane et, tout en contentant son amant, s'exercer à vivre de son corps. Jacqueline ne lui avait-elle pas enseigné qu'il était tout son capital ? Très vite, l'argent et l'amour s'étaient trouvés ensemble sur le même plateau de la balance. Il lui semblait impossible de les dissocier.

Jacqueline n'accabla pas Malika. Elle accusa Ali. Elle traita l'homme de « maquereau », de « salaud », « de monstre ». Si elle n'eut jamais l'occasion de lui dire de telles paroles en face, je doute que Malika les ait rapportées à l'intéressé. Il fixait leurs rendez-vous à plusieurs stations de métro du Panthéon et il évitait obstinément de la raccompagner chez elle. Il avait appris à se méfier des gens et il l'aurait sévèrement punie si elle avait amené Jacqueline sur ses talons.

Cette dernière dut se contenter de le maudire et de le vouer aux pires démons femelles. La crainte d'attirer sur elle une enquête la retenait de le dénoncer à la police. Impuissante, elle haïssait cet homme. Malika prit la défense de l'accusé et devant elle plaida pour son amour.

Malika jubilait quand elle était auprès d'Ali, elle aimait rôder avec lui, dans les quartiers où il avait ses habitudes. Elle le rejoignait les dimanches et lundis soir quand la présence de Jacqueline rendait inutile la sienne dans la bonbonnière du Panthéon. Elle enfilait une robe noire, les escarpins dorés que lui prêtait mon amie et son blouson de cuir beige. Elle emportait dans un sac à dos un tube de rouge à lèvres, des tickets de métro et l'adresse chiffonnée de Raymond François — le vieux papier était devenu un gri-gri, elle ignorait le sort malheureux de Raymond et croyait encore qu'il veillait de loin sur elle. Ce sac à dos qui ne contenait à peu près rien trahissait son constant désir de départs. Comme disaient mes manuels de psychologie, Malika était « un être en mouvance ».

Elle descendait à la station qu'Ali, d'un coup de téléphone rapide, lui indiquait au début de la semaine. Il lui donnait toujours rendez-vous dans un bar, à une table où il était rarement seul, devant une tasse de café. Il ne buvait pas d'alcool. Elle le trouvait souvent en compagnie d'autres couples — français, marocains, portugais, chinois... Dans la vie d'Ali, il y avait des connaissances, des relations, des camarades, des frères de la rue, des potes. Il n'y avait pas d'amis. Les hommes, que, pour la plupart, elle ne connaissait pas ou dont elle ne parvenait pas à définir clairement les liens avec Ali ou les activités, l'accueillaient par des sifflements ou des coups d'œil admiratifs. Ils appréciaient son arrivée. Les femmes s'enfonçaient dans leurs sièges ou s'esquivaient aux toilettes. Rares étaient celles qui partageaient la délectation de leurs hommes. Ali la prenait près de lui et pendant toute la discussion caressait la peau tendre de ses cuisses. Il s'excitait et excitait les types qui le regardaient faire. Malika ne bougeait pas. Elle aimait trop les mains d'Ali et le regard brûlant de ces étrangers la flattait.

Autour d'elle, il était question de fêtes, d'hôtels, de pourboires, de pourcentages, de voyages en province ou dans des pays étrangers. Malika n'était sensible qu'à la présence d'Ali, à la chaleur de sa paume et au rythme nerveux de sa voix. Une voix que j'ai toujours trouvée sèche, cassante et impérieuse. Pour Malika, cette voix pour elle onctueuse et troublante était celle de l'amour.

Ali pourtant ne se donnait guère de peine. Il n'était pas de ce genre d'hommes prêts à se surpasser pour gagner le cœur et le corps d'une fille. Selon moi il n'a jamais eu qu'une seule qualité : il s'affichait tel qu'il était vraiment, avec une impudeur et une sincérité qui tenaient sans doute à l'extrême satisfaction qu'il éprouvait de lui-même. Je ne peux pas lui reprocher d'avoir menti à Malika. Elle fut séduite en toute connaissance de cause. Il était sûr de lui avec raison : il attirait les femmes les moins faites pour tomber folles de ce genre d'individu. Il comptait ainsi parmi ses victimes des personnes « vieille France », des provinciales aux airs collet monté et prudes. À croire qu'il les envoûtait. Les femmes qui l'aimaient lui trouvaient un pouvoir animal. Elles cédaient à l'appel du sexe et à celui d'une virilité qui chez Ali s'affirmait éclatante et prometteuse.

Ali n'était ni tout à fait un *mac*, cette race haïe de Jacqueline, ni tout à fait un voleur ; il n'avait jamais tué personne et Interpol ne se préoccupait pas de son existence. C'était un touche-à-tout, sans vraie spécialité. Quelques souvenirs de prison, deux ou trois mois vite rachetés par l'avocat d'une dame haut placée, l'avaient rendu méfiant. Il ne se confiait à personne et portait autour de lui un regard qui ne laissait rien dans l'ombre. C'était un mafioso qui agissait seul. Un chasseur de têtes qui ne considérait que les corps. Un petit « traficoteur » en valeurs refuge — or, cuir, drogue. Un revendeur de revues porno « de premier choix », interdites en France et qu'il se procurait chez les Allemands et les Suédois. Un fournisseur de main-d'œuvre au noir, de marchandise volée, de cartes d'identité ou de travail et aussi de femmes. C'était un gigolo qui passait dans ce domaine pour savoir contenter ses clientes, audelà de la demande. Et, pour achever ce charmant tableau, il faut ajouter un dernier détail : afin d'arrondir des fins de mois difficiles, Ali était indicateur de police. Il était assez malin et organisé pour brouiller les pistes en passant tour à tour du camp des traqués à celui des traqueurs. Cette équivoque le mettait à l'abri de la « cage » ainsi qu'il appelait la prison — la seule punition qu'il eût appris à redouter.

Il réussissait à tenir toutes ses activités séparées les unes des autres par des cloisons étanches. Les flics ignoraient volontairement l'identité des filles, « marchandise » sur laquelle ils préféraient fermer les yeux afin d'obtenir des renseignements sur des détenteurs de « came » ou d'armes. Les propriétaires de sex-shops le tenaient pour un étudiant aux Langues-O, un lettré aux fantasmes très peu poétiques. Les Palestiniens ignoraient qu'il vendait des revues porno et des femmes. Les autres maquereaux méprisaient ce dilettante. Ali survivait grâce au quiproquo permanent qui entourait sa personne.

C'est par un commissaire de police de la Mondaine, client de mon cabinet de voyance, que j'ai pu apprendre sans qu'il entre dans plus de détails la diversité et l'ampleur de la délinquance d'Ali, ses liens avec le milieu, et son appartenance à une organisation terroriste africaine. Ali n'est pas assez dangereux pour qu'on le boucle, me dit le commissaire. On l'a à l'œil. Il est utile et on s'en sert. Au Moyen Âge, il aurait mérité la potence. Au XXe siècle, il était un modeste maillon dans l'organisation du vice.

Le jour et les nuits ordinaires de la semaine, Malika menait une existence d'employée modèle. Elle consacrait son énergie à l'enfant, aux thés, au repassage du linge soyeux de Jacqueline, et parfois, elle cuisinait tout un repas marocain, de la pastilla aux cornes de gazelle et aux doigts de Fatima, assaisonnés d'aromates et d'eau de fleur d'oranger, qu'elle servait aux amies.

Comme une mère, Jacqueline avait de l'ambition pour la jeune fille. Elle s'imaginait revivre en elle. De manière troublante, elle pensait que ce corps jeune et joyeux relèverait le défi de ses désirs frustrés, de ses amours manquées, et que sa réussite serait plus complète que la sienne. À trente-cinq ans, elle regrettait de n'avoir pas encore su s'attacher un homme pour passer en douceur à un âge où l'indépendance devient un danger, de la position de « femme libre » à celle, plus confortable, de femme entretenue. Elle voulait, en conseillère avisée, former Malika au difficile parcours d'une séductrice à gages. Le temps la prit de court. Elle inculqua à Malika seulement les rudiments d'une éducation qu'elle avait conçue en grand. La jeune fille s'émancipa plus tôt qu'elle n'aurait cru et sur un chemin qui ne présageait selon elle que des catastrophes.

Voilà que mes paroles vont choquer des gens au confort et à la morale établis. Mais c'est la vérité : jamais Jacqueline ne souhaita pour Malika une autre existence que celle qu'elle s'était elle-même donnée, et qui était moins fondée sur le vice que sur le goût du luxe facile. Pour l'aider, elle inscrivit Malika à des cours en Sorbonne, l'après-midi. Tandis que le petit garçon coloriait sagement des albums d'images, à côté d'étudiants polonais, turcs ou africains, elle écoutait comme une berceuse les cours d'une vieille demoiselle, une institutrice qui devait leur apprendre à lire et à écrire, en français. Elle fit des progrès à l'oral. Mais aucun dans l'apprentissage de la lecture. Par manque d'attention, de zèle et d'application aussi, elle devait somnoler dans l'amphithéâtre aux trois quarts vide. Elle n'avait aucune soif de cette forme de culture. Aussi en demeura-t-elle à un stade à peine amélioré de l'illettrisme. Elle séchait la plupart des cours pour flâner dans les rues.

Elle n'avait ni complexe d'infériorité ni honte à ne pas savoir bien lire. Elle croyait aux dons naturels, à la force intérieure, aux miracles des étoiles et de quelques individus, prodiges ou magiciens.

Jacqueline vint me consulter, non pour éclaircir son ciel étrangement assombri, mais pour voir clair en Malika, et baliser la piste de son parcours de combattante. Je n'eus aucune peine à discerner le rapport de mère à fille qui s'était établi entre elles, mais je vis bien aussi l'étonnante osmose : Jacqueline se revivait à travers elle. Elle était rendue à l'insouciance et aux rêves par cette belle jeune fille toute simple qui lui tendait un miroir. Il reflétait pour l'une la jeunesse et toutes ses promesses, pour l'autre une splendeur fragile et déjà sur le déclin, beaucoup de regrets aussi. Il emmêlait les visages, il confondait les temps, il montrait tour à tour le tourbillon d'une vie, ses folies, sa fièvre, son mirage d'une réussite sociale, et puis tous les espoirs d'une gamine.

Les autres nuits, celles du dimanche et du lundi où Jacqueline suspendait ses activités et demeurait au repos chez elle, consacrée à ses thés de Chine, à ses crèmes de beauté, au jeu de l'oie ou aux émissions préférées de Michaël à la télévision, parfois à la compagnie tendre de l'une de ses amies, Malika s'évadait. Commençait alors pour elle une tout autre vie, moins ordonnée, moins sage : sa vie de femme. Lorsqu'elle quittait de nuit l'appartement du Panthéon, avec la bénédiction de Jacqueline, émue de la voir amoureuse, Malika devenait une autre. Une créature nocturne.

Malika rejoignait Ali. Quand les conversations s'achevaient, dans la fumée du tabac, ils repartaient ensemble vers les hôtels à une étoile, dont Ali renouvelait l'adresse. Il avait plus d'une planque dans Paris et baroudait d'un arrondissement à l'autre. Il connaissait leurs pièges et leurs oasis, il avait ses repères. Les enseignes lumineuses leur servaient de messages, Ali se guidait aux néons comme les hommes bleus aux étoiles.

Malika suivait ses longues enjambées, il marchait vite et sans se retourner. Les hôtels répondaient à sa règle de prudence : anonymes, discrets, ils l'abritaient un mois ou deux, puis ne le revoyaient plus. Il revenait peu sur ses traces. La Cité Universitaire était sa seule escale répétée. Sauf boulevard Jourdan, il n'avait pas d'adresse. Des messages, des paquets l'y attendaient parfois pendant des semaines. Il y habitait sans y être. La rue et l'hôtel étaient son vrai territoire.

Malika et Ali s'aimaient dans ces chambres. Ils y restaient enfermés tout un jour. Ils ne sortaient pas. Je pourrais décrire les volets fermés, les draps défaits, les vêtements épars sur la moquette, la chaleur, l'odeur d'amour. Je pourrais évoquer les corps, la minceur et la force de l'homme, ses muscles, son sexe, puis la souplesse de la femme, la couleur claire et mate de la peau, ses longues jambes enroulées autour du buste viril, aux os saillants. Ses mouvements lents et souples, tels que je les imagine d'après sa superbe plastique, je pourrais en marquer le tempo, souligner cette violence dont elle était capable, ce feu qui dormait en elle et qui pouvait se réveiller en une transe vaudoue.

Je pourrais écrire ce chapitre. Je n'ignore aucun détail de leurs jeux érotiques. La plus secrète des femmes avait des impudeurs ; elle m'a elle-même rapporté crûment, sans se gêner ni chercher à me gêner, ce qu'elle préférait dans l'acte sexuel. Les positions les moins classiques lui plaisaient, elle faisait « tout ce qu'Ali lui demandait ». Ce qui l'excitait surtout c'était de lui donner du plaisir. Mais guidée par le respect que je dois aux héros de cette histoire vraie, je n'écrirai pas leurs scènes d'amour. Il est sûr que Malika a aimé Ali de toutes ses forces. Il avait remplacé son étoile.

Ce qui frappait restait la relation de dépendance où elle s'était volontairement placée — cette espèce de fascination que l'homme exerçait sur elle et son besoin physique de lui. On aurait dit qu'il la droguait. Ses absences et ses disparitions soudaines la laissaient en état de manque. Elle n'était jamais furieuse, ni triste, ni soupçonneuse, ni simplement jalouse, Malika ignorait les états d'âme. Mais elle se mettait à souffrir physiquement. Elle devenait nerveuse et ne mangeait plus. Elle dormait à peine. Si Ali ne téléphonait plus, s'il l'oubliait, elle était capable de poursuivre son fantôme dans Paris, pendant des nuits entières. Les gens qui ne la connaissaient pas la prenaient pour une droguée privée de sa dose vitale.

Elle accepta bientôt de coucher avec des « amis » d'Ali, « pour lui faire plaisir ». C'était la condition qu'il avait posée à leur histoire d'amour. Il livrait Malika, de temps en temps, pour flatter un homme dont l'importance ou l'influence étaient décisives dans ses affaires. Il payait l'hôtel, puis les laissait seuls.

D'abord Malika ne toucha aucun argent pour ces « visites ». Ali s'arrangeait avec ses amis, avant ou après, elle ne savait pas. Elle se déshabillait simplement puis, comme dans les bras d'Ali, elle les laissait faire. Aussi surprenant que cela paraisse, elle éprouvait une joie de donner du plaisir à des gens qui pouvaient être utiles à son amant et qui lui raconteraient sans doute la séance. Les « visites » étaient rares. Elle s'appliquait.

Elle attendait avec impatience le retour d'Ali. Parfois elle rentrait sans l'avoir revu.

Elle dut s'habituer à ce nouveau rite, l'exception était devenue la règle. Ali couchait moins souvent avec elle, ses remplaçants se succédaient dans les hôtels où il lui fixait des rendez-vous, selon un programme qui respectait le temps qu'elle devait consacrer à son travail chez Jacqueline. Des inconnus lui faisaient l'amour : pour l'amour d'Ali, elle était docile et câline. C'est le plus grand scandale de la vie de Malika : cette absence de rébellion, cette passivité effrayante devant le commerce qu'on faisait d'elle.

Le plaisir d'Ali, du moins les « visites » qu'il organisait furent vite rétribuées. Ali ne payait plus l'hôtel. « L'ami » réglait au passage, à la réception, et il devait verser à Malika le montant exact de la somme convenue d'avance sur laquelle Ali prélevait une commission. Les rendez-vous étaient en général promptement expédiés et il n'y avait qu'un homme par soirée. Leur fréquence était suffisamment espacée pour qu'elle oublie leurs visages et la façon dont ils l'utilisaient. Elle me raconta ces aventures sordides sans le moindre signe de haine ou de tristesse. Mais elle était assaillie par une crainte éperdue, une crainte panique : perdre Ali. Définitivement.

Quant aux tarifs, ils auraient fait hurler Jacqueline : pour Malika, après la commission, le prix d'une demi-paire d'escarpins Yves Saint-Laurent, par passe.

J'ai dit qu'Ali respectait l'emploi du temps de Malika lorsqu'elle s'acquittait chez Jacqueline de ses obligations domestiques. Il préférait les filles autonomes, il ne les avait pas financièrement à charge. Mais quand il y avait une urgence — un « ami » impatient ou une occasion spéciale —, il n'hésitait pas à l'appeler. Il augmentait les tarifs à hauteur de la paire d'escarpins ou de la paire et demie, et il lui téléphonait de réserver telle nuit dans la semaine, à un rendez-vous exceptionnel. Malika se livrait à la prostitution en amateur. Ses rémunérations ne comptaient que pour de l'argent de poche. Si Ali l'entraîna dans une voie qu'elle n'aurait pas choisie seule, et qui était bien loin des plans que Jacqueline forgeait pour elle en rêvant de la recommander un jour, quand elle aurait mûri, à de riches et paisibles protecteurs et s'il abusait de son prestige amoureux, il ne la brutalisait pas. Il ne la soumit jamais à un réel esclavage. Elle était disponible et consentante. Et libre.

C'était à des hommes de toutes sortes qu'il la livrait. Une soirée dans un bar ou un restaurant précédait quelquefois la séance en chambre mais elle n'avait que rarement l'occasion de les connaître. Aucun ne fut assez laid, vicieux, sale pour la faire fuir, ni assez dangereux pour qu'elle risquât sa vie. Elle n'eut jamais une grande expérience : les hommes (ils furent peut-être trente) ne demandaient rien de très spécial, Ali ne la mettait pas entre les mains des plus pervers. Elle eut pourtant à subir le mépris de ceux qu'excitaient sa peau brune et ses grands yeux noirs. Parce qu'elle était arabe, certains hommes se vengeaient sur son corps d'une rancune qu'elle ne comprenait pas, d'une rage dont elle faisait les frais. Ils l'insultaient, ils la traitaient durement ou, selon son expression — la seule honte qu'elle avoua —, ils la « prenaient salement ».

Malika n'a pas cessé d'étonner la femme mesurée et prudente, la bourgeoise que je suis, et personne, je le jure, n'aurait pu croire en la voyant si sereine et si ingénue, en train de regarder des dessins animés avec Michaël ou de faire des pâtés de sable avec lui au parc, qu'elle s'abandonnait aussi sur commande à des individus qui la payaient. Je constatais qu'elle n'avait pas le moindre scrupule ni même de dégoût à monnayer son corps.

Ce nouveau statut lui permettait de s'offrir comme il lui plaisait des robes ou du rouge à lèvres et ses premières séances chez le coiffeur. Il combla son penchant nouveau pour les accessoires de luxe. Je crois qu'elle aurait pu renoncer à la prostitution aussi vite qu'elle s'y était lancée, si Ali avait été capable d'une relation saine avec une jeune fille amoureuse. Elle n'avait aucun espoir de le voir fidèle ou bon époux. Elle espérait seulement qu'il l'aimerait davantage si elle consentait à ses jeux bizarres, et si elle parvenait à l'éblouir avec les robes et les coiffures qu'elle pouvait désormais s'offrir.

À cette époque, elle se prit de passion pour les changements de coiffure. Elle se fit couper plusieurs fois les cheveux, en dégradés multiples, avec des mèches étranges, de toutes longueurs et de toutes asymétries, jusqu'à ce carré très court qu'elle a fini par conserver. Heureusement, elle n'a jamais touché à la couleur de ses cheveux.

L'erreur de Malika fut de vouloir absolument séduire Ali dont la misogynie était profonde : il avait beau aimer les femmes, au fond il les méprisait. Je crois qu'il devait éprouver du plaisir à les humilier. Pour Malika il avait une indulgence particulière, qui n'entamait pas son indépendance ni son sens des réalités.

Sous le prétexte d'une analyse plus approfondie de son ciel astral, Jacqueline m'envoya Malika une seconde fois rue Saint-Dominique. Notre entrevue fut plus amicale. Moins farouche, moins fermée sur ses secrets, la jeune fille sourit à mes calculs divers, à mes formules magiques et aux dessins que je traçais sur les lignes de son zodiaque. C'est alors qu'elle commença à me parler d'elle, à petites doses et sans aucun esprit de suite : ses premières paroles étaient lancées entre nous comme des confetti.

Je ne la sermonnai pas. Je ne crois pas à l'efficacité des leçons de morale. J'espérais seulement l'aider, en lui permettant d'y voir clair dans l'ombre qui semblait s'étendre autour d'elle et qui, selon les schémas des astres, menaçait de l'étouffer.

Il ne m'appartenait pas plus de la juger que de décider pour elle. Je lui faisais confiance : son rayonnement personnel joint à l'exceptionnelle aura des données célestes (par ailleurs contrariée par les menaces dont je parlais) m'en imposaient. Je l'écoutais d'abord sans rien dire. Puis je lui posais trois questions simples qui furent le départ d'une longue investigation.

Je l'interrogeais sur la France : est-ce que ce pays-ci lui plaisait ? Et que préférait-elle, la France ou le Maroc ? Je la questionnais sur son métier : est-ce qu'elle avait aimé à s'occuper d'enfants ? Voudrait-elle toujours s'en occuper ? Je lui demandais enfin si elle trouvait agréable d'être lionne, ou si elle aurait choisi un autre signe — je lui citais tout le zodiaque.

Elle répondit aux trois sans sourciller. Elle ne savait pas si elle aimait la France plus que le Maroc : ce n'était pas à elle de décider, elle avait suivi une trace, elle se trouvait ici, c'était à la chance de la guider.

Elle aimait bien les enfants, mais elle ne voyait pas la différence entre eux et ceux qui s'en occupent. Elle était dans leur camp, autant que dans celui des grandes personnes. Elle ne délimitait pas strictement les âges, comme nous le faisons. Elle était naïve et ludique, sa sagesse était intemporelle.

Enfin une lionne, pourquoi pas ? Pourtant elle ne s'en cachait pas : elle ne se souciait guère de mes images et de mes pronostics. Ce qu'elle aimait à l'évidence c'était rester elle-même. Un point c'est tout.

Jacqueline dut quitter la France quelques semaines après cet entretien afin de suivre un amant dans un pays du Golfe. Elle ne pouvait emmener Malika d'autant que Michaël irait dans une pension anglaise parfaire son éducation. Elle me demanda de lui rendre le service d'employer la jeune fille comme femme de ménage. Elle continuerait ainsi à gagner sa vie, en attendant mieux. Jacqueline envisageait pour elle, si je consentais à l'aider, des études d'esthéticienne, mais l'incapacité de Malika à triompher de l'analphabétisme retardait toujours le projet.

Je l'employais donc. Moins pour entretenir les deux pièces où je vis et le grand studio sombre où je reçois, que pour rassurer mon amie. Elle s'installa chez moi dans une chambre de bonne que je louais au septième étage. Les adieux avec Michaël furent déchirants : l'enfant et la jeune fille se tinrent enlacés longtemps et il fallut tous les efforts de sa mère pour détacher les bras du petit garçon du cou de Malika où il cachait ses larmes.

Ma nouvelle recrue devait s'occuper du ménage entre neuf et dix heures, avant l'arrivée des premiers clients, préparer un déjeuner rapide puis me tenir lieu de standardiste-réceptionniste-ouvreuse, dans mon petit palais. Elle ouvrait la porte sur un rideau de perles bleues cachant un décor propice aux rêves et aux enchantements. Les murs noirs, étoilés d'or, les rideaux noirs, eux aussi, chargés de quarts de lune, le lustre en verre de Bohême où sont reproduits les astres, les symboles du Croissant, du Soleil, et les seins de Vénus en fausses pierreries favorisent ma concentration. Dans ce cadre un peu factice où s'entrechoquent l'obscurité et le clinquant, pour la première fois, entre mes clients et moi, une silhouette interposait son image.

Malika réussit à ne pas troubler l'atmosphère, silencieuse et austère, indispensable à mon travail. Elle imposa cependant son style. Pieds nus tantôt en jean, tantôt dans les robes les plus courtes qu'elle pouvait trouver, elle n'avait sur elle que sa main de Fatima pour lui donner des airs mystiques. Mais elle était si fraîche et si souriante que les plus torturés de mes consultants entraient chez moi avec décontraction. Elle les irradiait. Elle devint bénéfique. La paix et la douceur nécessaires à l'envol des pensées avaient une qualité de plus.

Le soir, elle retrouvait sa liberté et, entre les sorties au cinéma avec des « copines » que je ne vis jamais, ses soirées au restaurant (une amie de Jacqueline l'aperçut au Fouquet's) et ses nuits avec les uns et les autres, elle continuait de voir Ali. Il était à la périphérie de toutes ses activités. Je le découvrirai plus tard sur la photo que me montrera le commissaire de police. Car Malika, qui m'avait un peu parlé, quand nous déjeunions ensemble dans ma cuisine, des personnages de sa vie, mit plus de temps à en venir à celui-là et aux ombres qui l'escortaient. Si Jacqueline ne m'avait pas révélé son existence, je l'aurais ignorée.

Je n'accablais pas Malika de travail. Et je savais bien que je ne pouvais pas mettre au compte de mes exigences d'employeur la fatigue qui dégradait parfois l'état de santé de la jeune fille. Elle eut à plusieurs reprises des infections gynécologiques, pour lesquelles, à sa demande, je la recommandai à un médecin. Rien de grave, la belle plante avait des défenses immunitaires. Mais, comme le déclara le médecin, le signal d'alarme était déclenché. Il changea ses méthodes de contraception et prescrivit toute une série d'antibiotiques.

Je ne pouvais davantage expliquer par ses seuls émoluments les luxueux accessoires avec lesquels parfois je la voyais sortir : foulards de soie ou longs manteaux de cuir. Je n'intervenais pas. J'attendais qu'elle parle ou qu'un événement suscite un désir de communiquer. Je m'en remettais comme elle à la fatalité. Et j'eus sans doute le grave tort de ne pas avoir entrepris de l'arracher à l'homme qui la tenait sous influence. C'est Ali qui provoqua lui-même le geste que je n'espérais plus.

La police le surprit dans le métro avec une quantité de drogue suffisante pour le condamner à une bonne dizaine d'années de prison. Mais je savais qu'il bénéficiait de protections occultes. Il allait probablement s'en tirer assez vite. Il n'était pas « en cage » depuis plus de quinze jours quand Malika vint me parler. Elle était perdue. Les yeux dans le vague, les mains tremblantes, elle faisait pitié. Je crus qu'elle pleurait parce qu'elle aimait cet homme... Je me préparais à la consoler et à profiter de ces circonstances pour l'aider à se ressaisir. Je lui conseillai de se mettre au vert : je connaissais des sociétés qui organisent des voyages de groupe. Je songeais à lui offrir un voyage en Europe avec des jeunes gens de son âge. Lui changer les idées, la distraire, pour mieux la détourner d'Ali. Peut-être, avec un peu de chance, tomberait-elle amoureuse ? Que faire d'autre, sans recourir à la violence, sans interdire et sans enfermer ?

Or, Malika n'était pas du tout triste ni apeurée, je le compris peu à peu. Elle était sous le choc. Le choc d'une délivrance, désirée et redoutée à la fois. Elle m'avoua que c'était elle qui avait dénoncé Ali. Profitant du passage chez moi du commissaire dont j'ai parlé, elle lui avait indiqué le jour, l'heure et l'endroit où Ali devait remettre entre les mains d'un homme clé du réseau, un certain nombre de sachets de poudre. On avait pu les arrêter ensemble et si, grâce à ses appuis, Ali serait bientôt relâché, l'homme serait condamné à une longue peine.

Ali, bien sûr, ne lui avait fourni aucune indication. Il la tenait à l'écart de toutes ses affaires. Elle avait simplement surpris une conversation en arabe, au sous-sol du bar où il téléphonait tandis qu'en avance à son rendez-vous, elle descendait aux toilettes. Elle s'était arrêtée net dans l'escalier en reconnaissant sa voix. Elle avait écouté et sans hésitation était allée le dénoncer.

Vengeance ? Je ne le crois pas. Bien que cela puisse surprendre, elle n'en voulait pas à Ali de la prostituer. Elle ne lui en voulait pas de lui permettre d'arrondir ses fins de mois par ces méthodes contestables.

Dépit amoureux ? C'est à peine plus probable. Malika, entichée d'Ali au point d'éprouver physiquement, loin de lui, tous les symptômes du manque, ne parvenait pas à le voir aussi souvent qu'elle l'aurait souhaité. Il lui faisait l'amour de moins en moins, elle supportait mal ses fuites ou ses disparitions. Mais à le punir ainsi, elle se privait pour plus de temps encore de sa présence. Elle le perdait.

Elle ne donnait aucune explication à son acte. Elle l'exposait dans sa simplicité. Et ce fut ce jour-là, qu'elle me livra pour la première fois le secret de sa liaison avec Ali et comment elle se prostituait. Elle me parla de Tahar, ce compagnon d'Aït Saïd qui savait si bien partager ses promenades et ses fantasmes. Elle raconta sa famille, elle évoqua Raymond, sa vie à Essaouira. Puis elle revint à Tahar, elle me décrivit les bouquets de chardons inséparables de son souvenir. Et enfin, au milieu de tout ce désordre, je compris.

Malika n'avait pas dénoncé Ali pour se libérer de son emprise. Ni pour se purifier de tout ce à quoi il l'entraînait. Ni par un quelconque dépit de femme jalouse. Elle ne l'avait pas dénoncé parce qu'elle l'aimait. Ni parce qu'elle ne l'aimait plus. Mais simplement, parce que dans le ciel où brillait son étoile, il y avait eu une éclipse. Une ombre était passée sur Ali. Malgré la dépendance où elle était, elle sentait qu'elle devait le perdre. Et lorsqu'elle pressentait, même obscurément, quelque chose, elle s'y conformait. Sans raisonner. C'est ainsi qu'elle livra, en s'exposant à de graves dangers, l'homme auquel elle était liée par toutes les fibres de son corps, sur le seul élan d'une prodigieuse capacité d'intuition.

Les jours qui suivirent cette confession, Malika fut incapable de se lever du canapé. Elle y resta prostrée. Je l'y laissai tranquille, lui portant un peu d'eau ou de lait comme à un animal malade. Je profitai de son accablement pour sortir et pour alerter le commissaire qui confirma en tout point son intervention et me parla plus amplement d'Ali. Je m'inquiétais de sa réaction lorsqu'il sortirait de prison. Il chercherait l'auteur de la délation et il lui serait facile de soupçonner sa maîtresse. Le commissaire m'assura qu'Ali n'avait pu remarquer la jeune femme dans l'escalier qui menait aux toilettes du bar. De la cabine de téléphone — le policier en avait fait l'expérience —, on ne pouvait distinguer que la dernière marche. Malika n'était pas descendue plus bas. Elle était assise à leur table, lorsque Ali était remonté. Pourtant il me conseilla de l'éloigner, moins pour la mettre à l'abri que pour lui changer les idées, et l'empêcher de tout avouer à Ali, au parloir de la prison, ou de se lancer avec lui, lorsqu'il serait libéré, dans une aventure à hauts risques, pour se racheter.

Je proposai donc à Malika ce tour d'Europe avec un organisme pour étudiants. Elle partit comme une somnambule, avec son sac à dos. Trois semaines plus tard, à son retour à Paris, Tahar l'accompagnait.

Plus jeune que Malika, dix-neuf ans, d'une maigreur plus accusée que celle d'Ali, Tahar m'étonna surtout par le bleu indéfinissable de ses yeux. Son regard transparent éclairait un visage encore enfantin, malgré sa fine barbe.

Contrairement à celle de Malika, son histoire était limpide. Elle suivait un cours sans embûches, sans méandres. Elle ne charriait pas de boue.

Il avait quitté Aït Saïd une année après elle, avec la certitude de la retrouver un jour à Paris grâce à la carte de visite de Raymond François qu'il conservait comme un trésor, dans une poche cousue à l'intérieur de sa djellaba. Sur la recommandation du vieillard qui l'avait instruit et qui lui reconnaissait de remarquables aptitudes aux études, il se rendit d'abord là où il avait toujours rêvé d'aller, dans la ville du savoir par excellence : Fès.

Tout le monde connaît l'université, la mosquée el Qaraouiyyîn — ou Karaouine — fondée au IXe siècle par une femme, Fatima, fille de Mohammed el-Feheri, et dont les portes sculptées ne s'ouvrent que pour les seuls musulmans, qu'ils soient princes ou mendiants. C'est un des grands centres intellectuels du Maghreb. Pour un petit paysan du Moyen Atlas dont la famille ne s'occupe que de cueillir les oranges, c'est le cœur battant de la science, un monde proche de la légende, auquel il songe éperdument. Comme une femme à conquérir, comme une citadelle à prendre, la Karaouine, mosquée du Moyen Âge et forum contemporain des idées, était à ses yeux le but suprême à atteindre. Il aurait mis à y parvenir toute son ambition, toute son intelligence, et toute son énergie s'il n'y avait pas eu l'autre rêve : Malika qui exerçait sur lui une continuelle fascination.

Tahar étudia dans une médersa de Fès où ses connaissances religieuses, littéraires et mathématiques acquises au village lui avaient permis d'entrer. Le vieillard d'Aït Saïd lui avait donné la meilleure des formations. C'était un maître, un lettré, un homme de science, comme le Maroc en cache parfois dans ses montagnes ou dans ses dunes de sable.

À côté des cours de grammaire, de calcul, de religion et d'histoire du droit, Tahar apprenait à parler français dans des locaux de la faculté de Fès, situés à la périphérie de la médina. Chaque jour, il parcourait à pied la longue distance qui séparait ces faubourgs de la vieille ville où se situait son école. Il descendait le Talaâ Kebira, il traversait Fès el-Djedid, et quand il s'asseyait enfin sur les bancs de l'amphithéâtre, au milieu des étudiants en jeans — dans sa médersa, le costume traditionnel était obligatoire —, il apprenait avec le même enthousiasme. Il mettait autant de cœur à l'étude du français moderne qu'à celle de l'arabe et du Coran, bien que ces dernières disciplines fussent ses plus sûres et ses plus fières conquêtes. Il s'initiait à deux cultures à la fois. L'une, ancienne et traditionaliste, ne visait pas seulement la science mais la sagesse. Elle enseignait la philosophie, l'étude du droit, sous le regard sévère d'Allah. La seconde, efficace, cartésienne, sans aucune aura religieuse, préoccupée de sciences humaines et de technologies, appartenait à un monde encore étranger, où l'attirait la certitude de retrouver un jour Malika.

L'école le logeait et le nourrissait gratuitement. Il vivait de peu. Il survivait plutôt : les études comblaient sa faim de connaissances. Avec une plume et des livres, Tahar aurait pu se contenter d'eau et de pain.

À Fès, Tahar confirma ses dons. Au bout de quelques années, il écrivait l'arabe classique à la perfection. En poursuivant ses efforts dans cette voie, il aurait pu sans aucun doute être admis à l'université où son sérieux l'aurait promu au rang des meilleurs et lui aurait ouvert la carrière de professeur qu'il ambitionnait.

Pourtant il renonça à la culture qui était la mieux faite pour lui plaire et se tourna vers l'autre, plus tapageuse, celle de l'Occident, vers Malika. Il obtint une bourse. La Sorbonne l'acceptait comme étudiant en arabe et sciences politiques. Il partit pour Paris.

Il parcourut en autocar la route que la jeune fille avait suivie depuis Algésiras, sur la moto de Raymond. Et il arriva à la Cité Universitaire où, sans jamais la rencontrer, il mit ses pas dans les siens.

Il n'y entendit pas parler d'elle. Yasmina et Narriman avaient chacune un fiancé ; elles étaient moins assidues qu'au temps de Malika, aux réunions de la salle commune. Kari se préparait à partir pour New York rejoindre une célèbre troupe de ballets. La médecine et leurs nouvelles petites amies laissaient peu de temps libre à Karim et Abdel. À cause de la nostalgie qu'ils gardaient de la jeune fille — ils me le confièrent lorsque je les rencontrai, dans l'espoir de retrouver sa trace —, ils préféraient se taire. « Elle leur laissait une peine », m'expliqua Abdel. Ils ne fréquentaient pas Tahar. Eux-mêmes avaient depuis longtemps une allure d'étudiants français, ils s'étaient occidentalisés. Alors que Tahar, en djellaba, avec sa barbe et le Coran sous le bras, leur rappelait des traditions lointaines qu'ils ne tenaient pas à voir ressusciter ici.

Tahar bientôt porta des jeans et des chaussures de basket américaines, il affina sa barbe. Il n'avait pas l'intention de se faire remarquer. Mais sa nouvelle apparence ne transforma en rien son comportement ni sa philosophie.

Il ne recherchait pas l'amitié. Il étudiait. Sa ferveur était méritoire et attendrissante : elle lui donnait des ailes, elle lui permettait de travailler sans cesse, dans l'enthousiasme, pour gagner le niveau des meilleurs. Mais elle l'isolait ; elle le fermait à tout ce qui n'était pas dans les livres. Il mettait toute son ardeur dans les efforts intellectuels. Les sciences politiques, discipline pour lui ultramoderne, lui donnaient du fil à retordre : il n'était formé ni à l'histoire ni à l'économie européennes, le monde entier en dehors du cercle arabe lui était encore étranger. Il avait acheté un globe terrestre en plastique qui s'éclairait la nuit. Il s'endormait en regardant les océans bleus et les terres multicolores qui veillaient dans sa chambre.

Ces sciences le passionnaient : il demeurait tard à étudier, dans le silence retrouvé du foyer après dix heures, quand cessait en bas la musique rock. Il lisait les manuels qu'il achetait sur les quais, ou ceux qu'il pouvait emprunter à la bibliothèque Sainte-Geneviève. Il se rassasiait de personnages célèbres, de dates de conquêtes et enfin de statistiques sur le Tiers Monde dont la notion venait l'atteindre ici pour la première fois.

Alors que Malika ne fut jamais sensible qu'aux insultes qui frappaient les Arabes en général, Tahar fut malheureux d'apprendre en fréquentant la Sorbonne, qu'il existe des pauvres non seulement à l'échelle des individus mais à celle de la planète, qu'il est des États pauvres, classés dans un Tiers Monde, et que le Maroc, à la frange de cette catégorie, malgré sa beauté, ses richesses, et ses universités, était relégué parmi les miséreux de la terre. L'idée lui était odieuse, elle le révoltait. Il avait également en horreur, outre cette classification, ceux que le professeur en chaire appelait « les tiers-mondistes ». Pour Tahar, ces hommes et ces femmes de bonne volonté rachetaient leur culpabilité de nantis en se complaisant dans la charité mondiale. Il les haïssait. Il rejetait d'un même élan leur pitié et leur piété, et toutes leurs bonnes intentions. Il sortit de l'amphithéâtre humilié ; il n'avait jamais pensé qu'on pouvait tirer autant d'orgueil d'une supériorité matérielle.

Plus que jamais il voulait devenir professeur. Enseigner. Sauver de l'intérieur, en l'éduquant, la population déshéritée du globe. Pallier la pauvreté par la rage et l'amour d'apprendre. Lui-même serait un exemple. Il était pressé de réussir ses examens, et de rentrer se mettre au travail dans son pays, là où il serait enfin utile. Il échapperait alors aux propos de dénigrement que les Occidentaux tenaient sur les siens.

Mais ce but n'allait pas sans le projet qui l'avait mené jusqu'ici : retrouver Malika. Elle était son autre fanatisme, et sa fidélité. Il ne voulait retourner au Maroc qu'en la tenant par la main.

Il se rendit très tôt chez Raymond François, rue d'Aboukir. Mais Raymond avait sous-loué son studio pour deux ans, il était en reportage au Mexique. C'est tout ce que le locataire qui lui succédait savait de lui. Tahar se renseigna à la bibliothèque de la Sorbonne puis dans les librairies autour de l'Université. Il finit par trouver, chez des amateurs de photographies, des gens qui le connaissaient, appréciaient son travail et le tenaient même pour un artiste méconnu auquel ils espéraient que l'avenir rendrait plus de justice. Aucun de ces amateurs n'avait entendu parler de Malika. Ni d'aucune légende portant ce nom... Tahar feuilleta des dizaines d'albums éparpillés, revendus chez des soldeurs de livres. Puis un jour, par hasard, ou parce qu'il en était ainsi, aurait dit Malika, il tomba sur une pile de magazines que le marchand lui indiqua : ils devaient contenir quelque part, au milieu de pages froissées, des photos de Ray F. Parmi une foule d'autres reportages aux quatre coins du globe, il découvrit le *Géo* du Maroc. C'était le seul paysage qu'il aimait. Il l'acheta pour le lire tranquillement, loin des témoins gênants. À défaut d'une fiancée, il y trouverait peut-être les images de son pays qui lui manquait si cruellement.

Malika lui sauta aux yeux. Elle apparaissait en plein cœur du magazine et il la reconnut, aussi belle que dans son souvenir. Raymond avait voulu représenter en un condensé les multiples visages de ses rencontres, et il avait choisi Malika. Elle était diaboliquement multipliée dans ses apparences comme dans des miroirs à facettes où le visage et la silhouette seraient les mêmes et la personnalité totalement éclatée.

Elle était là, en djellaba bleu de nuit cousue d'or aux manches, comme une princesse de harem, en paysanne berbère avec le visage tatoué de bleu, de rouge, d'orange, avec le haïk blanc qui l'enveloppait des pieds à la tête et ne laissait filtrer qu'un regard rieur. Elle était exposée là, sous les yeux bleus de Tahar, en tenue de gitane, frappant du pied, battant du tambourin, ou accroupie, touillant des herbes jaunes dans une grosse marmite. Il la voyait en T-shirt et en jean, sur l'escalier d'une maison qu'il ne connaissait pas. Et enfin, au bas de l'une des quatre pages, dans un format de carte postale, en noir et blanc, sur une simple toile sombre, nue, absolument nue, les seins très blancs dans la lumière du flash, et le reste du corps, ce corps secret, jadis toujours voilé, dans une ombre qui révélait à la perfection toutes les qualités de la silhouette. Elle lui souriait.

Admiratif, amoureux, jaloux, Tahar avait été émerveillé par ces images. Il maudissait Raymond François, à l'évidence lui-même amoureux de son modèle et obsédé par les reflets insaisissables de sa beauté. Il l'enviait aussi. Il enviait les heures, les jours, les saisons, où il la photographiait tout en vivant auprès d'elle, tout en la respirant.

Un soir, obsédé par la crainte de ne jamais la retrouver autrement que sur des photographies où elle semblait appartenir à un autre, il découpa une à une les images avec patience et les brûla dans un cendrier. La dernière à partir en fumée fut la carte où Malika posait nue, celle qui le rendait le plus heureux et le faisait aussi le plus souffrir.

Il pensa qu'il l'avait perdue. Que la grande ville l'avait avalée comme la baleine blanche. Elle pouvait être morte, ou partie pour le Mexique avec Raymond François, ou encore si bien transformée, mutilée ou malade qu'il ne la reconnaîtrait pas. Passerait-il un jour près d'elle, sans la voir ? Il en avait des cauchemars la nuit. Des figures de Malika, fantômes ravissants, hantaient son sommeil, et l'empêchaient de regarder les autres jeunes filles.

Pour lutter contre cette peur qui le torturait, il travaillait. Il préparait ses examens. Il allait les réussir. Il s'abrutissait dans les livres. Malgré le souci qu'il avait d'elle, il était comme une machine de guerre. Il remportait des notes excellentes, le soir en plus des dissertations, il traduisait des manuscrits en langue arabe pour un éditeur qui lui payait honnêtement tout ce qu'il apportait. Il prolongerait son séjour en France : il serait surveillant dans un lycée ou n'importe quoi pour attendre. Il s'était juré de ne renoncer à l'exil que lorsqu'il aurait retrouvé la jeune fille dont le visage réduit en cendres lui souriait encore.

C'est alors qu'il se décida à entreprendre ce tour d'Europe : à la fois pour enrichir sa vision d'un Occident qui lui demeurait énigmatique, et pour échapper un peu, si cela était possible, au fantôme féminin qui l'escortait partout, il s'inscrivit à l'organisme que je connaissais et se joignit à ce groupe d'étudiants étrangers, pour la plupart, patronnés par l'Université. Et il retrouva Malika.

La jeune fille vécut dès lors dans le mensonge d'une double vie. Elle travaillait toujours chez moi et sortait le soir avec Tahar. Elle le retrouvait à la Cité Universitaire ou bien ils allaient ensemble au cinéma. C'était un couple très beau à voir, lui avec sa silhouette maigre et son regard de mystique. Elle, avec son allure, son port de tête. Tous les deux très bruns, très jeunes, et pleins de cette gaieté que j'aimais, quand ils venaient dîner chez moi. J'avais pour eux l'amitié que les parents ont parfois pour les amis de leurs enfants. Je vis seule, et j'étais heureuse de partager avec Tahar et Malika ces moments qui me ramenaient à l'adolescence, à son enthousiasme et aussi à ses mystères. La jeune fille m'avait rapporté une djellaba de soie écarlate dénichée aux Puces, qui devait m'associer à leur passé, m'habiller de leur histoire.

Tahar veillait sur Malika. Il la couvait des yeux. Il aimait sa personne. Il l'adorait. Tout ce qu'elle disait, tout ce qu'elle faisait, il l'approuvait. Je ne le vis jamais s'opposer à elle, lui reprocher le moindre de ses gestes ou de ses mots. Il ignorait cependant l'autre versant de son existence. Quand elle n'était pas avec lui, tandis qu'il étudiait consciencieusement, elle reprenait en toute liberté ses dangereux vagabondages.

Deux fois par semaine, cela du moins je le savais, elle rendait visite à Ali au parloir de sa prison. Lorsqu'il sortit, elle retrouva ses habitudes. Les coups de téléphone d'Ali rythmèrent à nouveau son emploi du temps. Elle leur obéissait. Et si Tahar appelait, j'étais chargée de lui dire qu'elle dormait, ou qu'elle était malade. Ou bien elle s'arrangeait pour que de lui-même il sacrifie leurs sorties à ses traductions ou ses dissertations. Elle le trompait. Mais c'est par égard pour son amour qu'elle lui mentait. Elle savait bien qu'il n'aurait pas pu supporter la vérité. Or, depuis qu'il était à Paris, elle se sentait comme un oiseau au printemps. Elle chantonnait toute la journée. Le dévouement de Tahar, sa bonté, son sérieux mettaient en échec les forces mauvaises. Elle avait autant besoin de lui, pour la tendresse, que d'Ali pour tout le reste. Et elle ne voulait pas risquer de le perdre par des aveux cruels et inutiles. Elle trouvait un équilibre entre ces deux hommes dont les personnalités contraires ne semblaient pas la gêner. Un beau jour cependant, elle me posa une étrange question, à laquelle elle attendait une vraie réponse.

Devait-elle épouser Tahar, comme il le lui demandait, ou bien y renoncer, et continuer au moins quelque temps, en espérant une rencontre décisive, à « exploiter son corps comme un petit commerce et à se faire payer pour l'amour » ? La question était brutale. Formulée, sans détour. Et c'était à moi de résoudre ce problème.

Tahar serait professeur. Il rentrerait au Maroc où il lui ferait des enfants, elle tiendrait la maison, elle serait à l'abri, mais pauvre les premiers temps si elle en jugeait d'après la vie qu'il menait ici comme étudiant. Elle voyait bien qu'il aurait vécu d'amour et d'eau fraîche, pourvu qu'il ait des livres. Or, le rêve de Malika n'était pas de devenir une mère au foyer, modeste, tranquille et tricoteuse.

Ni assez sentimentale pour le suivre, ni assez indifférente à l'amour pour renoncer à lui, tiraillée entre deux hommes aussi radicalement différents, elle n'était pas prête à choisir entre l'un ou l'autre. Mais Tahar la pressait. Ses diplômes obtenus, il espérait rentrer au Maroc au plus vite. Avec elle. Et chaque fois qu'il lui posait la question du voyage et parlait de mariage, elle se dérobait.

Elle demandait mon aide. Elle me pria d'interroger les astres. Elle avait perdu le sens de leur direction et ne distinguait plus son étoile.

Je fus incapable de lui répondre. Je n'osai pas trancher pour elle et faire pencher la balance du côté de Tahar, comme je l'aurais souhaité parce que je mesurais trop les risques d'une telle épouse pour un jeune homme aussi sage et innocent, et que je n'arrivai pas moi-même à cerner les forces qui pesaient sur sa décision. Un ciel d'avant les tempêtes, obscurci et lourd, m'empêchait de lire les oracles. Je fus, ce triste jour, la moins inspirée et la moins voyante des pythies. Rien qu'une femme désolée de ne pas savoir tendre la main.

À quelque temps de là, elle disparut sans m'avertir. Je m'inquiétai et appelai Tahar à la Cité. Il la cherchait aussi. Aussitôt, j'alertai le commissaire de police qui se mit à sa recherche : il vérifia les entrées dans les hôpitaux et dans les cliniques de la région parisienne, jusque dans les banlieues éloignées. Il vérifia les listes des aéroports, enquêta directement auprès des commerçants du quartier, chez les coiffeurs et dans les boutiques de vêtements où elle avait l'habitude d'aller. Personne ne put fournir de renseignements.

Je soupçonnai Ali. Je demandai au commissaire de l'interroger. Or, le petit truand m'appela de lui-même. Il cherchait aussi Malika. Ce fut à cette occasion que je découvris sa voix sèche et vulgaire et que soudain, je mesurai la gravité de mon silence et de mon incapacité à aider Malika à s'affranchir de lui. Malgré l'étonnement qu'il exprimait, je me méfiai. Je pensai qu'il me jouait peut-être un tour, qu'il avait forcé la jeune fille à le suivre, et qu'il la cachait. Il pouvait l'entraîner dans une sale affaire, ou la vendre, qui sait ? J'incitai le commissaire à observer ses faits et gestes et à ne pas perdre sa trace. Il fut loyal et généreux. Il n'abandonna pas l'affaire. Sans doute avait-il pitié de Malika. Ou bien la silhouette croisée dans mon cabinet de voyance lui laissait-elle, comme à tant d'autres, un souvenir ému, plus ému qu'il n'aurait voulu.

Il fallut bien que je m'incline enfin. Malika avait bel et bien disparu sans laisser de traces. Je ne la revis jamais.

Elle était demeurée chez moi deux années. Je

savais, pour l'avoir entendue parler de son passé fantasque, qu'elle accomplissait les désirs les plus déraisonnables qui naissaient en elle. Elle ne mettait aucun frein à ses improvisations. Elle se lançait au hasard sur le seul appel d'une idée neuve dans les aventures qui soudain la tentaient. C'était une jeune fille d'aventures : elle aimait les situations incongrues, tout ce qui est flou, tout ce qui est à risques.

Elle détestait le sérieux, elle ne tolérait pas l'ennui. Tout ce qui brimait son plaisir naturel à vivre, elle le fuyait. Peut-être est-ce la raison pour laquelle Malika s'est sauvée. Afin de poursuivre ailleurs, loin des contraintes d'Ali, de Tahar, ou de moi-même qui n'ai pas su la comprendre, une histoire vécue comme une loterie.

Plus tard, je partis moi-même à sa recherche, dans l'espoir non pas tant de la retrouver que de faire revivre mes souvenirs. Je me rendis au Maroc comme en pèlerinage. J'interrogeai les divers témoins de son parcours, Raymond François à son retour du Mexique, quelque temps avant sa mort tragique sur une route d'Espagne ; André H. qui habitait une maison de retraite à Rueil-Malmaison ; Mme J. Drouet qui continuait de distribuer des « perles rares » comme elle les appelait dans les bonnes maisons des quartiers aisés ; Karim et Abdel, bientôt médecins, ainsi que Narriman et Yasmina avant qu'ils ne repartent tous pour le Maroc. Je retrouvai les photos après la mort de Ray, soldées chez des libraires. Je rappelai des anecdotes à ma mémoire. Et enfin, dans l'espoir de lui rendre un peu de vie, je me mis à écrire ces pages. Tahar habite toujours la France où le chagrin de perdre Malika ne lui a pas ôté la patience de l'attendre. En acceptant qu'elle fixe elle-même la date de son retour, il prépare leur avenir. Il lui garde sa confiance. Il termine des études de droit international. Faute de pouvoir rentrer dans son pays aussi tôt qu'il l'aurait souhaité, il exercera ici la lucrative et brillante profession d'avocat. Et il est possible, dans l'hypothèse d'une prochaine réapparition de Malika, qu'elle n'hésite plus alors — si l'intérêt matériel compte toujours autant pour elle — à lier son sort au sien.

Est-elle morte ou mène-t-elle ailleurs une vie pire ou meilleure ? Je n'en sais rien. Mais où qu'elle soit, son sourire me manque et quelque part, dans le ciel de mes horoscopes, il y a toujours une petite étoile qui brille, avec reproche. Cette étoile, c'est mon amie Malika.

VII

Le 15 août, jour de la Vierge dans le rite catholique, marquait le milieu des vacances, le point culminant où l'été bascule et va bientôt décliner, à l'image du soleil dans sa course. Pour ceux qui ne vénèrent pas Marie, ce n'est qu'une date sur le calendrier et un pivot sensible dans la succession des quatre semaines d'août. Il ne change rien, ni le rythme ni les habitudes quotidiennes. Sa position fatidique au milieu du cadran n'implique que la douce mélancolie de se rendre compte que la moitié des bons moments de paresse a déjà filé et qu'il faut d'ores et déjà penser à la rentrée.

Pour les autres, les catholiques, pratiquants ou non, c'est une fête ancienne et solennelle, où les cloches sonnent l'heure des prières et du recueillement. On fête Marie : la femme sans faute, son amour et sa pureté.

Dans l'ambiance païenne du mois d'août, c'est un jour singulier : on s'habille, on se couvre, on peut même jeûner le matin pour communier à midi. Alors qu'on est doublement en vacances puisque ce jour férié tombe au cœur d'un mois traditionnellement dévolu au repos, on est un peu contrit : dans l'obligation de renoncer à la plage pour aller à l'église, quand la plupart des gens sont déjà à demi nus sur leurs planches ou sur leurs pédalos.

En robe canari à manches courtes, sous le bras une pochette en lézard de même couleur que ses escarpins jaunes, Marie-Hélène Paul-Martin attendait impatiemment que Malika ramène les enfants. David était déjà en bas, au volant de la voiture, pour les conduire jusqu'au parvis où se rassemblaient les fidèles avant la célébration de la cérémonie de la Vierge. Depuis son mariage et le baptême des enfants, il n'avait plus pénétré dans une église. Il prétendait ne plus croire en Dieu. Les messes associées à de mornes obligations d'enfance — sa mère était très pieuse — l'avaient toujours ennuyé et il laissait désormais à sa femme, comme son père autrefois à la sienne, le soin de prier pour lui.

Malika tenait les deux bambins par la main. Elle les avait vêtus avec soin, et à l'identique, de chemisettes rayées de bleu. Elle-même, dans un survêtement immaculé, arborait son sourire angélique. Elle était chaussée de baskets américaines et portait autour du front un bandeau blanc en tissu-éponge. Elle allait sans doute profiter du répit du 15 août. Elle aimait courir dans le domaine et entraîner son corps sur les chemins poudreux, entre les massifs de fleurs, légitime fierté des jardiniers des Hauts. Sans parler ni s'avancer trop loin sur la terrasse, comme à son habitude, elle confia les enfants à leur mère et demeura immobile sur le seuil, dans l'ombre de la tonnelle, attentive à ce que l'autre femme les prenne en charge. C'était comme un cérémonial, la remise d'un drapeau ou d'un flambeau. Les enfants, pensait Marie-Hélène, avaient l'air de changer de camp. Elle prenait le relais. Lorsqu'ils l'eurent rejointe, ils se tournèrent vers la jeune fille avec une telle expression désolée, un tel regret de la quitter que Marie-Hélène qui était pourtant une mère bien peu possessive se sentit blessée. Elle se demanda si ses fils, dans leur attachement excessif pour celle qui partageait leurs jeux, leurs bains, leurs repas, leur toilette et qui veillait même sur leur sommeil, n'allaient pas bientôt la rejeter. Ou l'aimer moins que l'autre, la rivale, dont le charme n'agissait pas seulement sur les adultes mais s'en prenait aussi aux enfants. La jalousie lui pinça le cœur et elle tourna les talons, vexée, sur un « à ce soir » un peu sec qui rebondit comme une bille sur la terrasse.

David, en marche arrière, sortait la Peugeot du chemin étroit, ombragé de pins, qui reliait la villa à la route commune des Hauts. Il ouvrit la portière à sa femme dont il admirait amoureusement l'allure. Il la félicita de sa robe, de son bronzage et de sa blondeur dorée par le sel et la mer. Tandis qu'elle prenait place à ses côtés, il passa légèrement sa main droite sur les jambes tièdes, avant d'enclencher une vitesse. Les enfants lui souriaient dans le rétroviseur : cuivrés et blonds, ils ressemblaient à leur mère, ils babillaient à l'arrière et l'un d'eux le gratifiait de coups de pied. Indulgent — il avait fait l'amour à l'aube à Marie-Hélène, avec succès lui semblait-il —, David laissait les deux garçons s'amuser. Les odeurs de la Provence se mêlaient délicatement au parfum de Marie-Hélène. La journée s'annonçait belle. Pendant la messe, il irait se promener sur le port, et il se ferait servir un espresso brûlant. Il se sentait d'humeur joyeuse et voluptueuse, réconcilié avec lui-même et avec les vacances, et comme allégé du poids des menaces imprécises et bizarres qui l'avaient accablé hier. Il conduisait à cinquante à l'heure vers Saint-Tropez, une main posée sur la robe jaune.

En sens inverse, sur la même route : Benoît Darmon. Dans sa Lancia bleu pâle, il avait quitté le Lubéron la veille et dormi à Saint-Tropez. Il venait chercher Malika. Il lui avait donné un second rendez-vous qu'elle avait accepté avec la même rapidité et le même sourire que la dernière fois. Pour ne pas risquer de croiser la famille Paul-Martin à la sortie du domaine, il avait contrôlé l'heure des messes et attendu que dix heures passent pour stationner à l'ombre d'un figuier, devant la barrière automatique qui fermait la propriété des Hauts. À la discrétion que l'on comptait parmi ses qualités, peut-être se mêlait-il ici de la lâcheté ?

Il avait pour projet de conduire la jeune fille à la Pinède : en plein jour, aucune plage ne serait accessible, dans la cohue aucune ne leur permettrait de s'aimer comme la première fois, en plein air, dans les dunes. Il faudrait se contenter de l'hôtel cinq étoiles où il passait ses nuits de célibataire lorsqu'il était « en ville ».

À la Pinède, un enclos paisible, dans le jardin d'un éden sauvegardé entre les embouteillages de la route et ceux du bord de l'eau, les multiples allées et venues des occupants, en vêtements de plage, faciliteraient leur arrivée. En dehors du portier et du concierge qui le connaissaient bien et auxquels aucune nouveauté concernant la clientèle ne pouvait échapper, ils pourraient, avec un peu de chance, passer inaperçus au milieu des touristes et du personnel. Il avait réservé pour tout le mois, bien qu'il ne l'occupât qu'occasionnellement, la chambre 17, au premier étage, avec vue sur la mer. Il n'aurait pas besoin d'en réclamer la clef à la réception, il l'avait par prudence, afin de traverser le hall rapidement, gardée dans sa poche. Il ouvrirait la porte à sa visiteuse sans bagages. Elle serait pieds nus, ongles nacrés sur la moquette de laine. Elle s'extasierait sans doute sur le décor bourgeois de la Pinède, le haut lit en acajou, les fauteuils anglais et l'armoire à glace. Il commanderait du champagne. Et là enfin, rideaux de cretonne tirés sur le soleil et les rumeurs de la plage privée, il aurait tout loisir de jouer avec elle...

Le col ouvert, la chemise flottante, Darmon avait jeté ses Ray Ban sur le siège encore vide à côté de lui. Il guettait sur la route blanche des Hauts, par-delà les massifs de bougainvillées pourpres où, même ce jour de fête, un jardinier s'affairait, l'apparition de la jeune fille dont le corps, aussi doux qu'excitant, valait pour lui une messe.

Sur la place du marché les badauds s'attroupaient. Aux étals, sous le feuillage dense des platanes, des ménagères emplissaient leurs paniers des fruits, des fleurs, des légumes de la Provence. Des cris, des rires, des apostrophes fusaient. Les vendeurs vantaient la qualité et le prix de leurs produits ; ils interpellaient les passants, ils montraient des pêches ventrues et juteuses, ils les tranchaient au canif pour les faire goûter aux amateurs. Il y avait là, descendus de Rognonas, de Carpentras, de Remoulins, de Cavaillon et de la vallée du Rhône, toutes les primeurs et toutes les senteurs imaginables, dans la splendeur et la profusion. Les gens consommaient aussitôt entre deux tréteaux les fruits mûris par le soleil d'ici Un brouhaha de fête foraine avait envahi la petite place, si paisible les autres jours, avec ses joueurs de pétanque et ses vieux assis dans l'ombre, sur les bancs, exclus des affaires.

Le contraste avec l'atmosphère de l'église, son humidité, son odeur d'encens et de chandelles n'en parut que plus frappant à Marie-Hélène qui jetait parfois un coup d'œil en arrière, vers le campanile de fer forgé qui surplombait les toits, comme pour s'assurer qu'elle ne rêvait pas. Elle était ravie de se retrouver au soleil, dans la joie de ce marché dominical et de sentir les rayons brûlants de onze heures réchauffer ses épaules raidies par le froid et l'immobilité. Les enfants, tout contents eux aussi de se dégourdir les jambes, gambadaient autour d'elle. Ils avaient décidé tous les trois de ne rejoindre leur père qu'après être remontés vers la place des Lices, là où l'agitation se poursuivrait jusqu'à une ou deux heures de l'après-midi. Ils n'avaient aucun regret de laisser derrière eux, garni par des cierges dans la chapelle, le buste du centurion Tropez, antipathique et peinturluré, qui donnait son nom au village. Marie-Hélène acheta des melons en prévision du déjeuner, et une tête d'ail pour le folklore ; elle l'utilisait rarement en cuisine. Trop parisienne pour en goûter le caractère, elle le trouvait surtout décoratif et puis, la tête d'ail lui inspirait déjà un motif de peinture — une variation de blanc, sur une nappe bleue. Elle cherchait des idées au marché, elle avançait à l'affût de l'art. Les enfants la suivaient, curieux et enchantés Confinés à La Paressanne depuis le commencement de l'été ils n'étaient pas sortis du luxueux domaine et la joyeuse mêlée, colorée, odorante et tonitruante les exaltait. Habitués au calme et à la monotonie du paysage des Hauts, ils devaient s'accrocher à la robe jaune de leur mère, pour ne pas la perdre, ou se laisser emporter par le flot. Un marchand leur offrit à chacun un petit abricot, aussi sucré qu'un bonbon.

Plus loin, un stand de fleurs attira l'attention

de Marie-Hélène. C'était un jardinier de la région de Grasse, qui réussissait à tenir tête aux monstres des coopératives et qui proposait avec fierté les fleurs qu'il cultivait lui-même. C'étaient surtout des roses aux pétales de velours, de satin, de soie, des fleurs en pleine santé aux couleurs chatoyantes et dont l'authentique parfum — d'ordinaire si éventé — embaumait. Les fleurs royales, rouges, resplendissaient parmi d'autres princesses de cour, délicatement jaunes ou simplement roses. Marie-Hélène hésitait entre toutes, elle ne savait pas lesquelles préférer.

Jérémie tira sur la jupe de sa mère. Les yeux dilatés, il fixait dans un coin de l'étal, en retrait des fleurs majestueuses dont l'odeur trop lourde le troublait, un bouquet bleu, tout rond, sec et épineux : dans une vasque en terre cuite, une brassée de chardons. Marie-Hélène évita de justesse un caprice. Pour contenter l'enfant, elle renonça aux roses et elle prit le chemin du port, le long de ruelles sinueuses, avec à la main des chardons enrobés dans du papier journal.

Pierre Weil, descendu de La Garde-Freinet à une heure matinale, avait retrouvé David et, attablés chez Sénéquier, ils buvaient un espresso. En attendant Marie-Hélène, ils parlaient tennis et affaires. Ils regardaient les gens déambuler ; ils tuaient le temps. L'après-midi, ils auraient un match en double au club de tennis des Hauts : l'inévitable compétition du 15 août les retrouvait chaque année du même côté du filet. Pierre déjeunerait comme d'habitude à La Paressanne et, après une courte sieste, ils se rendraient au club où leurs précédents exploits leur valaient une réputation de champions. Les autres candidats redoutaient ce duo, qui, malgré la quarantaine passée, affichait assez de punch, d'expérience et d'habileté pour dérouter des adversaires plus jeunes. On les appelait les crocodiles. Ils formaient une équipe de véritables « pro » : ils s'entraînaient pour gagner. Pourtant cette année, Pierre semblait inquiet sur leurs chances de triompher une fois de plus.

Depuis une bonne dizaine de jours, celui qui était aussi son adversaire en simple s'était mis à jouer comme un débutant. Il n'avait plus ce qu'on appelle le toucher de raquette, il ratait des coups faciles, il se traînait au filet avec d'impardonnables secondes de retard, il envoyait ses services en dehors du carré réglementaire, il manquait de jambes, de nerfs et de contrôle, et il avait de toute évidence la tête ailleurs. Cela ne promettait rien de fameux pour l'après-midi.

Fatigue ? Soucis d'affaires ? Histoire d'amour ? Weil avait jusqu'alors évité d'aborder le sujet. Il attendait que David se confie de lui-même. C'était après tout son problème, et il n'avait pas à s'en mêler. Mais l'idée de perdre ce match irritait Pierre Weil. L'été, après ses voyages d'affaires autour du globe, ses traités de guerre ou de paix avec une clientèle qui se montrait de plus en plus difficile à contenter, il aimait comme récompense remporter la coupe du championnat. C'était son joujou, disait sa femme. Il éprouvait une vraie joie de gamin à contempler ses trophées dans la bibliothèque où il les exposait. Ils lui rappelaient des heures de liberté volées au temps de travail. L'attitude inhabituelle de David dérangeait ses plans. La coupe en argent, avec sa plaque commémorative — Championnat Double Messieurs, les Hauts de Saint-Tropez, 15 août, suivi de la mention de l'année —, allait leur échapper. Et il en était à la fois furieux et désolé.

Ce matin cependant, David avait un sourire avenant et des traits détendus. Il se montrait sous son jour ordinaire. Le bon David qu'il connaissait. Weil était d'un naturel optimiste, « optimiste radieux », disait-il de lui-même. Ragaillardi, il se laissait aller au bonheur simple de regarder les bateaux... C'est David, qui, avec un humour de bon augure, lui désigna un peu plus loin, un yacht flambant neuf plus rutilant que les autres. Remarquable par ses proportions, aussi énorme qu'une résidence secondaire et la coque bleu électrique, il était ridicule de prétention : battant pavillon inconnu, il n'avait pas dû souvent prendre la mer. Pierre riait et il allait, en se moquant, donner son avis de marin, tout content de partager enfin avec David un de ces moments d'ironie qu'ils aimaient bien, lorsqu'il s'interrompit net, le souffle coupé, au milieu d'une phrase.

Rose, sa Rose, qu'il croyait endormie au bord de leur piscine, à La Garde-Freinet, Rose descendait de la passerelle du yacht inconnu. Elle lui parut rajeunie de dix ans, plus séduisante que jamais, en tenue de plage à rayures rouges. Elle avait dû prendre sa voiture sans rien lui dire, juste après lui... Elle tourna son visage vers le carré, habillé d'acajou, le comble du luxe, bien entendu, et elle adressa ce qui selon Pierre Weil signifiait un tendre au revoir à un personnage resté dans l'ombre. Il n'apercut de lui qu'une main blanche qu'il lui semblait connaître et qui s'agitait vers sa femme, rendue à la terre ferme.

Devant les deux hommes muets, gênés, encore incrédules, elle remonta le long des autres bateaux dans la direction de la statue de bronze du bailli de Suffren. Elle passa devant la terrasse de Sénéquier sans les voir et au moment de prendre à gauche et de disparaître dans l'une des ruelles du village, elle rencontra Marie-Hélène qui s'en venait de l'autre bord, avec ses deux enfants et son bouquet.

La chaleur s'accentuait. Le vent ne soufflait plus, l'ombre du figuier n'était plus qu'un fin rayon et les mouches devenaient obsédantes. Leur bourdonnement semblait envahir le domaine et Benoît, installé dans la Lancia surchauffée, avait l'impression d'être enfermé dans un sauna.

Le jardinier travaillait toujours à ses plates-bandes ; il suait à grosses gouttes sous le chapeau de toile et, de temps en temps, relevant la tête et repoussant sa coiffe en arrière, perplexe, il regardait la Lancia garée en plein soleil. Il devait se demander pourquoi le conducteur ne se dirigeait pas vers l'une ou l'autre des villas fraîches des Hauts, ou pourquoi, à supposer qu'il fût interdit d'entrer, il ne renonçait pas à stationner plus longtemps dans la fournaise. Il devait faire si bon au bord de l'eau, et tellement meilleur à l'ombre.

Benoît Darmon se trouvait là depuis une heure, peut-être davantage. Il ne regardait plus sa montre. Malika s'était rendue à leur premier rendez-vous. Pourquoi éviterait-elle celui-là, alors que son sourire, dont le souvenir ne le quittait plus, tenait si bien ses promesses ? Malika viendrait : un incident avait dû la retarder, une maladie d'un des enfants, un caprice de Marie-Hélène, un coup de téléphone ou une course à faire au dernier moment, qu'elle n'avait pu refuser ou remettre à plus tard. Ses manières n'étaient ni d'une hypocrite, ni d'une coquette, il pensait à elle comme à une belle bête sauvage, elle bondissait sur la vie. Elle viendrait.

Il décida, malgré l'inconfort, de rester à l'attendre de peur de la manquer en partant, et de ne pouvoir lui laisser de message, quelques secondes peut-être avant qu'elle ne surgisse au détour d'une allée des Hauts.

Chez Sénéquier les deux hommes s'étaient levés pour accueillir leurs femmes. Elles ne remarquèrent pas leurs airs interloqués et s'assirent à leur table où elles apportèrent le son aigu et enjoué de leur conversation. Elles étaient l'une et l'autre en verve, agitées comme des gamines à la récréation. Les enfants réclamaient du coca-cola et leurs voix haut perchées jointes aux répliques sonores des deux femmes contrastaient avec le silence de leurs époux respectifs.

Marie-Hélène fit admirer les chardons qu'elle venait d'acheter. Elle indiqua du doigt l'extrémité acérée des feuilles, coupantes comme des dents de scie, la qualité brillante, comme vernie, de la face supérieure, d'un vert bleuté, selon elle très intéressant à peindre, et l'aspect cotonneux, d'un blanc immaculé, de l'envers. Elle trouvait dans leur couleur double et la forme de leurs feuilles l'inspiration pour interpréter dans l'abstrait un sujet botanique.

Rose, en grande forme, évoquait des pays chauds où cet hiver elle était partie en reportage ; elle n'y avait jamais vu de ces fleurs typiques de la

Méditerranée, ni en Afrique ni aux Caraïbes où les chardons selon elle manquaient aux paysages. Pierre songeait aux voyages de sa femme, jaloux pour la première fois depuis de longues années, quand elle lança, sans transition, qu'elle était descendue à Saint-Tropez, lasse de la solitude, et qu'elle voulait assister au match de tennis... Un caprice exceptionnel puisque tous les ans elle fuyait la cohue du 15 août et qu'elle préférait demeurer — du moins le prétendait-elle — dans sa grande villa isolée, sur la colline. Pierre ne savait plus ce qu'il devait croire. Jamais, jusqu'alors, il n'avait mis sa parole en doute. Il regardait Rose, qui rayonnait, Rose qui avait si peu l'air coupable. Que pouvait-elle bien faire sur ce bateau ?

David s'interrogeait : quel orage, cet été, pesait sur Saint-Tropez ? Pourquoi était-il si vulnérable lui-même ? Pourquoi son énergie était-elle prête à le déserter à tout instant ? Pourquoi les vacances lui paraissaient-elles cette année si périlleuses à traverser, longues et inutiles, et lui donnaient-elles l'envie de tout faire exploser ?

Rien n'était flagrant. Mais il y avait autour de lui cette électricité qui touchait apparemment aussi son entourage. À preuve cet incident du bateau. Rien n'était comme avant. Personne ne filait droit... Le climat, soumis à d'étranges influences, amenait le désordre. Il perturbait le bon, le sage, le doux et conventionnel déroulement de leur mois d'août. Le cercle de famille était menacé.

Le café de Sénéquier était un breuvage attiédi et dilué. Il manquait de caractère et il lui faisait inévitablement penser au café que Malika préparait chaque jour à La Paressanne : épais et noir, onctueux et âpre, à la fois caressant et agressif, un café du Maghreb, avec du velouté et de la force. Au fond de la tasse, le petit corps revenait le narguer... Il ne s'en débarrasserait pas.

David regardait Pierre. La bouche marquée d'un pli amer, l'expression douloureuse, il était en proie à tous les soupçons du mari jaloux. Un homme malheureux.

Il regardait Rose, pimpante et rajeunie.

Il regardait Marie-Hélène, sa blondeur dorée, les enfants qui lui ressemblaient, le bouquet de chardons sur la table et, tout à coup, il eut le sentiment profond d'avoir perdu le gouvernail. Une force les entraînait. Et lui en particulier, dans le dérangement général, lui l'homme de sang-froid, le volontaire, le gagneur, il se sentait désagréablement ballotté par des ondes impalpables. Dans un éclair de lucidité, il commençait à peine à comprendre, devant un café trop froid, de qui ils étaient les jouets.

Le déjeuner languissait. Il faisait trop chaud sous la tonnelle, les melons avaient une chair tiède et molle que le vin de Porto alourdissait encore ; Marie-Hélène regrettait de n'avoir pas dressé la table à l'intérieur, à l'abri de la réverbération et des mouches qui, à cette heure, se déchaînaient autour d'eux.

En vérité elle n'avait compté ce matin que sur la présence de Pierre Weil, leur hôte de tous les 15 août à La Paressanne. D'autres personnes que l'on n'attendait pas s'étaient invitées au repas et lui compliquaient la tâche. D'habitude, l'improvisation amusait Marie-Hélène, trop mondaine pour jamais se plaindre des apparitions subites de ses amis, trop amicale pour manquer aux lois de l'hospitalité. Mais aujourd'hui, impatiente de se débarrasser du déjeuner pour descendre peindre à la cave-atelier les chardons qu'elle avait rapportés du marché, elle était moins disponible, moins accorte, et ses obligations de maîtresse de maison lui pesaient beaucoup plus qu'elle n'osait se l'avouer. Ses amis l'ennuyaient. Elle se débattait avec le service, en pensant à sa palette et à ses pinceaux.

Rose, d'abord. Elle n'avait pas téléphoné pour annoncer qu'elle descendrait à Saint-Tropez, il était convenu que Pierre viendrait seul. Sur la route qui grimpe au domaine, la voiture des Weil avait donc suivi la leur. Marie-Hélène songeait déjà à son menu et à préparer un couvert de plus. David, l'œil rivé au rétroviseur, lui avait fait remarquer la scène qui se déroulait dans l'autre voiture :

— Ne te retourne pas. Sois discrète. (Puis, en souriant.) Ça chauffe, là, derrière !

Pierre au volant et Rose à côté de lui gesticulaient. Leurs bouches criaient des mots dont la violence était visible à travers l'écran du pare-brise. Pierre surtout, le masque grimaçant, sous l'emprise de la colère, parut à Marie-Hélène un homme différent. Comme elle s'étonnait, David lui résuma en quelques phrases le motif probable de la dispute : le luxueux bateau inconnu, la main blanche qui s'agitait, et l'air réjoui de Rose sur la passerelle... Comment expliquait-elle maintenant les raisons de sa venue au port ? Ils l'avaient prise sur le fait et presque en flagrant délit. Que signifiaient ses cachotteries, et son passage matinal, à l'insu de son mari, sur un yacht de croisière ? Pierre devait la soumettre à ces questions. Et elle se dérober, mentir peut-être ou protester de sa bonne foi. Mais la querelle du couple n'augurait pas de réjouissances pour le déjeuner. Il leur faudrait à tous deux essayer de détendre l'atmosphère et, si cela était possible, de les réconcilier.

À la barrière des Hauts qui se lève sur commande automatique, ils trouvèrent la Lancia bleue de Benoît Darmon, garée en plein soleil, contre le tronc d'un figuier. Encore un imprévu. Il ne leur avait pas non plus annoncé sa visite et, bizarrement, il dormait au volant. Marie-Hélène lui cria d'une voix suraiguë :

— Vous dormez, Benoît ?

Il sursauta, remit machinalement ses Ray Ban sur son nez et bafouilla, à demi assoupi :

— J'ai oublié le code... (comme s'il était effectivement attendu ce jour) le gardien n'est pas de garde...

Il voulait ainsi justifier son absurde sieste de midi.

Il s'était joint au cortège derrière les Weil et les trois voitures étaient enfin parvenues à La Paressanne. La maison était vide. De toute évidence, Malika n'y était pas. Après un apéritif rapide, Marie-Hélène lança, un rien moqueuse, « Madame est servie ! », puis elle se mit elle-même à la tâche. Depuis le début du déjeuner, elle passait son temps en allées et venues entre la cuisine et la tonnelle, où la conversation s'émoussait et laissait parfois la place à de pénibles silences. Les enfants étaient couchés sur les dalles en terre cuite du salon. Leur mère n'avait pas trouvé le temps de les déshabiller et de les mettre au lit. Elle s'était contentée de leur donner un yaourt et deux biscuits. Assommés de chaleur, perturbés dans leurs habitudes, ils s'étaient endormis sur place.

Marie-Hélène s'affairait dans une atmosphère qui lui pesait. Elle voyait une ombre sévère sur le visage buriné de Pierre Weil, d'ordinaire si rieur et si sympathique. Rose, boudeuse, essayait de donner le change. Tout en évitant le regard de Pierre, elle aidait au service des plats en ménagère exemplaire qu'elle n'avait jamais été. Au cœur du nuage de colère, elle jouait les innocentes mais elle était trop peu naturelle, et sa robe au col marin les gênait tous. Un rappel maladroit des circonstances.

Benoît, abattu, congestionné, les cheveux collés au crâne — Marie-Hélène s'aperçut qu'il perdait des mèches sur le haut du front, il serait probablement chauve dans quelques années —, semblait surtout à l'affût de quelqu'un qui manquait au décor. Son regard s'égarait autour de la table, dans les parages de la terrasse, vers les ombres de l'autre côté de la tonnelle. Il n'était attentif à rien ni à personne, en dehors de cette absence qu'elle se mit elle-même à traquer. Il se leva à plusieurs reprises, sous le prétexte de l'aider, lui aussi, à porter les assiettes, elle fut sensible à sa gentillesse, mais le charme fut de courte durée. À la cuisine, où il l'avait suivie, il demanda : « Malika n'est pas là ? »... Et à sa mine déconfite, Marie-Hélène comprit.

Elle comprit que Benoît cherchait la jeune fille. Qu'il en était probablement amoureux ou entiché. Elle se tourna vers David : lui aussi avait changé. À d'imperceptibles détails qu'elle n'aurait su préciser, elle le sentait prendre ses distances. Malgré leurs efforts réciproques pour se rapprocher, il y avait eu une cassure entre eux, elle ignorait la raison de ce minuscule séisme mais elle en prenait conscience. Elle-même, étrangère au malaise de son mari, était attirée vers autre chose que son propre ménage ; au sous-sol d'une cave où miroitaient déjà les reflets bleus d'un bouquet de chardons. Dans la mauvaise ambiance du déjeuner, elle était seule, avec des désirs encore mal définis, des projets flous, le mirage de sa palette de couleurs, et un vague à l'âme inhabituel. Un bouillonnement intérieur, incommunicable, l'empêchait de se tenir comme autrefois au diapason de ses hôtes, et à la disposition de sa famille.

Sur la mer, une brume de chaleur cachait l'horizon. Les voiles blanches des bateaux s'étaient immobilisées, elles se fondaient dans la vapeur qui, lentement, montait de l'eau. Au loin, au-delà de cette brume basse qui étouffait le panorama, le tonnerre grondait du côté des Maures. Un écho sourd leur en parvenait, tandis que les mouches poursuivaient leur ballet hypnotique au-dessus d'eux, dans le treillis sec de la tonnelle.

Le téléphone sonna. Deux coups stridents, inattendus à l'heure d'un déjeuner de 15 août, leur parvinrent du salon et les interrompirent au moment où Marie-Hélène apportait des fruits dans une grande coupe en faïence de Provence. Comme un signal d'alarme déclenché abruptement dans le silence, il provoqua aussitôt l'inquiétude et chacun se demanda auquel des cinq serait destiné le message. Marie-Hélène posa la coupe sur la table et se précipita pour saisir le combiné : c'était Henri-Pierre de la Roux. Elle reconnut à peine sa voix.

Il avait eu un accident, deux heures auparavant, au volant de la Renault 25 qu'il conduisait pour venir les rejoindre. Il était miraculé. De la voiture en bouillie, écrasée par un poids lourd qui l'avait surpris, dans un instant affreux de distraction, il était sorti indemne, sans une égratignure. Mais il s'accusait : entièrement coupable, coupable à cent pour cent, répétait-il dans son vocabulaire de banquier, il se reprochait la faute d'une seconde à peine où sa vie s'était jouée.

Cet accident fatal, il le décrivait d'un ton haché, inhabituel. Un réflexe de mondanité ou une éducation à l'anglaise fondée sur le contrôle de soi et la peur du ridicule l'empêchaient de se désintégrer. Mais Marie-Hélène percevait la détresse. Henri-Pierre était sous le choc. L'ampleur des dégâts, effrayante.

Elle monta le son du combiné et ouvrit la communication à tous. La voix d'Henri-Pierre résonna dans le salon. David d'abord, puis Benoît et le couple Weil, alertés par l'intonation tragique du correspondant, vinrent l'entourer. Les enfants s'étaient réveillés. Ils regardaient avec étonnement les mines consternées des adultes, rassemblés autour du téléphone. Dans le décor si paisible et harmonieux de La Paressanne, la voix gagna en puissance. Elle explosa tout à coup en sanglots.

— Elle est morte, elle est morte..., dit Henri-Pierre. Je l'ai tuée.

Et l'on apprit, quand enfin il parvint à prononcer son nom, la mort d'Elizabeth, cette inconnue qu'il avait amenée un soir à la villa et qui, sans un mot, tout en buvant beaucoup, avait contribué à créer autour de la jeune Marocaine le climat étrange et malsain du début de l'été.

Henri-Pierre ne parlait plus. On l'entendait pleurer. David prit le combiné des mains de son épouse ; il s'informa sur le lieu de l'accident, prit l'adresse de l'hôpital et annonça qu'il partait aussitôt. Pierre tint à l'accompagner.

Au moment où ils s'en allaient, ils croisèrent Sophie Bessis-Drouin que Marie-Hélène avait priée la veille de les rejoindre pour le café.

— Quand les enfants et les hommes feront la sieste, nous serons tranquilles pour parler...

Sophie tombait en pleine panique.

Rose, effondrée, pleurait. Pas du tout sur Élizabeth qu'en somme elle connaissait à peine. Mais à cause de sa bêtise, de son imprudence, de sa maladresse. Elle avait fait preuve d'une incroyable légèreté, elle aurait dû refuser ce rendez-vous, un pareil jour, au port de Saint-Tropez. Elle n'avait pas su résister. Pierre, blessé dans son honneur selon elle, autant que dans son amour, menaçait de la quitter. Dans la voiture, il l'avait insultée. Elle ne supportait pas l'idée qu'il puisse l'abandonner. La dispute, avec sa violence, lui avait révélé combien elle tenait à lui. Elle se frottait le nez avec le col marin et Marie-Hélène que ce geste, autant que l'égoïsme coupable de Rose agaçaient, lui lança méchamment : « Il y a des choses plus graves... », avant de se détourner.

Sur une chaise longue, Benoît cherchait un

repos impossible. Les mouches le torturaient, il avait soif — dans l'émotion, Marie-Hélène avait oublié de servir le café. La mort d'Élizabeth le touchait, la femme un soir l'avait ému ; il se souvenait de sa présence paisible et mystérieuse et de la sensualité provocante avec laquelle elle fumait des cigarillos ; il ne pouvait pas l'imaginer morte et il essayait de retenir ses pensées loin de ce cadavre au bord de la route. Du reste, la disparition de Malika le troublait trop pour qu'il accorde son attention à d'autres événements, si dramatiques fussent-ils. Elle n'était pas venue... Elle avait déserté le domaine. Elle s'était moquée de lui. Et cette insolence ne la lui rendait que plus attirante. La fille l'excitait toujours. Il rêvait à ses formes et à sa peau de satin.

Sophie s'installa près de lui, dans une bergère en osier qui grinça sous son poids et lui tendit une cigarette blonde qu'il accepta. Qu'y avait-il d'autre à faire qu'à attendre ?

Marie-Hélène se rongeait un ongle. Sa robe jaune était froissée avec une vilaine tache de graisse sur le buste. Les enfants s'agitaient, ils ne parvenaient pas à se rendormir, ils grognaient, ils l'appelaient. Elle ne savait plus que faire. S'occuper des enfants d'abord ? Elle n'avait pas la patience de chanter des berceuses ; quand ils s'éveillaient au milieu d'une sieste, il fallait trop de temps pour les rendormir ; les histoires de marchands de sable, les couplets languissants *Au clair de la lune* ou *Au bord de la fontaine*, elle aurait été incapable de les leur murmurer. Trop agitée elle-même, elle n'avait que sa nervosité à communiquer. S'intéresser à Rose ? Qu'elle aille au diable ! se disait-elle. Qu'elle choisisse entre les deux hommes, le vrai et le faux marin, le sportif et le frimeur, le buriné et la main blanche ! Ses larmes l'exaspéraient. Et d'un coup sec, elle se cassa l'ongle.

Se réfugier près de Benoît ? Pourquoi ? Il ne pensait qu'à Malika... Il devait espérer une entrevue secrète, peut-être un rendez-vous... Elle le voyait déçu. Malgré elle, jalouse, elle ne pouvait songer à rivaliser. La partie serait perdue d'avance... Et puis, Sophie prenait le relais de la jolie figure. Sa blondeur nacrée mettait un écran devant le soleil, en se penchant doucement vers Benoît elle lui parlait à voix basse. Ils formaient ensemble un duo que Marie-Hélène décida de ne pas déranger.

Elle s'assit sur la margelle de pierre. Immobile, dos à la mer, livrée au seul spectacle de la nature, elle se mit de mémoire, sans pinceau, à peindre des chardons bleus. Les nuances les plus extraordinaires lui apparurent, avec des contrepoints de vert et de blanc. Les couleurs chantaient et dansaient pour elle dans un rêve qui tenait autant de l'impressionnisme que de la démarche abstraite.

Plantant là ses invités et ses enfants, elle descendit à la cave. Rien à ce moment précis n'aurait pu la retenir. Elle prit une brosse, dévissa des tubes, écrasa les couleurs sur la palette, elle les essaya comme un rouge à lèvres sur le dessus de la main puis, propulsée par son inspiration, elle traça sur la toile, posée à même le sol, le premier trait du tableau qui allait faire d'elle une artiste. Le premier trait véritablement personnel et original de son œuvre future.

Là-haut le tonnerre grondait, l'orage allait sûrement éclater. Le match de tennis des Hauts serait annulé. Mais Marie-Hélène Paul-Martin s'en moquait : l'été, si différent pour tous, lui avait apporté bien plus que le repos escompté, le repos ordinaire et banal des vacances : avec une nouvelle intelligence d'elle-même, il lui avait appris une certaine forme de vérité.

Le soir, la jeune fille brune ne reviendrait pas. Elle aurait disparu, corps et biens, dans le flou d'une existence qu'aucun des témoins ici présents ne saurait peindre, vers un destin qu'ils continueraient d'ignorer.

David Paul-Martin serait libéré du vicieux désir de mordre à sa belle chair de pain d'épice. Il serait aussi désormais moins sûr de lui, beaucoup plus vulnérable et sensible aux souvenirs d'Afrique de son enfance.

Benoît Darmon connaîtrait avec *Charmes* le premier succès tapageur de sa carrière. Les dessins que Malika lui avait inspirés marqueraient un véritable tournant dans son style. Les amateurs de design parleraient désormais d'avant et d'après. Le changement était flagrant, il avait permis à Darmon de triompher de son trop prudent classicisme. L'architecte achèverait son mas, parallèlement à *Charmes*, dans le même délire oriental : le Lubéron pourrait se vanter de posséder sa pièce de musée pour le XXIe siècle. Le caractère de la bâtisse tiendrait autant d'un imaginaire venu d'ailleurs dont le caractère frappait déjà les visiteurs, que de la nature environnante. Contre la montagne Sainte-Victoire, le jardin resterait fidèle aux essences de la Provence et le contraste de cette audacieuse construction avec les fleurs et les herbes les plus simples, avec les buissons naturels de la garrigue, n'en serait que plus manifeste.

Benoît Darmon reviendrait à ses liaisons sentimentales. De Paris à Rome, en évitant New York où son cœur d'Européen convaincu battait moins vite, il s'en tiendrait à des femmes elégantes et cultivées qui attiraient les regards dans les vernissages, sachant échanger avec les amis, les critiques, ou les futurs acheteurs, des propos raffinés et subtils, destinés à prouver qu'elles ne sont pas seulement de superbes plantes, mais des esprits fins. Benoît qui en changeait souvent les appelait ses « liaisons avouables ».

Sophie Bessis-Drouin serait bientôt enceinte. De père inconnu ou qu'elle tenait à garder anonyme, l'enfant serait tout à elle : le supplément de vie qui lui manquait si cruellement, depuis le départ de son mari, palpitait dans son sein généreux. Elle resplendissait. Elle serait à nouveau, grâce à lui, une femme épanouie et sereine.

Henri-Pierre de la Roux mettrait le point final à un roman qu'il intitulerait *Fatalité* et qui, sur fond de politique-fiction, mêlerait des personnages de la haute finance et du gouvernement, dans une intrigue amoureuse où l'héroïne aurait les lèvres charnues et la chevelure striée de blanc de feu son amie Élizabeth.

Quant aux Weil, réconciliés, ils finiraient la saison au soleil puis, séparés par leurs métiers, ils se rejoindraient comme promis pour Noël à Saint-

Barthélemy : une île pour oublier, sous le ciel des Caraïbes, les frictions des précédentes vacances et la main blanche qui leur avait gâché la fin d'un été tropézien.

Marie-Hélène romprait avec les Chantérac : elle évoquerait avec ironie l'excessive vanité du chirurgien, la poitrine factice de son épouse, et le mauvais souvenir d'une soirée passée à décrier les défauts physiques des unes et des autres, afin d'expliquer la fin de leur amitié. Leur goût exclusif pour l'argent et le sentiment d'entretenir avec eux une relation fondée exclusivement sur la mondanité, sans la base de la sincérité ni de la confiance, l'avaient enfin détournée de ce couple hollywoodien. Marie-Hélène vivrait dès lors une période de créativité. Devant sa toile, elle chercherait longtemps, avec exigence, à être aussi fidèle que possible aux élans de son cœur.

Restent les deux fils Paul-Martin. Privés de Malika, les derniers jours du mois d'août les ayant rendus à leurs père et mère, ils perdraient lentement le souvenir de la silhouette chérie. Au retour à Paris qui coïnciderait avec celui de la garde d'enfants hollandaise, l'image adorable et fugitive de l'été s'estomperait. Elle finirait par s'effacer complètement et ne laisserait aucune trace sensible dans leur mémoire.

Le vieux château des Hauts de Saint-Tropez, vestige d'un style rococo, avait été naguère le cœur du domaine et le point convergent des fêtes de toute la région. Au milieu d'un parc d'oliviers, de chênes-lièges et de pins, qui s'achevait en garrigue au bord de l'eau, il avait appartenu avant-guerre à l'unique propriétaire de la presqu'île aujourd'hui morcelée. La légende de ce célibataire joueur, rêveur et fantaisiste courait encore. Un aristocrate avait vécu là. Les gens en étaient fiers. Leur terrain n'était donc pas autrefois un maquis à moutons ordinaire, mais bel et bien déjà un site privilégié. C'étaient les héritiers du châtelain, ses neveux, qui avaient eu l'idée d'organiser après son décès, sur ses terres, le plus beau lotissement de la Côte d'Azur. Leur mirifique projet avait remboursé au centuple les dettes de l'oncle ruiné.

Les tours branlantes de Viollet-le-Duc se dressaient toujours à la porte du domaine au fond de la pelouse abandonnée. Mais elles étaient désormais flanquées de la villa coquette du garde-barrière. La sécurité des habitants des Hauts dépendait en effet d'un système draconien : en plus du gardien lui-même et de ses chiens, une barrière automatique permettait de sélectionner les entrées et les sorties et de surveiller les visiteurs. Il fallait posséder le code à sept chiffres des Hauts ou, à défaut, la carte magnétique, pour que cette barrière rouge et blanche ouvre l'accès à la presqu'île. Elle se refermait brutalement au nez des importuns, sur les roues arrière des cabriolets et des berlines qui avaient la chance d'y pénétrer.

La ruine du seigneur des Hauts, ceinte d'une toute nouvelle palissade claire qui en interdisait l'approche, s'élevait dangereusement dans des herbes folles que personne n'envisageait d'arracher. C'était le seul endroit laissé à la broussaille et aux orties dans une enclave cultivée. Parfois une pierre se détachait de la toiture, aussi le gardien avait-il reçu l'ordre d'éloigner les curieux, les nostalgiques d'archéologie et les chasseurs de trésors. Seule Malika avait osé s'aventurer dans la zone interdite.

Les héritiers du vieux fou — c'est ainsi que l'on surnommait l'ancien propriétaire — avaient gardé des droits sur cette parcelle. Peut-être la vendraient-ils un jour ? Des rumeurs circulaient selon lesquelles des Japonais s'y intéressaient pour y construire un complexe hôtelier. Les copropriétaires avaient lancé une pétition. Certains songeaient à se grouper pour acheter les hectares à l'abandon et éviter ainsi la menace d'un péril extérieur.

Les Hauts constituaient en vérité un petit paradis. Et Malika qui, côté cour, en savourait le luxe et les privilèges, trouvait que les moustiques eux-mêmes y étaient moins implacables qu'ailleurs.

Le 15 août, jour de repos, à dix heures moins le quart, Malika remit les bambins tout propres, habillés de frais, à Marie-Hélène. Elle dut se contenter de l'au revoir soudain hautain que lui lança la maîtresse de maison. Tout au bonheur d'échapper un peu au carcan de la famille, elle n'y prêta qu'une attention distraite. Les humeurs changeantes de Marie-Hélène n'affectaient en rien l'équilibre de Malika et ne perturbaient pas sa sérénité. Ce séjour était provisoire, elle avait toujours eu l'intention d'en savourer les bons moments. Le plaisir était son affaire — l'élément où elle évoluait. Et ce n'était pas une femme gâtée, capricieuse et difficile à satisfaire comme Marie-Hélène qui allait contrarier ses instincts. Des deux femmes, Malika était la plus forte.

En survêtement de coton blanc, chaussée de baskets, comme à son habitude, elle sortit de la villa et en franchit le portail sous les yeux des Paul-Martin rassemblés dans leur Peugeot marine. David inspira puis expira profondément au passage de la jeune fille afin de conserver l'apaisement dans lequel il s'était levé ce matin.

Marie-Hélène contempla plus longtemps cette jolie créature dont la présence dérangeait son monde. En la voyant s'éloigner sur la route, la jalousie lui bridait le cœur. C'était un réflexe mesquin qu'elle se reprochait, mais elle aurait aimé avoir son âge, la qualité de sa peau et cette joie exceptionnelle qui rayonnait d'elle. Elle aurait voulu mettre ses pas dans les siens, partager ne serait-ce qu'un jour les aventures qu'elle lui devinait.

Le jardinier, qui travaillait dans les massifs pourpres des bougainvillées, leva lui aussi la tête et vit la jeune fille bondir par-dessus la barrière, adresser un signe au gardien puis filer en direction du port.

Malika bifurqua à gauche. C'est ainsi qu'elle évita la Lancia de Benoît Darmon qui remontait à sa rencontre. Elle s'élança vers les vignes qui longent la route et entreprit une course au milieu des ceps où les grappes commençaient à mûrir. Elle allait, crachant par terre à de courts intervalles, de l'allure souple, nerveuse qu'on lui connaît. Elle demeurait dédaigneuse jusque dans l'effort. Parfois un automobiliste klaxonnait ; il avait envie d'attirer son attention, de flirter avec elle une seconde. Elle souriait sans interrompre sa course, sans détourner son regard, rien ne semblait la distraire du but qu'elle s'était fixé, au terme des sept kilomètres et demi qu'elle devait parcourir.

Le soleil traversait les nuages, l'atmosphère était lourde et annonçait l'orage. Le T-shirt blanc collait à la peau de Malika et, quand elle secouait les mains, tout en courant, des gouttes de sueur tombaient sur la terre rouge. Elle parvint sans faiblir, et à peine essoufflée, au camping de la Balette — un terrain vague et desséché, sans arbres, sans fleurs, sans herbes. Les touristes s'étaient installés entre deux cabanes en bois placées à chaque extrémité, sous un réseau de fils électriques. Toujours en courant, Malika se fraya un chemin au milieu des caravanes, immatriculées aux quatre coins d'Europe, et des tentes qui s'accrochaient aux camping-cars. Puis elle s'arrêta net, en plein milieu du camp, elle tourna sur elle-même. C'était la première fois qu'elle venait là... Le merveilleux visage s'éclaira, indiquant qu'elle avait trouvé ce qu'elle cherchait. Une modeste mobylette et une tente kaki, plus modeste encore, de type militaire, étaient posées à l'écart, contre un amandier. À l'abri de quelques feuilles, drapé dans un long vêtement oriental, une serviette enroulée à la façon d'un litham autour de sa tête, un jeune homme lisait.

Tahar était venu en train de Paris, pour voir Malika et passer avec elle cette journée unique dans leur été. Il ne supportait pas d'être séparé d'elle ; son absence le torturait. Sans doute lui rappelait-elle les années passées à rêver qu'il la rejoindrait et le cauchemar de pouvoir la perdre à jamais. Arrivé la veille, il repartirait le soir même pour ne pas dépenser en vacances inutiles le temps perdu sans elle. Ils auraient tout un 15 août pour profiter l'un de l'autre avant de se retrouver à Paris, en septembre. Malika éclata de rire en voyant sa mobylette, sa tente de nomade et son litham improvisé :

— Pourquoi t'es-tu habillé en Berbère ?

— Parce que je suis un Berbère. Parce que je couche sous la tente... Et pour être différent d'eux tous, ajouta-t-il en désignant les touristes à moitié nus, qui jouaient à la pétanque et au volley.

Ils burent de l'eau, ils mangèrent des fruits. La matinée s'achevait, ils somnolèrent un peu sous la tente. Après la sieste, quand le camping se réveille, allume les radios et se met de toutes parts à chahuter, transformant leur enclos paisible en champ de foire, ils prirent la mobylette de Tahar et trouvèrent à quelques kilomètres le chemin d'une plage. Elle était difficile d'accès, au bout d'une crique. On ne pouvait l'atteindre par la terre qu'en traversant un maquis. Les roues d'une quatre-quatre y avaient tracé un sentier qu'ils suivirent. La mobylette cognait sur les pierres, dérapait sur le sable, accrochait des buissons au passage, mais elle tenait bon. Et l'obstacle franchi, comme au temps où l'âne les promenait sur les collines désertes d'Aït Saïd, dérangeant des nuées d'insectes, ils trouvèrent le calme et la beauté qu'ils cherchaient. Malika en maillot blanc et Tahar qui avait ôté sa tenue pour une chemise rouge, un cadeau de son amour, s'assirent au soleil, sur un rocher. Comme autrefois, ils formaient un couple enlacé.

Ils regardèrent la mer. Tantôt en français et tantôt en arabe, ils se racontèrent des souvenirs d'enfance et des moments de leur mois d'août. Malika ne dit rien de Benoît Darmon, rien de tous ces hommes qui, dans le riche domaine où on l'employait, la tenaient pour une soubrette particulièrement provocante. Elle ne dit rien non plus de ces femmes jalouses de sa jeunesse, ni des désordres sous-jacents qu'involontairement elle avait déclenchés. Elle parla seulement des enfants, de la plage vide au petit matin, du sentier de chèvres qui y descendait et du minuscule tombeau de cailloux qu'elle avait construit dans la garrigue. Secret, inaccessible aux gens qui suivent docilement les pistes, il serait la seule trace matérielle qu'elle laisserait de son passage à La Paressanne.

Tahar lui prit la main. Il évoqua l'Université, les livres qu'il lisait, et ses projets de devenir un jour, dans leur pays, l'avocat des plus pauvres. Quand il pensait à l'avenir, ses yeux pâles, d'une suavité rare, prenaient de l'éclat. Ils brillaient davantage en contemplant Malika. L'un contre l'autre, ils virent la lumière s'adoucir, les couleurs perdre leur violence, la mer s'iriser et le crépuscule lentement obscurcir le paysage autour d'eux. Main dans la main, à travers les roches et les herbes, ils retournèrent à la mobylette et Tahar prit la route des Hauts de Saint-Tropez. À quelques mètres de la propriété, elle lui demanda de s'arrêter.

— Il ne faut pas qu'ils nous voient.

— Pourquoi ? demanda Tahar. Tu es libre.

— Oui, dit simplement Malika.

— Alors, que veux-tu cacher ?

— Rien, répondit-elle. Je n'ai rien à cacher.

Tahar lui demanda si elle préférait qu'ils se quittent là au bord de la route. Elle secoua la tête. Elle avait envie de partir avec lui, sans bagages, ailleurs. La mobylette les emporta.

DU MÊME AUTEUR

Aux Éditions du Mercure de France

LES HEURES VOLÉES, *roman*, 1981

ARGENTINA, *roman*, 1984

ROMAIN GARY, *biographie*, 1987

Aux Éditions Jean-Claude Lattès

LES YEUX NOIRS, ou les vies extraordinaires des sœurs Heredia, *biographie*, 1989.

Composition Traitext.
Impression S.E.P.C. à Saint-Amand (Cher),
le 17 juin 1994.
Dépôt légal : juin 1994.
1er dépôt légal dans la collection : mai 1994.
Numéro d'imprimeur : 1607.
ISBN 2-07-038894-8./Imprimé en France.